U0562507

朱天曙◎著

且饮集

朱天曙谈艺

社会科学文献出版社

朱天曙，文学博士，北京语言大学教授、中央美术学院特聘教授，博士生导师，中国书法篆刻研究所所长，中国书法家协会理事。

朱玉晗

艺之为艺乃佛家涅槃禅静之境,艺之为艺同归之者,精神不昏沉,不纷扰,安心宁静。艺者,自相与共相,通至四方。赞悟玄观,得一正道,远入清净境。上之境,迎入山水净空,艺者皆有大威。余若多别,李之深为之修能石象,艺之黄宾虹则之艺之用也。樊巳年冬月于熙云馆

余才有之艺多即明佛家悟也 朱天曙

南庆用笺

宴欢、写画之笔法有择之可去。善存之三味。杵之妙铸尤豪隶中得浑厚。刀之妙凿尤金石中得遒刚。余於之中多有心得。

汉人篆刑、吴苍硕派最古、邓苍戴褒派最精、杨派焦循之之最通。第初必彷汉之与邓石如最古、伊東绶最精、吴昌硕最通。浅之盡、孔仁最古、八大最精、夜秀是最通。老杵奇特己不易、而通则尤难矣。

朱天曙

（清）吴昌硕　且饮墨瀋一升

自序

这本集子,收录的二十九篇随笔,是我二十年来零散地发在各种报刊上的,长短不拘,散谈文人艺事。

这些文章,大体分成三组,有的是专题讨论会上的发言,有的是课堂上的讲稿,有的是师友新著的读后感想,还有我个人学习书画篆刻的心得和海外见闻。文言文写的和考证类的文章都不收录。

书里所讨论的内容,从不同角度记录我各阶段的学习心得,每篇注明原文发表或写作时间。有些看法今天看来,并不成熟和完善,但这次仍保持原样,不再修改,也算记录我对艺术认识的历程,留下小小的印记。

唐代李白《梁园吟》中有"人生达命岂暇愁,且饮美酒登高楼"这句话,我很喜欢。通晓人生,不为世务所累,寻找自己的快乐,是多么有趣的事啊!清代艺术大家吴昌硕有一方流传日本的白文图章"且饮墨渖一升",刻的是宋代人的句子,与李白有同工之妙。我拈出"且饮"两个字,作为这本小书的名字。

愿读者诸君,且饮,且读。

二〇一六年十月,北京小汤山,七叶堂

自序
011

第一辑
书印杂俎
015

王羲之何以尊为"书圣"？　017

怀素《自叙帖》的真面目　032

东坡论书：妙在笔画之外　038

元代以来的杂书卷册与傅山杂书书写　046

扬州八怪的师碑破帖风气　053

陈垣先生的书学思想及其遗墨　060
—— 在纪念陈垣先生诞辰130周年学术研讨会上的发言

黄牧甫：求印于"金"　073
—— 在中央美术学院书法系印论课上的讲稿

"印从书出"及其在当代的实践　081
—— 在中国美术馆当代篆刻研讨会上的演讲

"通会之际"　089
—— 在北京大学2015年中国画研修班上的谈话

近现代书家藻鉴　100

第二辑
书里书外
149

禅思与艺事　151
—— 读《苏轼书画艺术与佛教》

元明书法的时代再现与阐释　155
—— 《中国书法史·元明卷》札记

手札的意义　166
—— 读《明代徽州方氏亲友手札七百通考释》

平生板桥最深情　170
—— 《郑板桥丛考》的学术价值

生于何年？卒于何年？　　　　　　　　　185
　　——读《艺苑疑年丛谈》

包世臣与清代碑学的反思　　　　　　　189
　　——评《包世臣书学批评》

白石老人的艺术灵光　　　　　　　　　193
　　——《齐白石论艺》前言

沈尹默与现代帖学的振兴　　　　　　　212
　　——《沈尹默论艺》前言

《万物》：模件与创造　　　　　　　　232

越南汉籍中的书法文献　　　　　　　　236

二十世纪印章研究的集大成史料图谱　　240
　　——评《中国历代印风》

中国印论研究的分类总录　　　　　　　245
　　——读《中国印论类编》

读《寸耕堂陶印辑》　　　　　　　　　253

《祝竹篆刻选》编后记　　　　　　　　261

第三辑
学艺自述
269

书法：循典稽古发己意　　　　　　　　271

"印内"为体　"印外"为用　　　　　　287

金石笔法入画图　　　　　　　　　　　292

"文献"与"德性"之间　　　　　　　　297

早樱时节访东京　　　　　　　　　　　306

第一辑

书印杂俎

王羲之何以尊为"书圣"?

东晋的书法,是中国艺术宝库中一颗璀璨的明珠。其艺术成就达到了历史上的高峰。正如近人马宗霍在《书林藻鉴》中所描述的:"书以晋为最工,亦以近人为最盛。晋之书,亦犹唐之诗,宋之词,元之曲,皆所谓一代之尚也。"东晋的书法以王羲之(303~361)的成就最高。王羲之所处的时代是个怎样的时代?王羲之有哪些书法成就?何以被人们尊为"书圣"?

"王与马,共天下":王羲之和他所处的时代

王羲之的一生,经历了由西晋灭亡到东晋建立的历史动荡时期。公元265年,司马炎逼魏元帝让位,成为西晋的晋武帝,结束了历史上三国鼎立的局面。经过"八王之乱"和"永嘉之乱",琅玡王司马睿称帝,建立东晋政权。东晋的第一个皇帝——晋元帝司马睿的登基,是与王导、王敦的支持分不开的。他们帮助司马睿收复中原,共同商定安邦大计。建立新朝后,王导被任命为丞相、骠骑将军,封武冈侯,王敦被任为大将军等职。王氏兄弟掌握东晋军政大权,时人称"王与马,共天下",被后世称为"门阀政治"。此后,庾、

王羲之像

桓、谢等家族也掌握了军事实权，这种状况一直延续到淝水之战前，对东晋的经济、文化、艺术都产生了深刻影响。连年的战争使西晋的大批北方士族逃到江南。东晋建立后，"门阀专政"更为突出，王、庾、谢、郗等家族为东晋的建立和巩固出力最多，威望也最高，显赫一时。而对于书法而言，也都集中在这些望族门庭。

唐代窦臮在《述书赋》中这样形容："博哉四庾，茂矣六郗，三谢之盛，八王之奇"，正说明了魏晋时期以家族为核心的传承关系。门阀士族南渡过江，书法艺术亦随之延续到江南，并在南方茁壮地成长、发展。

王羲之出生于名门族望 —— 琅玡王氏家族。他的世祖王元为避秦乱由咸阳迁至琅玡。王元四世孙王吉一支始家皋虞，后徙临沂都乡南仁里。两晋时期，这一支人物辈出，文士名流，都有琅玡王氏之门人。王羲之的祖父王正，曾任尚书郎；父亲王旷，在西晋末年任丹阳太守，永兴二年（305）右将军陈敏反叛攻打丹阳时，弃官归淮北。王旷首倡过江"建江左之策"，司马睿过江称晋王，他的谋划功不可没。王羲之的叔父王廙是当时的著名文人，性格倨傲，高朗豪举，对王羲之栽培尤多，在书画上，对其悉心指导。他对王羲之说："吾诸事不足法，惟书画可法。"加上王廙是晋元帝的姨表兄，又是明帝少时的绘画老师，其与皇室的密切关系，都有益于王羲之的成长和成名。王羲之的族伯王敦、从伯王导都以善书闻名。王敦为扬州刺史，都督征计诸军事，书法得家传，善草书，笔势雄健；王导官至太傅，拜丞相，工行草。他们给王羲之早年学书提供了一个良好的家庭环境。

王羲之十一岁时随家族南渡，迁居建康。幼时有"涩讷"之疾，并无出奇之处。长大后却机敏善辩，以"骨鲠"称。尤善书法，深为王导、王敦所器重。王羲之出仕，先任秘书郎，咸和七年（332）出任临川太守。两年后，王羲之应征西将军庾亮召请赴武昌为参军，累迁长史。在武昌征西府，聚集了一批名门子弟和文人名士，如殷浩、孙绰、王羲之从弟兴之、胡之等，常常雅集吟咏。咸康六年(340)，庾亮去世，临终时上疏，举荐羲之任江州刺史。一年后，其族兄王允之接任。羲之卸任后赋闲在家，得以醉心书艺，到康帝建元年间（343~344）书名大盛，朝野竞效，连庾家子弟也舍家法而效之。这致使书名早于王羲之的庾翼斥责家门不孝，庾家门学王书是"贱家鸡爱野鹜"，一时传为笑谈。

在346~350年，王羲之应友扬州刺史殷浩之邀，在建康任护军将军。永和七年（351）王羲之离开建康，出任会稽刺史，拜右军将军,后人称其为"王右军"。永和九年(353)暮春三月,适逢修禊活动,王羲之邀请了当时的名士谢安、郗昙、孙绰、孙统等人及家族子弟计四十一人,在兰渚山麓(今浙江绍兴)的兰亭,聚会饮酒,赋诗雅集,这就是东晋时期著名的"兰亭之会"。那一天,友朋们做了"流觞曲水"的游戏,有二十六人赋诗,有十五人不能赋,罚酒三斗。王羲之为这次聚会写下了著名的《兰亭序》。

在会稽任职五年后,王羲之称病去郡。公元355年的三月,王羲之在父母墓前发誓告别仕途,归隐山林,寄情山水。辞官后,与句容道士许迈共修服食,采药石不远千里,相从甚密。后其因长期服用药石,健康状况恶化,于升平五年(361)病故,葬于会稽毗邻的剡县金庭(今浙江嵊县)。

王羲之的思想是儒和道的融合,与他的个人情性、时代风气和江南风光密切相关。在殷浩北伐、会稽革弊等政治过程中,反映了他洞达事理的能力和坦荡正直的品格,以及明显的儒家倾向。但东晋名士多尚清谈,其一生所交亦多为名士,其本人也以擅玄言和人物品藻名世,时人评其"高爽有风气,不类常流"。《颜氏家训》的《杂艺篇》称其"风流才士,萧散名人,举世惟知其书,翻以能自蔽也"。他又是五斗米道教徒,晚年与许迈共修服食,游名山,泛沧海,沉浸于自然之中。会稽为江南圣地,钟灵毓秀,给文人以熏陶。而吴兴与其毗邻,山水清音何不如此?王羲之把自然之美、艺术之美和人生之旅紧密结合,尽山水之游,超然物外。以艺术的心灵、散逸的怀抱去体察山水,形成了自然美的意境。他曾说"山阴道上行,如在镜中游",将自然山水与超脱的自我升华到人生的玄远之境,其书风正是其人生的印证。

陶弘景《论书启》中称王羲之在吴兴做官之前，各种书体还不能称好，在吴兴太守任上时，吴兴优美的江南风光给他以陶冶。在会稽任上和辞官归隐这段时期，是王羲之书法的高峰期，他的书法是其个人和时代精神内质的物化。北方士族南渡后，住在富饶的江南。江南一地山明水秀，引人入胜。无论是吴兴还是会稽，山川宜人，万峰林立，烟海渺然，天水相接，可谓是"万里云景"。江南的山水自然之美在士人的游历和生活中赋予了艺术的灵性。王羲之曾说："初渡浙江，便有终焉之志。"他陶醉于湖光山色，遍游江南诸郡，得江山之助。

"大王字势，古法一变"：王羲之书法的"新体"

王羲之生活在东晋前半期，这一时期，旧体新体并盛，书法名家各有擅长，文人书风兴盛，人们的书法师承，具有家学和门派的特征，王羲之的书法正是如此。元代吴兴人赵孟頫说："大王字势，古法一变，其雄秀之气出于天然。"王羲之书法师承古法，来源之一是东汉末年的张芝一脉草书，由卫、索等家族传递至东晋，或成为王羲之师法的对象。他曾说："顷寻诸名书，钟、张信为绝伦，其余不足存。"他还说："我书比钟繇当抗行；比张芝草，犹当雁行。"王羲之的草书师法张芝是其学习旧体的重要内容。另一个源头是，东汉末年至曹魏时钟繇的楷书和行书，由卫氏家族中卫夫人传递至王羲之。南朝宋羊欣的《采古来能书人名》称："晋中书郎李充母卫夫人，善钟法，王逸少之师。"王羲之的楷、行师法钟、卫，亦是其学习旧体的重要内容。

同时，王羲之的父辈，尤以叔父王廙影响最大。南朝王僧虔的《论书》和梁庾肩吾的《书品》都有王羲之师法王廙的记载，王羲之主要从其字行书，并扩展到草书、飞白书等。同时，他的岳父郗氏一门也善书法，在王羲之的书法形成过程中都有重要的影响。

王羲之一生书法的主要成就为"新体"，在钟繇、张芝的"旧体"基础上建树了"新体"，为楷书、行书和今草的成熟做出了重大贡献。

张芝、钟繇之后，士族书家写楷书、草书和行书已蔚然成风，书写新体势的笔法、字法已趋于成熟。到了王羲之时，吸收了众多前辈书家所提供的各种书写基础，去质增妍，把秀妍之风推向新的阶段，成为继钟、张之后的一代宗师。王羲之楷书对钟繇笔法的吸收是通过其启蒙老师卫夫人传授的。钟繇的楷书为王羲之书法的变革奠定了坚实的基础。楷书发展到钟繇时已有新意，但仍具有隶书余韵。王羲之在卫夫人和王廙的基础上，对钟繇楷书进行了变革，将其结体易扁为方，横画改平势为斜势，即所谓的斜画紧结，我们从其所临钟繇《宣示表》中可见这种迹象。

其晚年所书的硬纸本《黄庭经》、绢本《东方朔画赞》现分别藏于台北故宫博物院和北京故宫博物院，为唐人临本，但可以看到其开始对前代的改造，结字更加紧凑，变化更加生动。经过王羲之的变革，楷书已完成楷化，脱去钟氏楷书中的隶书遗意。

王羲之的楷书，已无墨迹传世，能见到的只是刻本、摹本和唐

黃庭經

上有黃庭下關元後有幽闕前有命廬吸廬外出
入丹田審能行之可長存黃庭中人衣朱衣關門壯籥
蓋兩扉幽闕俠之高巍巍丹田之中精氣微玉池清水上
生肥靈根堅志不衰中池有士服赤朱橫下三寸神所居
中外相距重閉之神廬之中務脩治玄雍氣管受精符
急固子精以自持宅中有士常衣絳子能見之可不病橫
理長尺約其上子能守之可無恙呼噏廬間以自償保守
完堅身受慶方寸之中謹蓋藏精神還歸老復壯俠
以幽關流下竟養子玉樹不可杖至關下王房之中神門戶
既是公子教我者明堂四達法海源真人子丹當我前
三關之閒精氣深子欲不死脩崑崙絳宮重樓十二級
宮室之中五采集赤神之子中池立下有長城玄谷邑長
生要眇房中急棄捐淫欲專守精寸田尺宅可治生繫
子長流志安寧觀志流神三奇靈閒眠無事心太平
常存玉房視眀達時念太倉不飢渴役使六丁神女

（东晋）王羲之　黄庭经

以后的摹本。唐代时，王羲之的楷书已很少，褚遂良在禁中编次王羲之书目时，很重视王羲之的楷书，尤其是《乐毅论》《黄庭经》《东方朔画赞》三帖，以《乐毅论》为首选，现日本东京国立博物馆藏有此帖的越州石氏本，笔势精妙，备尽楷则。北宋末年，徽宗宣和内府藏有王羲之楷书笔迹，有《乐毅论》《黄庭经》《东方朔画赞》《定公帖》《报国帖》《口诀帖》《草命帖》七种，当时私家收藏的王羲之楷书已很稀罕。我们今天分析王羲之楷书，只能以《乐毅论》《黄庭经》《东方朔画赞》三篇为依据。

从这些作品中可以看出，王羲之的楷书改钟繇笔法中的翻挑为"内擫"，起笔一拓而下，收笔一改魏晋楷书的重按。翻折的运用，点画的呼应，钩挑的纯熟都表明其技法上的完善，在字形上也变横扁形为纵长形，比之钟书，王羲之的楷书变"质"为"妍"，将楷书在笔法和意境上都推到一个新的境界。如唐代孙过庭在《书谱》中所言："写《乐毅》则情多怫郁，书《画赞》则意涉瑰奇，《黄庭经》则怡怿虚无，《太师藏》又纵横争折。"这正说明王羲之的楷书是由情入书，表达了丰富的内涵。

楷书的发展，汉代为草创期，钟繇对楷书的推动是为变革期，至王羲之时，楷书已完全成熟，在笔法、结字和章法上都已形成了楷书审美的新模式，王羲之的楷书多在这种模式的基础上加以发展和变化，达到神超形越。

南朝以来，传世的王羲之书迹，以草书数量最多，今日所见的王羲之书帖，草书仍占总量的大部分。其中《豹奴帖》是用标准的章草书写的，字形偏扁，捺笔有隶意。这件作品说明他早年时对西晋时期张芝草书的继承。西晋的草书有若干章草的遗迹，笔势方中寓圆，结体呈扁状。王羲之早期草书从张芝入手，多有吸收，并自称"与张雁行"，其三十二岁赴武昌应诏时，曾以章草体给庾亮写信，所书为张芝草书风格，后庾翼在给王羲之的信中叹其书"焕若神明，顿还旧观"。庾翼书名早于羲之，对羲之的草书推崇由此可见。

现在我们见到的大量草书作品，是王羲之后来所作的今草。其今草有两路风格，一路是在今草体势中使用，许多章草用笔，字形趋横势，转折多用翻笔，中锋、侧锋并用，质朴与妍美并存。这路代表如《寒切帖》《冬至帖》《多日帖》《八日帖》《远宦帖》《逸民帖》《丝布帖》《盐井帖》等。另一路今草笔势起伏跌宕，结体开合自由，牵丝连贯，俯仰相应，不少字连成一组，有强烈的节奏感，这路代表作如《初月帖》《上虞帖》《都下帖》《行穰帖》《清和帖》《侍中帖》《虞安吉帖》等。这批作品集中体现了王羲之在草书上的贡献，标志着东晋草书发展到历史的新高度。这种草书，对王献之的一笔书，对唐代张旭、怀素的狂草有重要影响。

王羲之的书法，最著名的是行书《兰亭序》。永和九年暮春三月初三，五十一岁的王羲之与友人聚于兰亭，友人们为这次聚会写下了大量的咏兰亭诗，王羲之在饮酒赋诗之后，当场书就了这篇序文。他在文中描写了江南的三月，友朋的聚会。或许正是兰亭聚会流觞曲水的盛况，由此引发了羲之对人生"生"与"死"的感叹。于书法而言，他从草书与新体楷书中加以借鉴，中锋、侧锋并用，浑然无迹。作品中点画的顾盼，使转翻折，牵丝映带都十分丰富，大大拓展了书法的笔法内涵，在结体上能"奇斜反正"，长短、大小、俯仰、开合、方圆等变化在这件作品中得到充分发挥。他在书写中,将草书的流便速急与楷书的蕴藉平和糅合在一起,形成了新的审美样式。唐人孙过庭在《书谱》中说:"右军之书,末年多妙,当缘思虑通审,志气和平,不激不厉,而风规自远。"他的这种"平和",正体现了他崇尚自然的天趣与清秀冲和之美。

《兰亭序》历来有多种别称。南朝称为《临河序》,唐朝称《兰亭记》《兰亭集序》,宋朝人更是根据这次雅集来称呼,欧阳修称《修禊序》,蔡襄称《曲水序》,苏轼称《兰亭文》,宋高宗称《禊帖》,种种别称都表明王羲之的书法在历代都有着重要的影响。其中,以唐太宗对《兰亭序》评价最高,称它是"天下第一行书",把王羲之推到了古今第一的位置:"详察古今,研精篆素,尽善尽美,其为王逸少乎!观其点曳之工,裁成之妙,烟霏露结,状若断而还连;凤翥龙蟠,势如斜而反直。玩之不觉为倦,览之莫识其端。心摹手追,此人而已。其余区区之类,何足论哉!"唐太宗对王羲之的推重,得到了朝中大臣的普遍认同。《兰亭序》在初唐声名最为显赫。于是,《兰亭序》的故事逐渐多了起来,据说这件作品还成了唐太宗的陪葬品,更增加了作品的神秘色彩。

和《兰亭序》同调的王羲之行书作品还有《快雪时晴帖》《奉橘帖》《极寒帖》《官奴帖》《省书增感帖》等。在行书中加进草书写法,如《丧乱帖》《频有哀祸帖》《二谢帖》《得示帖》《追寻帖》等作品,在行书中杂糅今草,创造了行书的"连绵"样式,对后来王献之创造行中带草的流畅行草体势有着开启作用。

汉魏以来,盛行于士大夫中的行草、行书、楷书,随着新体的定型、成熟而不断更新，这种新风换代，流派交替的现象，促成了文人流派史的重大变革。钟繇的楷书曾开启一代新风，在汉隶转向魏晋楷、行过程中起了重要的作用。卫夫人和王氏家族学其笔法。与钟同时，张芝书法为汉代草书流派的代表，西晋卫氏一门祖述张芝，韦诞学其草书，直到王羲之亦受影响。王羲之在继承钟、张的同时，把楷、行、草三体推向历史的高峰，脱去汉代隶书时代质朴滞重的笔意，创造流美的书风，成为书坛求美大趋势的集大成者。这种书风的创造，完整地体现了魏晋风度，既合乎儒家的"文质彬彬"和"中和"的审美思想，又是那个时代文人艺术创造的集中体现。

唐代张怀瓘这样形容王羲之的书法："右军开凿通津，神模天巧，故能增损古法，裁成今体，进退宪章，耀文含质，推方履度，动必中庸，英气绝伦，妙节孤峙。"梁武帝称"王羲之书，字势雄逸，妙龙跳天门，虎卧凤阙，故历代宝之，永以为训"。"龙跳"是指动态，"虎卧"是指静态，王字中的"动""静"合一之美深刻地影响了后代的书法。他的书法引领了魏晋时期书史上重大的变革，将书法艺术推向历史高峰，成为后世文人取之不竭的源泉。

"父之灵和，子之神骏"：王献之的书法

王献之在其父王羲之的影响下，完成了自钟繇、王羲之以来的又一阶段的变革，使文人流派书法发展到又一高度。

王献之（344~386），字子敬，王羲之第七子，官至中书令，

后去职由其堂弟王珉继任，时称献之为大令，王珉为小令。他与其父齐名，晋人称"二王"，唐人将他们合称为"羲献"。王献之幼时随父亲迁居会稽。在江南的土地上，王献之少年时就有着盛名。《晋书》中称赏他"高迈不羁，虽闲居终日，容止不怠，风流为一时之冠"。王献之清高整峻，不交非类，蔑视礼教，率性而行。在太元二年（377）太极殿落成时，谢安想请他题榜，他不愿意，谢安也不好勉强。谢安问他"你与你父亲书法谁好？"献之说："当然我的好！"谢安说："其他人不这么说呀？"献之回答："他们哪里知道！"（虞和《论书表》）献之的"真性情"可见一斑。

王献之幼从父学书，后又学张芝的草书。幼时即形成的不拘束的性格使其在书法上有着强烈的创造特征。虞和《论书表》说王献之七八岁时，王羲之从他的后面掣其笔，结果笔没有脱落。王羲之感叹道："此儿书，日后当享有大名！"羲之在王献之小的时候，教他临写《乐毅论》，学完后，他能写得极工整秀丽，筋骨紧密，不减羲之。

张怀瓘的《书议》中曾记载王献之感到羲之的书法不够宏逸，不够简练，少恣肆，认为"局而执"，认为应该写"稿行"体，也就是我们所说的行草。这种书体和前人写的"章草"不同，"大人宜改体"。他认为"法"是没有固定模式的，"事贵变通"。我们在王献之的书法中可以看到，在羲之的基础上更显新妍，在行书中夹杂草书，形成"破体"。在其书法中，我们能感受到情驰神纵，超逸优游的状态，被称为"笔法体势中，最为风流者"。晋人萧散之致，在献之的书法艺术中，我们能够体悟到。他在书法中打破旧式的束缚，突出人生情感，正如《世说新语》中所说的"情之所钟，正是我辈"。

王献之擅长多种书体，史载其不仅善草书、行草、楷书等书体，还尝书壁为方丈大字，王羲之大为赞赏，围观者上百人。他的小楷以《洛神赋》为代表。他在羲之《乐毅论》端正质朴的基础上，更添轻松的感觉，时而闲庭信步，时而骏利放逸。赵孟𫖯对王献之的这件作品十分推崇，他说："《洛神赋》二百五十字，字画神逸，墨彩飞动。"和羲之的《黄庭经》《乐毅论》相比，明显变"内擫"为"外拓"，变蕴藉为外放，字法端劲，无尘俗之气，历来奉为小楷之经典。

　　现藏上海博物馆的《鸭头丸帖》是献之行草书的代表。此件仅两行十五字："鸭头丸，故不佳。明当必集，当与君相见。"唐人张怀瓘评此作是"欲夺龙蛇之飞动，掩钟张之神气"。在书写中，献之将羲之作品局部的"连绵组合"变成"整体"的体势，行气紧密，飞扬峭拔，如米芾《书史》所论："运笔如火箸划灰，连属无端末，如不经意，所谓一笔书。"

　　在王献之书法作品中，和《鸭头丸帖》不同笔调的是《舍内帖》，古淡而清建之美；《授衣帖》则"群带连笔"，用连笔草书之形态现行、草之间的生动意味；《十二月帖》更多地是超逸和适意，米南宫大赞此为"天下子敬第一帖"。张怀瓘将他和其父羲之比较，称："逸少秉真行之要，子敬执行草之权，父之灵和，子之神骏，皆古今独绝也。"灵和者如潺潺流水，神骏者如一泻千里。南朝梁时的袁昂曾经把王献之的书法比作"河洛"少年，十分形象。

　　王献之在王羲之后崛起，到梁武帝时代，南朝文人流派书法兴起"大令"书风，时间长达一个世纪。梁武帝即位后，钟、王书风重新兴起。唐代初年，唐太宗扬羲抑献。中唐的浪漫写意书风兴起后，王献之的书法重新受到重视，张怀瓘的书论中也高度评价了献之的行草，使人们重新开始认识献之。宋代刻帖风行时，"二王"作为经典，再次被视为同一体系。

南朝时期，自宋至梁朝，书坛为王献之新风所笼罩，从梁中期始，由于梁武帝力推羲之，小王的风头开始减弱，钟繇、大王书风相继崛起。南朝刘宋时期，王献之的外甥羊欣（370~442）书风最有时名。《宋书·羊欣传》上留下了"书裙授书"的故事。羊不疑是羊欣的父亲，在献之属下任乌程令。羊欣十二岁时，随父亲在任所，献之至乌程，见羊欣书法，大喜。一次，乘羊欣在房间午睡，便在他穿的新绢裙上，题书数幅，然后悄悄离开。羊欣得此书法，日夜揣摩，书法益工，时人称"买王得羊，不失所望"。

王羲之书风对后代的影响

南齐享有盛名的书家当是王僧虔（426~485），为王羲之从兄王洽的四世孙，历宋、齐两期。齐高帝与其赌书，问他："谁为第一？"僧虔说："我书臣中第一，您书帝中第一。"时称善对。王僧虔的书法丰厚淳朴，点画精到，传世书迹有《太子舍人王琰帖》《御史帖》等。其子王慈、王志书风与其一脉相承，取法献之。王僧虔于泰始中任吴兴太守。"二王"父子曾先后任官吴兴，僧虔为族孙，又有善书名。

生活在陈、隋间的智永禅师（约510~610）为王羲之七世孙，吴兴永欣寺僧人。智永书法善楷、行、草书。据宋高宗《翰墨志》和冯武《书法正传》等书记载，智永妙传家法，书《真草千字文》八百册光大羲之书风，唐初虞世南即直接师承于他。

唐太宗李世民为《晋书》作《王羲之传论》，使王羲之书法得到前所未有的推广。宋代王著《淳化阁帖》刊行，"二王"的影响力更大，元、明以来的书家多以"二王"为溯源的对象。

唐代以来，楷书、行书和草书在王羲之的影响下发展、变革和发展，形成了丰富多彩的艺术风格。

楷书一脉，初唐欧阳询、虞世南、褚遂良、薛稷等均从王羲之的楷书中脱胎，到了颜真卿时，在王羲之的基础上糅入北朝刚烈之质，又加以"装饰化"，在笔画的两端强化形态，并转王字之"妍"为颜之"质"。

行书一脉，王羲之原本就有虎卧凤阙之"平和"和龙跳天门之"欹侧"两路，以后成为帖学两大派系的策源地。除前面提到的智永外，虞世南、褚遂良、陆柬之、蔡襄、赵孟頫、文徵明、董其昌等继承其平和秀逸一路，除王献之外，李世民、欧阳询、李邕、杨凝式、米芾、王铎等发展其欹侧跌宕一路。

草书一脉，大草从王献之到中唐张旭、怀素，将羲之草书之"纵逸"向前推进，在中唐形成狂草的浪漫书风；小草自献之后，孙过庭、米芾、赵孟頫等薪火相传，向"雅逸"方向拓展，使王羲之小草不断传承、演绎，形成了书法史上草书的又一脉络。

原载《经典湖州》，河北教育出版社，2003

怀素《自叙帖》的真面目

由台北故宫博物院等单位指导，台湾著名书法史家、书画家张光宾先生倡议，中华书道学会、何创时书法艺术基金会、中华文物学会联合主办的"怀素《自叙帖》与唐代草书研讨会"于2004年10月30日在台北举行。在两天的十场报告会中，台湾和大陆著名书法史研究学者通过对台北故宫藏怀素《自叙帖》墨迹本的书迹、题跋、鉴藏印章、装裱、文献资料、摹刻本等进行了深入的校勘、考证和分析，正本清源，达成了关于此帖的许多共识，揭示了历史的真实面貌，从不同的角度对以往《自叙帖》研究中的"摹本说""伪本说"做了有力的反驳。此次学术会议无论从深度还是广度，从传统鉴定考证方法到现代科技方法的运用，都推进了《自叙帖》的研究，并为书法鉴藏研究提供了方法论上的范例，给书法界提供了具有广泛意义的思考空间，堪称书法研究上学术辩论的重要里程碑。

《自叙帖》是唐代杰出书家怀素书于大历十二年（777）的著名狂草书迹。此帖的传世墨迹（摹刻）本关系扑朔，孰先孰后，孰真孰伪，难于一是。然自两宋迄今，历代鉴家无不以北宋苏舜钦家藏本，即今藏台北故宫博物院的墨迹大卷为至善。此帖首六行早损，由苏舜钦补书而成。卷首有明人李东阳"藏真自序"篆书四字引首，帖末依次有北宋苏耆、李建中观款，以及南唐邵周、王绍颜衔名；尾纸有两宋杜衍、苏辙、曾纡、苏迟以及明清时期吴宽、李东阳、文徵明、高士奇诸人题跋。此帖刻本有数种，以明代文徵明摹刻的"水镜堂本"为最精。近年来，台湾学者李郁周教授受启功先生"摹本说"启发，发表数十篇相关论文，并汇集成《怀素自叙帖千年探秘》《怀素自叙帖鉴识论集》二书出版。李氏在对历代刻本研究的基础上论定，台北故宫卷是一件"摹本"，从帖到跋都出于文彭一人伪造。台湾青年学者王裕民先生随后出版《假国宝——怀素自叙帖研究》一书，讨论了《自叙帖》的种种问题，亦援启功之论，持帖伪跋真说。李、王二氏辩论十分激烈，将《自叙帖》真伪讨论推向高潮。

自20世纪30年代起，朱家济、马衡等先生便对《自叙帖》首致疑窦。1983年，启功先生在《文物》杂志上发表《论怀素自叙帖墨迹本》一文，对朱、马二先生的质疑加以引申。启老从家藏清嘉庆间契兰堂刻本中翻刻明人藏宋刻本怀素《自叙帖》上存有苏舜钦题跋为起点，认为今台北故宫藏墨迹卷没有苏跋，故而断定此帖是"细笔描摹，干笔擦抹"的摹本，进而指出其有伪本的特征。此观点发表后，十多年间，针对台北故宫所藏的《自叙帖》是真迹、摹本还是伪本的问题，徐邦达、穆棣、朱关田、刘启林等先生先后撰文反复论辩，一直延续到台湾学界的李、王论争，《自叙帖》研究显然成为书法与鉴定界的一门"显学"。

本次会议上，李郁周先生再次发表了他的观点，与会专家借此展开了针锋相对的学术探讨，台上台下气氛热烈。台湾大学艺术史研究所傅申教授专门写出专著《书法鉴定 —— 兼怀素自叙帖临床诊断》在会议期间出版。书中他开宗明义对李郁周的"文彭摹本说"进行"临床诊断",通过墨迹本纸质分析、墨迹分析 —— 将墨迹放大多倍而书迹依然畅达自然,丝丝通顺,无双钩廓填或映摹本中的叠墨重描、勾廓痕迹,论定其为写本而绝非启、李等人所谓的摹本,墨迹本可靠的下限应是北宋苏辙为邵叶题跋的绍圣三年(1096),并从鉴藏史角度推断此本即为苏液本。该卷流传到明代苏州陆修家时,陆氏请文徵明父子钩摹,由当时名手章简甫刻成水镜堂本《自叙帖》。因此台北故宫《自叙帖》墨迹卷正是水镜堂刻本的母本。

穆棣先生在他的《怀素〈自叙帖〉墨迹个案辨析》一文中正面与启功商榷,指出"摹本说"并不成立。通过对宋元间《自叙帖》墨本的检索,他指出启先生认为"有苏跋才是苏本"的论点是个悖论。他指出,苏跋可以遗失,而苏本其他的重要特征还存于台北故宫藏墨迹卷,如苏氏鉴藏印、苏舜钦岳父杜衍之跋均是苏本的明证。其文论证严密细致,层层深入,详尽考得苏氏郡望,其上世封爵、官宦故实,苏氏鉴印的渊源,以及其家固有的题印方式,并从文字学、装裱史角度出发,揭示出本帖十四条接缝线上的苏舜钦骑缝鉴藏印均无疑义;从钤印方式、印序排列考之,足证为苏氏所钤;而卷后杜衍跋文,无论年代、身份、所题内涵,都是为舜钦所题无疑。他得出结论:《自叙帖》确系北宋苏舜钦(1008~1048)藏本,其年代下限亦在此前。

黄惇先生强调,只要推翻了"摹本说",其余关于摹本的所有推论都是天方夜谭。他的论文《怀素〈自叙帖〉考证中的若干问题质疑》从三个方面对摹本说进行了批驳：第一，从书写经验上判断墨迹本是写不是摹；第二，墨迹本上的印章是真不是假；第三，墨迹本在前，水镜堂刻本在后。他首先对启功"连描带擦"说提出质疑，认为作品所显示的速度感不可能是描擦可臻。而针对李郁周的"映写说"，他又指出：映写要求纸张透明而不透水，且速度必须缓慢。这些都与故宫墨迹本的现状不合，故宫本绝对不是摹本而是写本；他还通过举证，对文彭"谨摹一过"的题跋含义做了正确解读。作为印章与文人篆刻史研究专家，黄惇先生对水镜堂刻本中章简甫所刻的"赵氏藏书""赵氏子子孙孙其永保用""舜钦"等印章的种种错误进行比对，指出"墨迹本上的印章原本就是真的"，"世上会有将正确之印摹成错误之印的可能，然绝对没有将错误之印作伪成正确之印的可能"。文章最后着重指出，墨迹本《自叙帖》与水镜堂刻本、契兰堂刻本的祖孙关系被一些研究者颠倒，当还其历史真面。

　　会议之前，台北故宫博物院与日本东京文化财研究所合作，通过对院藏怀素《自叙帖》墨迹卷进行880万像素的数码高精细拍摄、红外线反射及透射、荧光数位摄影，对此卷的物质状况如纸张、修补、装裱、隔水和隐盖在印章下的印章进行了科学检测，使其有更清晰的呈现。该院研究员何传馨先生在他提交的《故宫藏怀素〈自叙帖〉墨迹本及相关问题》一文中则对卷本与拖尾题跋的纸质、纸幅、墨色、残损及装裱做了细致研究，着力讨论第一纸六行的纸墨与补书情况、装裱、收藏印记和题跋问题，指出本帖前后隔水上的鸾鹊图案，与载籍中关于李后主时期内府装裱文饰是一致的。何先生还通过所摄图像，清晰展示本帖前一纸与后十四纸纸质迥然相异等实证，以此验证苏舜钦补书确有其事。又以北宋"邵叶文房之印"分别钤于本帖以及尾纸，正是帖、跋本系原配的铁证。他认为这些证据足以考见此卷在宋代由苏舜钦、邵叶、吕辩老、赵鼎、金章宗、贾似道以至明代陆氏水镜堂之间清楚的流传脉络，李郁周的"文彭摹本说"根本不能成立。

除了上述几位专家聚焦于台湾故宫《自叙帖》墨迹卷真伪问题的精彩讨论之外，与会者还就唐代草书纷纷发表见解，分别从唐代草书创作与书法文化角度拓展了《自叙帖》在书史上和文化上的意义。

为了配合这次《自叙帖》专题研讨会，台北故宫博物院破例将馆藏《自叙帖》在会议期间展出四天，供专家们讨论、鉴赏和观摩，使他们更加直观的对墨迹卷上的种种细节如用纸、用墨、印迹、装裱等进行细致研究和分析。尤为引人注目的是，台北故宫博物院与日本东京文化财研究所合作拍摄的检测图像在台北故宫博物院展出此卷时配合展示，其检测结果与反驳"摹本说""伪本说"的专家们所论正好相吻合，进一步印证了他们的结论，令人信服。与会者对《自叙帖》墨迹卷给予了高度评价，研讨中尚存的一些未及展开的问题，相信都会迎刃而解。

在书画史研究与书画鉴定领域，学界曾经有几次大的学术辩论。如由郭沫若先生的论文引起的"兰亭论辩"、徐复观先生为子明本《富春山居图》翻案引发的真伪辩论等，都是当代学术史上的重大事件。这次众所瞩目的以《自叙帖》为中心的书迹讨论是数十年来学界对于此帖及相关议题研究全面展开后的一次大总结。怀素《自叙帖》是中国书法史上的一件国宝级名作，类似的书迹问题还在讨论之中，相信这次研讨会对推进两岸乃至国际范围内的书法研究将起到深远影响。

原载《中国书法》2005年第2期

东坡论书：妙在笔画之外

苏东坡在宋代书坛中具有承前启后的地位，与同时代的著名书法家蔡襄、米芾、黄庭坚一起并称"宋四家"。他的书法融合了颜鲁公的丰腴，李北海的豪劲，杨凝式的放纵，柳公权的雄健，加上"二王"的丰姿遒媚，最后形成其古拙宽博、自然洒脱、丰腴圆润、意法相生的苏字，我们从其传世之本《答谢民师论文帖》《黄州寒食诗》《前赤壁赋》《洞庭春色、中山松醪二赋卷》等帖中可见。

东坡论书，首先指出"法"在书法艺术中的重要性。书法的法度，包括执笔、运笔、用笔、用墨、字的布局和结构等诸方面，它们都是有其内在法则的。苏轼说："书法备于正书，溢而为行草，未能正书而能行草，犹未尝庄语而辄放言，无是道也。"（《跋陈隐居书》）正、行、草书法三体，它们之间的关系是密切的，苏轼认为应该以正书为基础。正书如果写好了，就可能进行发展变化，在行、草书方面取得进展。如果舍弃书法之本即正书而致力于行书、草书，这就是舍本逐末了。又云："今世称善草书者，或不行真行，此大妄也。真生行，行生草，真如立，行如行，草如走，未有未能行立而能走者也。"（《书唐氏六家书后》）他通过人的立、行、走的关系形象地比喻了真、行、草三体之间的关系，进一步明确了行书由真书所派生。因此，苏轼特别重视正书尤其是小楷的研习。

苏东坡像

他在《跋君谟书赋》中云:"书法当自小楷始,岂有正未能书,而已行草称也。君谟年二十九,而楷法如此,知其本末矣。"苏轼认为蔡襄的书艺能取得如此成就,就来自于他对小楷的精心研习。他还认为"大字难结密,小字常局促,真书患不放,草书难于严重,大字难于结密而无间,小字难于宽绰而有余。"(《跋晋卿所藏莲花经》)这里苏轼就真、行、草书写过程中的具体问题阐述其"知其本末"的思想,指出了真、行、草诸体在创作过程中的精严法度和矛盾的统一,只有进行精心布局,在飘逸、凝重、宽绰谨密中寻求一致。

与掌握书体有关的是关于执笔问题。执笔是书写过程中基本问题,苏轼说:"献之少时学书,逸少从后取其笔而不可,知其长大必能名世。仆以为知书不在于牢,浩然听笔之所之,而不失法度,乃为得之。然逸少所以重其不可取者,独以其小儿子用意精至,猝然掩之,而意未始不在笔。不然,则天下有力者,莫不能书也。"(《书能作字后》)苏轼引用了一个流传久远的故事,批评了握笔紧、握力大定能写好字的错误观点。实践也证明,字写得有力与否,并不同执笔时用力大小有必然的联系。苏轼对于执笔的见解是:"把笔无定法,要使虚而实。欧阳文忠公谓余,当使指运而腕不知,此语最妙。方其运也,左右前后,却不免欹侧,及其定也,上下如引绳,此之谓笔正,柳公权之良是。"(《记欧公论把笔》)苏轼重视执笔,但认为这不是书法有成的决定性因素。书法是有其内在规律的,掌握法度十分重要的。只有在法度上豁然贯通,书家的书法水平才有可能突飞猛进。

在强调法度的同时，东坡主张"通其意"，书法应追求字外之奇、字外之意。他说："吾虽不善书，晓书莫如我。苟能通其意，常谓不学可。"（《次韵子由书》）"通其意"即精熟诸体之特色和用笔方法，深谙书法之妙理，而后进行创作。这里，苏轼提出"通其意"并不拘泥于某种笔法或流派。他又云："世之书，篆不兼隶，行不及草，殆未能通其意者也。如君谟真、行、草、隶无不如意。其遗力余意，变为飞白，可爱而不可学，非通其意能如是乎？"（《跋君谟飞白》）苏轼在此文中强调各体书法之"意"，找到书法创作的共同规律，从而在篆、隶、行、草、飞白等方面无不如意，强调书写规律，掌握共性，体现个体色彩，抒发个人性灵，反对只有个性没有共性。这种"通其意"是学养和实践的结合，他本人的书法创作即是如此。

黄庭坚论苏轼说："余谓东坡书，学问文章元气郁郁芊芊发于笔墨之间，以所从他人终莫能及尔。"（《山谷题跋》）他自己在诗中也认为："退笔如山未足珍，读书万卷始通神。"（《柳氏二外甥求笔迹》）只有具备"读万卷书"的学养，对前人法书之妙处才能有所体悟。学书贵于多读书，读书多，下笔自有意境。我们今天学习书法，了解苏轼的书学观，对于引导我们走上做学问之路是有好处的。苏轼评介蔡襄的书法时，就认为其书法天赋好，积学深，心手相应，以意作书，所以能写出气象万千、纵横跌宕的作品。

东坡十分重视书法的实践，他认为书法应该有新意，自成一家。意法相成之作，是学养和实践的产物。"笔成冢、墨成池，不及羲之即献之；笔秃千管，墨磨万锭，不作张芝作索靖。"（《题二王书》）在广泛实践的基础上，做到"通其意"，并能"出新意"。他十分推崇颜真卿和柳公权的创造精神："颜鲁公书，雄秀独出，一变古法"，"柳少师书本出于颜而能自出新意，一字百金，非虚语也。"（《书唐氏六家书后》）可见，苏轼对颜、柳两家能推陈出新、施法造化、自成一家、自出新意是大为嘉赏的。

欧阳修并不以书法名世，但苏轼也赞赏他的书法"笔势险劲，字体新丽，自成一家。"（《题欧阳帖》）这些都反映了苏轼反对墨守成规、食古不化的书法观点。对于自己的书法，苏东坡认为其书能自成新意，"不践古人，是一要诀"（《评草书》）。在他看来，书法的优劣，并不是当时的俗人所认为的那种只要对某家书体模拟得精到极佳，而在于书法家能否"出新意"，从而表现出自己的主观情态。这里强调自出新意，不践古人，这是建立在积学和实践基础之上的。自出新意、大胆创新的思想，贯穿了苏轼一生文艺创作的各个方面，"我书意造本无法，点画信手烦推求"，重视抒发灵性，反对规矩束缚就成了苏轼的书法意法观。

在《论书》中，苏东坡认为，书法必须有神、有气、有骨、有肉、有血，这五个方面，缺一不可。这是其对书法艺术要素的总括，是对书法的全面要求。他把"神"放在书法其他要素的首位，实质上这就体现了其对书法神采的重视，即要求显示一种内在的精神与意蕴，一种合乎逻辑的情意。若只具形质，缺乏神韵，如人只有躯壳而无灵魂就不能成为完整意义上的人。他把书法用人来比喻，正是说明了"神"在书法中的重要性。苏轼把书法视为写意诗画，不可呆滞地追求"形似"，而贵在传神，通过点化表达性情，以字适意和抒情。苏轼崇尚杨凝式的书法风采，开启宋代尚意书风，而且从理论上加以总结和发扬。

苏轼把钟繇、"二王"书法中具有"萧散简远"的艺术特色作为典范，也要求书法创作具有这种至高境界。他说："予尝论书，以谓钟、王二迹，萧散简远，妙笔在笔画之外。至唐颜、柳始集古今笔法而尽发之，极书之变，天下翕然以为宗师，而钟、王之法益微。"（《书〈黄子思诗集〉后》）他在书法创作中重"字外意"，强调"妙在笔画之外"的神采美。苏轼评钟、王精妙之处在于笔画之外，他们从简古的字形表达潇洒放逸的精神意趣，表达"物我化一"的境界；又评颜、柳古今笔法，只在字形上做了变化，而失钟、王之笔画之外的精妙。他认为颜字的"左右对称、整齐大度"不如"字形微斜，灵巧潇洒"的王字。

在《书唐氏六家书后》中说："永禅师书骨气深稳，体兼众妙，精能之至，反造疏淡。如观陶彭泽诗，初若散缓不收，反复不已，乃识其奇趣。"又说："长史草书，颓然天放，略有点化处，而意态自足，是称神逸。"在他眼里，智永以其疏淡、散缓的笔法传达书家奇趣，张旭把喜怒哀乐倾泄于笔下，呈现自足的意态情趣。

他的这些主张，表达了他追求一种"天然去雕饰"的平淡自然的情趣和韵味。苏轼作品中流露出的天真烂漫、奇崛不羁的个性特征是其书法神采观的体现。其作品神采飞扬，内敛外张，抒情性强，也是其书法神采观的一种外化。

唐代有意求工的创作倾向，在宋人那里濡染渐深。面对人工雕琢过的书法，苏轼极为推崇书法中"自然"的重要。他曾在论述中云:"世俗笔若骄,丛中强崽骢。钟张忽已远,此语与时左。"(《次韵子由论书》)在他看来,超越功利而造境高远,即使技巧上不合规矩,也比只有纯美的技巧而无灵性的书法好。书法作品在端庄中流露出流丽之态,刚健中蕴涵婀娜之姿,结构上外松内紧,才是最高形质美,这体现了其书法形质观:追求自然素淡,主张无所欲求,无所矫饰,浑然天成,幽深玄远。在《题王逸少书》中云:"颜张醉素两秃翁,追逐世好称书工。何曾梦见王与钟,妄自粉饰欺盲聋。有如市娼抹青红,妖歌嫚舞眩儿童。谢家夫人澹丰容,萧然自有林下风。"他认为张旭、怀素的书法不及钟、王,并非功力不及,而在于天然形态上的差距。

苏轼喜欢钟繇、"二王"的淡雅丰容,林下风气,清脱丰姿,说明他崇尚简淡,反对粉饰与华美。但对书法的形态美又是不拘一格的,"肥腴"和"瘦硬"各有千秋。在《孙莘老求墨妙亭诗》中对杜甫的"书贵瘦硬方神通"提出异议:"杜陵评书贵瘦硬,此论未公吾不凭。短长肥瘠各有志,玉环飞燕谁敢憎?"他认为,书法艺术像各种类型的人体一样,或矮或高,或肥或瘦,都各有风度。他在书法形质上追求风格的多样化与他在文学上提出的"文章各自一家"是异曲同工的。

苏轼在绘画方面提倡"有道有艺",指出"有道而不艺,则物虽然于心,不形于手",书法上又强调"技进而道不进则不可"的观点。主张书法抒情画心的同时,要寓道载道,以书法来体现自然、人生哲理与艺术创作的内部规律性,砥砺情操,做到思想性和艺术性两者兼及,有机统一。这里的"技"实为"艺",都是指作品的艺术性和书写的技法。技法对于书写十分重要，但在"技"和"道"的关系上，苏轼认为若"技进而道不进"，单纯是在技巧上追求进步，而无具体思想上的进步是不完美的，他主张的是艺道两进，不可偏废。在"有道有艺"的基础上更加确定技、道的关系。

苏轼在强调学养与实践相结合的同时，也十分重视人品德修养和创作心境对书法的影响，他在《书唐氏六家书后》中云："古之论书者，兼论其平生，苟非其人，虽工不贵也。"书法之道，讲究道法，因此，在书法评品中，必然要注意书家之道，即他的品格和思想。书如其人，书随人名，都说明书家本身的学养、品德、思想的重要性。苏轼这种"论书兼论其平生，苟非其人，虽工不贵"的思想，是对技道关系的补充，并非为书法本身所左右，而是联系书家的实际进行全面的剖析，这对于我们的书法品评是有重要意义的。

1994

元代以来的杂书卷册与傅山杂书书写

"杂书卷册"主要是对书法作品中出现的书体杂糅的现象而言，指书家在一段时间内用不同书体随意书写而成的卷册。元代末年，杭州文化圈向苏松地区迁移后，"杂书卷册"样式成为文人书家们创作的一种形式，这种形式在元代形成的原因至少可以概括为两点：一是元代书家如赵孟頫、邓文原、危素、宋克等不断扩展使用多种书体的趋势；二是元代地域文化圈的形成，使得文人雅集活动不断出现，集体在书画作品上题跋成为时尚，促进了这种样式的形成。

"杂书卷册"样式大体有两种类型，即以段落为单位的"杂"写和以一字或连续数字的单位"杂"写。第一种类型表现为点画自然随意，书写中有强烈的"连贯"意识，不同书体的段落组合而形成"杂书"，而非一个个字的组合拼凑。这种形式以元末明初宋克的创作最为典型，并将元人的这种风气带到明初。宋克《定武兰亭八跋》小楷、行书、草书、章草诸体并用，每跋长短不一，最多的为十六行，最短的为六行，每跋末尾亦有高有低，章法自然，错落有致。同时，书体虽很"杂"而随意，但整体表现自然，动静互补，丰富了长卷书写的样式。宋克的另一件著名的杂书卷册《录子昂兰亭十三跋》写作时间为洪武三年（1370），此卷使用楷书、行书、

（清）傅山　书为元翁诗

章草、草书四种字体，笔力劲健，神采清逸，王穉登跋云"宋南宫之题，当于魏公（赵孟頫）之跋相雁行"，评价甚高。此卷后有文徵明、陈淳、吴宽等人的印章，可见此卷曾经明中期吴中诸家鉴藏。《定武兰亭八跋》的创作时间在此前后，从创作样式和内容来看，此两卷可视为同期的"姊妹篇"，亦可见，这种样式，是宋克在前人基础上的一种创造，也显示了他驾驭多种书体的能力。

"杂书卷册"的另一种类型是作品中段落或字与字之间相"杂"，也就是说，是在一段或一行中几种书体交杂一起，但这种"杂写"和前人"预算"好而进行有规律书写的情况不同。如传世的魏正始年间（240~249）的《正始石经》小篆、古文、隶书三体有规律的排列组合，大小一致，因用于刻经典，为当时之楷模；相传吴皇象书《急就章》为汉代教小学的教材，有章草和楷书两体，一行章草一行楷书，楷书用来注释章草；北朝碑刻中如北魏《寇治墓志》、西魏《杜照贤造像记》等也有篆隶楷书相杂、字与字平均分布的现象。到了元代的文人书法创作中，赵孟頫书法中亦有此种形式，传为其所作的《六体千文》即是沿着《正始石经》一类的排列方式所写，俞和的《篆隶千字文册》、明代中期的文徵明《四体千字文》等亦用此法，这类经过预先"设计"好的作品不是我们这里所讨论的类型。

我们这里所讨论的段落或字与字之间相"杂"在《淳化阁帖》所收钟繇、王廙、王羲之、王献之书法中已见端倪，后到元末明初时期，宋克将这种杂书样式进一步拓展，有明显的"创作"意识，并形成特有的面貌。他在《定武兰亭八跋》中除了第一种类型即以段落为单位的这种书写有"杂"写的特征外,还有段落或作品中字与字之间也有"杂"的情形,这种"杂写"不同于上述有规律的书写,时而一字一体,时而数字一体,时而数字数体,有较强的随意性,在第一跋中就有楷书、行书、章草、今草间杂出写,错落有致,动静互补。

此外,在宋克《唐张怀瓘论用笔十法》(北京市文物局藏)、《书孙过庭书谱》中亦用此样式。《唐张怀瓘论用笔十法》楷行、章草、今草结合,打破了章草的字字独立,而和今草融合,有综有疾,有强烈的节奏感;《书孙过庭书谱》以章草为主,间杂楷行,以界线相格,成纵势,大小参差变化,结字疏宕萧散,一气呵成,混杂自然。元代以来书家特别是宋克的杂书卷册样式还影响了明前期书家沈度、沈粲。台北故宫博物院藏沈粲《应制诗》中前面四行为楷书,后三行则章草、草书相杂。美国普林斯顿大学美术馆所藏《沈粲沈度书诗卷》,其中沈度所录朱熹诗用楷书、章草、草书所作,有着明显的段落或作品中字与字之间的"杂书"特征。

到了明末清初,杂书卷册再度风行,并把这种书写风格推向一个新的高度。其中以傅山在这种样式上的创造最为突出。傅山的书法,以气势恢弘、点画迅疾飞舞的狂草而著称,但我们注意到,傅山用杂书书写的情况很多。如湖南省博物馆所藏傅山《各体书册》即用篆书、隶书、楷书、行草写成,或疏或密,或顶天头,或居中书写,他的这类作品没有明显的"预算"成分,而更多的是一种意趣。除了每开用不同的书体书写外,每一开中还出现变化,通过同一书体字形大小和疏密的变化来突出"杂"写。这类"杂书"最为典型的是台北何创时书法艺术基金会所藏的《啬庐妙翰》杂书卷，此杂书卷将这一时期的杂书书写推到极致。

《啬庐妙翰》从内容上看，包括前人笔记、傅山笔记、《庄子·天地篇》及批注、药方等；从书体上看，篆书、隶书、行书、行草、小楷、中楷以及其自创的由大量异体字来书写的"草篆""草隶"等；从章法上来看，以茂密为主，以大字、小字、长短来平衡作品，使得作品十分丰富。综合观之，傅山此卷既有以段落为单位的"杂"写，又有以一字或连续数字的单位"杂"写。不仅如此，他还在字体本身求得"杂"写，如用钟鼎文的笔画写出隶书的方折，用小篆中繁复的笔画写到楷书中去，用生僻的异体字求得字形上的芜杂等。可以说，傅山是继宋克之后最有意识来"杂"写的一位，一方面显示了他精通各种书体，另一方面也体现了这一时期人的书写习惯。

除傅山外，王铎、八大等书家也有相似的书写习惯，如喜欢题写长跋，用大小字、不同书体来写等，但他们之间又有明显的不同。王铎的"杂书卷册"主要体现在他临写古人的卷册中。如上海博物馆藏王铎《临各家书卷》卷首有"千秋馆学古"字样，后每段临写内容前用小行楷标明"学中书令褚遂良""学秘书少监虞世南""学唐尚书郎薛稷"等，和正文大字行草隔开。在"学唐尚书郎薛稷"和"学齐侍中王僧虔"中后一段说明文字用楷书书写，落款共八行，又用带有章草笔意的草书写成。全卷是一个临书卷，但用了不同大小的行楷、行草、楷书、草书完成，也是一件"杂书卷册"，相似的样式还有如辽宁省博物馆所藏《琅华馆崇古帖卷》，每个部分也是用楷书为标题隔开。王铎喜欢临写《阁帖》，这种样式明显来源于《阁帖》中所收钟繇、王廙、王羲之等人书法前用稍小一些的楷书来说明该帖的样式。在八大临写晋唐书家的作品中也都有类似"杂"写的情形。

和他们相比，傅山的"杂书卷册"表现出更大的随意性，在书体的使用上，也更多地使用篆书和隶书两体，还喜欢用变形的各种生僻的大篆，给人在阅读中带来一定的障碍，增加作品"娱乐"和"把玩"的功能。

如果说元代以来书家赵孟𫖯、俞和、宋克等以及他们所影响的明前期书家的创作主要是突出其所擅书体的艺术魅力，而晚明的杂书卷册除此而外，还与晚明文人的文化生活中娱乐、清玩、批注、点评方式及阅读习惯有关。这里要指出的是，以傅山为代表的书写"杂书卷册"的风气在明末清初兴盛，还与两个因素有关。

一是与金石学兴起后的释文有关。明末清初，人们开始关注金石碑版上文字，并用来临习，如现藏于南京博物院的八大山人所临石鼓文，和宋人薛尚功《历代钟鼎彝器款识法帖》中石鼓文和释文合写而形成"杂"的样式十分接近，或正源于此。傅山以及其好友曹溶、戴廷栻、阎若璩等都是有名的金石书画收藏家。阎若璩《潜邱札记》卷二载"傅山先生长于金石遗文之学，每与余语，穷日继夜，不少衰止"，卷六又载"金石文字足为史传正讹补阙，余曾与阳曲老友傅青主极论其事"，足见他们对金石的兴趣。他们一起识字、品鉴、题跋、考证，常常用楷书、行书二体对篆书、隶书等进行认读、记录，这样常常形成由几种书体形成的文本。傅山富于艺术才能，把这种"杂"写的文本转换到艺术创作中，形成"杂书卷册"。这种有篆书、隶书的"杂"写样式也是区别于宋克等人以楷书、行书、草书、章草来创作的重要原因。

二是与晚明以来的抄录风气有关。晚明人长于抒发性情的小品，如朱国祯《涌幢小品》抄录前人杂记，间有考证；陈继儒《晚香堂小品》抄录各种文体如诗、序、传、祭文、题跋、志等；王思任《文饭小品》则包括尺度、启、表、募疏、赞、铭等。这些小品，如华淑《题闲情小品序》所云："随兴抽检，得古人佳言韵事，复随意摘录，适意而止。"这种随手抄录的风气在明末十分盛行，以傅山为代表的书家在这种风气中，形成随手抄录，以不同书体、不同大小、不同内容抄录并间以心得的书写习惯，上述傅山《啬庐妙翰》无论从书写样式还是书写内容看都显示了其"随意"和"抄录"式的特点，因而更为庞杂，甚至类似于不同书体的"稿书"，也因此而显得有意外的趣味，这也是明显不同于元代书家"杂书卷册"之处。

当然，"杂书卷册"在元代以来兴起到明末清初达到高潮，不仅仅是上述因素的影响，其原因还可以进一步研究。只是，我希望能指出这个特殊现象的存在，并引起人们从书写样式上思考相关的文化因素和社会因素的影响，以达到书迹与书法史、文化史认识的互动。

原载《中国书画》2006年第4期

扬州八怪的师碑破帖风气

在清代前期浓郁的师碑氛围中,以金农、郑板桥为代表的扬州八怪注意个性发挥,不守成法,对当时的正统帖派形成了强烈的冲击。金农(1687~1763)书法有隶书、行草、楷隶、漆书和楷书等多种,多与其师汉碑有关。他曾在《鲁中杂诗》中云:"会稽内史负俗姿,字学荒疏笑骋驰。耻向书家作奴婢,华山片石是吾师。"这是新潮的师碑思想,直接师无名书家之汉碑,向"二王"一脉的帖学挑战。金农隶书初师《夏承碑》,后学《西岳华山庙碑》,取其方严凝重之致,脱出时风之外。他的隶书、漆书运用了"倒薤"撇法。我们对照一下《西岳华山庙碑》拓本和金农之临本,可以发现,他在临写中将汉隶中之"撇"画变为"倒薤",缩短碑中字之长画和其波挑,变字形扁方为长形,增加"毛涩"的用笔来表现"金石气"。其漆书正是在其隶书基础上,强化"横画",起笔如"刀切"之态,卧笔运行,"竖"画变细,向左方向的"倒薤"法,缩短"捺"画,结体呈长方,形成鲜明的特色,突破了郑簠的隶法,在汉碑基础上戛戛独造。

金农在碑行、楷书方面,也完全舍弃了"二王"的传统,从金石碑版、无名书家之书法中开掘出另一传统。江湜说:"冬心先生书,醇古方整,从汉人分隶得来,溢而为行草,如老树着花,姿媚横出。"其行草书字字独立,外拙而内秀,亦运用隶书和漆书中之"倒薤"撇法,打破帖学之正途,另辟蹊径。但他的行草从不作对联、屏条和大幅作品,主要写诗稿、文稿、题跋、画款等,这说明他当时的书法创作虽然很新潮,但仍有传统观念束缚,他自己认为行草一体不能登大雅之堂。但是他的实践对后来者来说,是一次冲破藩篱的成功探索。东晋"二王"一脉的行草书风,一直被奉为书家之圭臬。金农在"破帖"中的实践,打开了人们行草创作的新视野,但他不用于创作大幅作品,这反映了清代中叶的"破帖"风气是在"师碑"之后,"破帖"之行草是在师法汉碑的基础上进行的。

金农楷书表现出一种"楷隶"意味,如木版雕刻之作。北齐石刻那种楷隶参半的文字,曾引起过他的注意并对其产生影响,其《跋林吉人砚铭册》中说他所刻砚铭曾"雕版以行",这种书体形成很可能与其长期刻写砚铭的实践有关。这类创作实践说明金农从师法汉碑开始注意到北碑并实践,这可视为清代碑学运动从汉碑转化到北碑的开端。

郑板桥 (1693~1765) 的师碑破帖实践和金农相为互应。山西博物馆藏有郑板桥《行书自书七古诗》,此诗为论书诗,对清初帖学之衰进行了深刻的剖析。

国初书法尚圆媚,伪董伪赵满街市。
近人争学大唐书,钝皮凡骨非欧虞。
壮如郑入晋小駉,血脉偾作中干枯。
先生出入二王内,骨重神寒淡秋水。

余渖犹能作永兴，残毫断不为元秘。

肉中有骨骨有髓，运从崔蔡探程李。

八分篆隶久沐浴，楷书笔笔藏根柢。

　　清初，康熙酷爱董其昌书法，"董风"一时盛行，后乾隆又爱赵孟頫书，"赵风"又起。然而，学书者既无董其昌的"散淡"，又无赵孟頫之"玉润"，导致了帖学一脉纤弱媚俗，郑板桥斥之为"伪董伪赵"，而学习唐人书法者，亦已为"钝皮凡骨"，故而"破帖"已是时代使然。那么，究竟如何取法呢？郑板桥则十分明确：取法"八分篆隶"，融入书法之中。因而，这首诗几乎是郑板桥师碑破帖的宣言。这件作品未署时间，但从风格上看，当为其早期作品。通篇为行楷，但在字里行间，已参有较明显的"隶意"，作品中的"捺"画如"赵""永""分"等字古意盎然，和"赵董"一脉的帖学书风明显不同。

　　郑板桥的书法初学高其佩，后师苏东坡、黄山谷，隶书初受郑簠影响，后刻意追求"古碑断碣"，又将篆、隶、楷、行、草融为一体，形成"六分半书"。他说："板桥书法八分杂入楷行草，以颜鲁公《座位稿》为行款，亦是怒不同人之意。"又云："板桥既无涪翁（黄庭坚）之劲拔，又鄙赵孟頫之滑熟，徒矜奇异，创为真、隶相参之法，而杂以行、草。"可见，板桥以汉碑掺入其他书体求得新意，异于时人，他以篆隶之体与行草相夹，既显古朴之趣，又有飘逸欹侧之势。向燊称板桥"以八分书入行楷，纵横驰骤，别成一格，与金冬心异曲同工，在帖学盛行时代，能独辟奇径，可谓豪

宦海归来两鬓苍,后学问何曾知,老来犹强健,我又居然子孙行,里语亲记,郑燮

（清）郑板桥　宦海归来诗

杰之士矣"。郑板桥的师碑破帖实践还来源于他对当时刻帖一翻再翻、一刻再刻,面貌全非帖学原貌之积弊的痛斥。乾隆八年(1743),他曾在一题诗中对传世刻帖进行评价:

> 黄山谷云:"世人只学《兰亭》面,欲换凡骨无金丹。"可知骨不可凡,面不足学也,况《兰亭》之面失之已久乎,板桥道人以中郎之体,运太傅之笔,为右军之书,而实出以己意,并无所谓蔡、钟、王者,岂复有《兰亭》面貌乎!古人书法入神超妙,而石刻木刻千翻万变,遗意荡然,若夫依样葫芦,才子具归恶道,古人作此破格书以警来学。

这一主张是对元明以来"尚刻帖"观的重新审视,不愿意再以《兰亭》面貌出现,而要"出己意","作破格书",与金农的"耻向书家作奴婢"相一致,突破了人们对刻帖的认识,并以新的审美样式出现,这正是师碑实践后形成的。

值得注意的是,郑板桥除了在用笔上、字体上突破了前人外,在章法上充分夸张字形和重心变化,体现出轻重疏密的对比,随机生发,突破常规,大小不论。在石涛的题画款中就已有隶夹行草、行草中有隶意的写法,郑板桥进一步发展形成了特有的"乱石"法。他在《赠金农》诗中云:"乱发团成字,深山凿出诗。不须论骨髓,谁得学其皮?"亦是自己的写照,其章法上之"乱"是在师碑破帖的广泛实践中形成的。近来有乡贤说板桥体来源于兴化垛田之形,未见板桥提出,可作新见。

杨法（1696~1750？）是师碑实践中由隶书过渡到篆书的重要书家。他曾广临汉隶石碑，用笔上受郑簠隶书影响，乾隆十年（1745）所作《隶书古诗十九首册》，取法汉人，奇古苍劲。他还将篆隶融于一体，以草书笔法表现，形成"草篆"，在师法汉碑基础上又前进了一步。扬州博物馆藏其为秋音社作五言诗，粗细自然，既有篆之古意，又有草之雅逸。而乾隆十三年（1748）所作《口铭心铭》轴虽为草隶，而多显隶意，极具特色。凌霞《天隐堂集》中《扬州八怪歌》称"巳军篆法能兼包"，金农称其"善奇篆，有佚篆之遗"，都表明其篆书在清代有相当影响。其草篆与金农的漆书、郑板桥的六分半书可视为清中叶师碑破帖风气下的创新产物。

扬州八怪中的高凤翰（1683~1749）、汪士慎（1686~1759）、高翔（1688~1753）在师碑破帖风气下亦取得重要的成就。高凤翰在其题自书草隶册中云："眼底名家学不来，峄山石鼓久尘埋。茂陵原上昔曾过，拾得沙中折股钗。"这种观念与金农、郑板桥的师碑破帖观同出一辙。其隶书从《衡方碑》《鲁峻碑》《郑固碑》等汉碑中脱胎而出，并取法郑簠，形成雄浑朴厚的艺术风格。其行书以隶法运之，遒美而古拙，特别是其乾隆二年（1737）右臂风残后，以左手写行书，行笔更慢，中锋用笔，一派汉碑笔法，显苍古拙拗之致。

汪士慎在隶书上亦有创造，其师法隶书与金农追求浑穆苍茫的"毛涩感"不同，他着力表现汉碑"本色"，求其最初的"光洁感"。故宫博物院藏有其所书唐代刘言史之《观绳伎》条幅，即是这种探索的代表。他的作品清劲生动，横画纤细，强化波挑，在八怪中颇有个性。他五十四岁时左眼失明，后多作行草，充满了隶意。扬州博物馆藏其手稿书《十三银凿落歌卷》与金农"稿书"有同工之妙，于不经意中表现出"碑行"的特点。高翔在扬州八怪中以擅隶著名，"异时千峰倘其有东海之游乎，金石盈箧，其必叩高生之门而示之"。千峰为褚千峰，山西商人，以鬻碑帖为业，常至扬州，所搜古碑，皆让高翔过目，所见汉碑之多可以想见。其隶书源于汉碑，在字形上打破了汉碑扁平的特征，在"纵势"中表现隶意，横画的处理常常表现出鲜明的"波挑"，竖画多呈斜势，有飘逸之感。此外，李鳝、李方膺、罗聘等人在师碑破帖上都有实践。

扬州八怪的书法，一方面，在隶书上积极探索，形成多样的风格，取法汉碑在康乾时期已成为热潮，甚至延伸到篆书和楷书；另一方面，他们以隶法入行草书，打破了"二王"一脉的帖学正统，使得形草书的笔法发生变化，表现"金石气"和"隶意"的作品不断出现。可见，师碑破帖风气在清代中叶的书坛已经十分普遍。

原载《扬州八怪艺术国际研讨会论文集》，
吉林人民出版社，2002

陈垣先生的书学思想及其遗墨
——在纪念陈垣先生诞辰 130 周年学术研讨会上的发言

陈垣先生是我国当代著名的历史学家、教育家，今年是先生130周年诞辰，陈智超先生主编的《陈垣全集》23册也已由安徽大学出版社出版，该书全面整理了陈垣先生的著作，对于我们进一步了解陈垣先生的学术思想和成就有着重要的意义。陈垣先生一生热爱书法艺术，收藏的书画作品甚多，仅其捐赠首都博物馆的清单中所列书画作品就多达240件（套），其中包括董其昌、翁方纲、钱大昕、康有为等名家作品。对于后学研究艺术，也十分支持。启功先生在《学艺回顾》一文中曾回忆说："当陈老校长鼓励我多写论文时，问我对什么题目最感兴趣。我说，我虽然在文学上下过功夫，而真正的兴趣还在艺术。陈校长对此大加鼓励，所以我的前几篇论文都是对书画问题的考证。"在史学研究中，陈垣先生也涉及有关艺术史的内容。从他的来往书信中，我们也可知道，他与同期的书画名家多有来往。但陈垣先生的书学思想和书迹的研究至今还很不够，现浅述陈垣先生的书学观念和书艺大略，以期展现其除史学成就之外的另一景观。

一　陈垣先生的书学思想

陈垣先生的书学观念来源于他在史学研究中的深厚积累，许多看法虽然只有只言片语，但准确地表达了他对书法艺术史的认识和思考。有些看法不仅是他反复强调的，更是他长久以来揣摩而得，尤具指导意义。

书法为"艺术史上一大观"

陈垣先生一直强调书法是中国特有的一种艺术，是艺术史上的一大景观。在1923年作的《元西域人华化考》中，他说："书法在中国为艺术之一，以其为象形文字，而又有篆、隶、楷、草各体之不同，数千年来，遂蔚为艺术史上一大观。"在1939年所作《汤若望与木陈忞》一文中又再次强调了书法的民族性："以书为美术，与画并称，舍中国、日本外，世界尚无此风俗。不注意书法，则真景德云法师所谓不工书无以传者也。"在这篇文章中，他还专门讨论了僧人的书法，把僧人的书法活动和他们的文章、小说等一起讨论。他说："书法自昔为中国所重，僧人能书者亦多。即《景教流行中国碑》，书法遒整，亦可与他唐碑媲美。近年敦煌出土之景教经典，亦有幽雅绝俗者。"这些相关的看法，表明了陈垣先生对中国书法的关注，特别是对其独特的艺术形式加以肯定。

"艺舟双楫"之"一楫"

1942年6月，陈垣先生在辅仁大学教育科学研究会上讲话，题目为《〈艺舟双楫〉与人海》，专门谈到书法的重要性。《艺舟双楫》是包世臣论文、论字的一本书，以此题目和即将毕业的同学讲话，是要学生重视文章和书法。陈垣先生说：

字，古时为六艺之一，"子以四教，文行忠信"，文是第一，"子所雅言，诗书执礼"，书是第二，这个书是"书同文"的书，"子张书诸绅"的书，不是指《书经》。孔子平日所雅言的，就是教学生写字。俗语说得好，字乃文之衣冠，又说先敬罗衣后敬人，可知一文到手，字先入眼，字好是最要紧的。老先生又说，近日学生写字都用铅笔、钢笔，将来没有人会写字了。其实大大不然。琉璃厂各项买卖不如前，唯笔铺有增无减……从前要得一个好法帖，多么费力，今日有石印、有珂罗版，什么好帖，都可以见着。从前法帖是刻石的，剥落漫漶，翻刻又翻刻，找一本定武兰亭，就了不得。今日有唐摹本兰亭好几种，影印出来，去真迹只是一间，其他唐宋人真迹墨迹，不知凡几，从前认为无上之宝的，今日可以数元钱得到，真是千古所无的机会了，如果要学好字，哪有学不好的。但是写字与作文有些不同，作文只是要"可解后多读"，写字就要"多看多临"，但字多写是不够的，有时多写反为有害，因为字不怕幼稚，至怕恶俗，幼稚如树木未长成，将来可望长成；恶俗是树已枯槁生虫，不易挽救了。好在诸君皆是青年，不会有恶俗的毛病，如果有这毛病，要矫正过来，就很费事了。古人所以有"十年不写字，使忘其本领，然后重新再学"的法子。今人不用这样，只要变换过原来执笔的习惯，多看名迹，就可以重新再学了。

这里，陈垣先生强调了写好书法对学生来说十分重要，鼓励学生利用能看到好的临本的机会"多看多临"，就一定能够学好，殷殷之情溢于言表。他还特别强调书法气息对学习者的重要性，告诫学生"字不怕幼稚，至怕恶俗"，指导学生要注意执笔、多看名迹，才能学好书法。此外，他还要学生写字不光注意字体，还要注意行款、书写工具以及书写中不用俗字减笔，强调书写文字的修养。

我见今日学生，不论男女，好字的很多，劣字的，只系未得名师指授，且见名迹太少，须知今日出版的名迹，到处皆有，费数十元就可看之无尽。字体之外，应注意行款，我见学生写信，或行仅一字，或页仅一行，或署款太低，都是不合格式的。我考试监场时候，常注意同学写字的工具，往往有盒太大或太小，用笔太硬或太软的。又如俗字减笔字，可以不用，就不要用，如果贪图省时便利，应学行书，不应用减笔俗字。能写得一手好字，就是艺舟双楫的第二楫了。

陈垣先生在演讲的最后还以包世臣、康有为共同推许的邓石如为例，指出"有时字比文更为切用"，这实际上突出了书法作为一种专门化的技能在现实社会中发挥越来越重要的作用。

今日市上有专论写字的书,名《书镜》,是五十年前康长素先生所著的,当初本名《广艺舟双楫》,有人问曰,还有一楫哪里去了?先生笑曰:"单楫"就可作双楫用了。这虽是一时的戏言,但在人海中,有时字比文更为切用,你看包康两家共同推许的邓完白山人,他就是一生以字遨游人海了。

陈垣先生所举的包世臣和康有为推重的乾、嘉时期的书法家邓石如为安徽怀宁人,一生布衣,鬻书刻印为生,是靠自学书法特别是汉代碑版而能卓然特立者,是清代碑派的重要代表。包世臣《艺舟双楫》推邓石如隶书、篆书为"神品",分书、真书为"妙品",康有为《广艺舟双楫》则云:"篆法之有邓石如,尤儒家之有孟子,禅家之有大鉴禅师。皆直指本心,使人自证自悟,皆具广大神力功德以为教化主,天下有识者,当自知之也。"邓氏以书写之"一技"而能获得成功,陈垣先生引包、康之论,实际上是鼓励学生学好书法,掌握技能,学有所专,都能够在"人海"中"遨游"了。

学书法之门径

陈垣先生三子约之先生爱好书法,陈垣先生在致约之先生的家书中,多次谈到他对刻石、碑版、墨迹、书体的看法,特别强调两点学习书法的方法:第一,入门最重要。在致约之的信中说:"书画是相因的，能书能画，是大佳事。但入门要紧，不可走错门路。不懂犹如白纸，尚可写字，入错门路，则犹如已写花之纸，要洗干净，难矣。学怕无恒，凡学一事，必要到家。或作或辍，永无成功之可言也。胸襟要广阔，眼光要高，踏脚要稳。"又说："但凡事最怕不得其门而入，又怕误入迷途。所谓误入迷途者，即起坏头是也。入门不慎，走入歧途，回头不易，故恶劣之字帖万不可学，一学便走入魔道，想出来不容易，故凡事须慎于始。"第二，要看墨迹。他曾指出墨迹经过翻刻后变形，不足学，批评李瑞清写北碑而成"恶札"："一墨迹，二石刻，三拓本，四剥落，五又剥落，六翻刻，七又翻刻……石刻已是二传，翻刻又翻刻，不知经过若干传，其去始祖也远矣。清道人写北碑，并其剥落嶙峋之处亦效之，遂成恶札，此大不可也。"在谈具体书体的学习中又强调了这两点。

"学篆以秦至汉为正宗"

陈垣先生认为"学篆以秦至汉为正宗"，入门最为重要，打好根基再图变化，不断强调不能"俗"，不能"杂"。在致约之先生的家书中鼓励他的"脱俗"，说："观汝来书字体大进步，已脱俗矣，可喜可喜，亦令我极快心之事也。"又云：

> 篆隶最怕起坏首，入错门，宁可不晓写，不可晓写而俗也，俗则不可医矣，书法皆然，不独篆隶。汝现在写篆，恰巧有江篆墨迹可临，进步甚速，但必须临之百回，根基稳固，再图变化。《秦诏版》久已托人拓得一分，因其字

体大小参合，不宜初学，所以留而未寄。今又要学隶，似不必，应再过数时也。杂则不精。

陈垣先生在信中谈到学书"根基稳固，再图变化"时，举《秦诏版》为例，为什么呢？传世的始皇诏辞单独出现在权量上面的情况较多，这篇诏书由政府核验，后由工匠受命制作在量器上，或将铭文铸凿于权量之侧，或以印模制作于陶量之侧，人们称其为秦诏权量铭文，又有制成有铭文的一薄片"诏版"，镶嵌于权量上，被称为秦诏版。秦诏权量铭文和秦诏版的刻写并非出自一人之手，一部分和当时通行的小篆书写较接近，如"始皇诏二十斤铜权"上的篆书，刻工精美，字形上较为整饬工整，如"皇""兼""壹"等字，和秦纪功刻石《峄山刻石》《泰山刻石》等上面的小篆相类。但大多数《秦诏版》和权量铭文表现得自由而率意。多数纵有行、横无格，字形大小不一，错落有致。有的出于民间工匠之手，或缺笔少画或随意简化，显然受到当时民间俗体秦隶的影响。对于一个初学者来说，这种变化较大的书体是不容易找到规律的，因此陈垣先生称《秦诏版》"字体大小参合，不宜初学"，所以迟迟未给约之寄出。他还教约之先生自学篆书的方法："篆书自可习，数月即有可观，用方格照黄子高《续卅五举》，先学下笔次第，比写行草容易，不可不学。"

陈垣先生还多次谈到他对早期刻石书法的看法。如他说："魏三体石经残石，系近年出土，东塾时未见，然因其学神谶（吴魏同时），故极相似。"又云："前函言钟山陈澧篆似峿台铭，系言其字体之窄而长，似峿台铭耳。至于笔画，峿台铭仍是方的，非圆的，清末多人学此，曾通行一时。今其风稍杀，近时学问者，比前人便宜得多，单是眼福，前人何能有此。携百金而之市，应有尽有之碑帖（指影印），可完全得见，于此而不胜前人，何以对前人也。"峿台铭为唐代著名的篆书碑刻，大历二年（767）刻于湖南祁阳松山，铭文无署名，学者多认为是瞿令问所书。此铭篆书用悬针法，书体修长，如陈垣先生所说"字体之窄而长"，虽有婉转圆润的点画，但其竖画用笔方硬挺劲，因此陈垣先生又称其"仍是方的非圆的"。这些看法，都极有见地，非泛泛之语。

追踪汉隶

对于学习隶书，陈垣先生主张由近追远，由清人到汉碑，容易上手。在给约之的家书中说："如果想学隶书，现在已有机会矣。前日检出黎二樵隶书一册，甚佳，可以从此入手，渐追汉隶。"又云："隶先于二樵墨迹入，次学《华山》，学残石，均可。比写行、草易得多。"黎二樵即清代书家黎简，其隶书师法《熹平石刻残石》，陈垣先生认为从黎氏入手再学汉碑是条途径。这里需要说明的是：自唐代以来至明代，文人学习隶书，都以名家为宗，历史上最早有记载的书家如蔡邕、钟繇、梁鹄、师宜官等成为学隶书者标榜的对象，凡不知书名者也托名名家。唐代隶书用笔程式化，气息不古而多华饰，成就不高。元代人理解的隶书也是托名钟繇等一类的隶书，如元代吾衍所说"挑拔平硬如折刀头"。到了明代，书家取法也剿袭元人，要师法名家。而汉碑多为非名家所书未受到重视，直到清代人们才突破前人观念,师法汉碑。陈垣先生主张"渐追汉隶"是延续清人对隶书的一种正确认识,清人学汉碑,所以从清人入手而追踪汉隶是一个学习隶书的正确而实用的方法。

他还推重钱泳的隶书,认为"钱梅溪先生隶书,清朝第一。今寄归《问经堂帖》四册,最便临摹赏玩,学之当于隶书大有进步也"。钱氏隶书多妍媚,少古雅之趣,从书法史角度来看,未能如陈垣先生所论为"清朝第一",但钱氏尝临汉碑、唐刻数十种,有极强的隶书功力,对于一个初学者打基础是有好处的,这也许是陈垣先生推重钱氏的原因。陈垣先生还主张学隶书要看墨迹本,也有利于初学者上手,这一点他在谈行书时也专门谈到。他认为"黎隶亦不如钱,所以属汝从黎入手者,一因家中旧藏此帖,二因系墨迹,三因从此入手,谅不至学坏"。这些家书,是陈垣先生对后代学习隶书的谆谆教导,他核心的思路"渐追汉隶",反映了陈垣先生对书法史的本质认识。

行书最要、楷次要、草书不可不学

陈垣先生十分强调行书在书法中的重要性。他认为,"行书最要,最有用,最美。楷次要,草、隶又次之,篆又次之。此指用处。行、草只宜施之笔札,若擘窠大字,非楷、隶不能镇纸,故学隶亦好。""行、楷最难写,篆、隶最易写,因行、楷是进步的写法,篆、隶是初民时代的写法。故写行、楷非要有多年工夫不可,篆、隶只有一年半载,即可写成似样,速者三两月,便成似样,行、楷无此急效也。"又说,学习行书的方法,是要看到墨迹、真迹,从而来体会笔法。他举例说："字最要紧看墨迹，从前英敛之先生最不喜欢米，我谓先生未见米真迹耳。后见宫内所藏米帖，即不轻米矣。"学习行书还要多看，训练自己的眼睛："《九月十七日帖》及《奉橘帖》最要能看出名贵气。多学多看，笔下自然不俗，此为医俗之仙方。看不出他名贵，眼中仍是俗也。"陈垣先生的这种重视"墨迹""真迹"的观点与北宋米芾的观点相一致。米芾《海岳名言》云："石刻不可学，但自书使人刻之，已非己书也，故必须真迹观之，乃得趣。"行草书之"趣"是石刻所没有的，米芾所论主要是指行草书，陈垣先生深谙此理，故有此主张。他还认为行书比草书重要而实用，主张学习行书从《怀仁集王圣教序》入手，在致约之家书中说："我总觉草书不甚适用，究不如行书要紧，如果写信写《十七帖》、《书谱》、怀素等等，恐怕累事，对尊长尤不宜，老实说不如《怀仁集王圣教序》最合适。观你来字，究嫌欠健，想因未临《圣教序》，故能临《圣教序》一百几十遍，必大有可观也。"

在楷书学习中，陈垣先生强调"南派"的"圆体"和"北碑"的"方体"不宜混杂，而应专心一路。他说："我有杨惺吾守敬编《楷法溯源》一书，数年前就想寄汝，因汝字已接近南派，即圆体，而《楷法溯源》多选北碑，即方体，防汝分心，迟迟未寄，今之不寄《秦诏版》及《神谶碑》，亦此意也。分而不专，难得成就。"陈垣先生也强调"墨迹"在学习楷书中的重要性，反对学北碑。他认为"刀刃所刻的效果与毛笔所写的效果不同，勉强用毛笔去模拟刀刃的效果，必致矫揉造作，毫不自然。"这个看法在书法界普遍学北碑、魏碑的今天，无疑有着十分重要的价值。启功先生曾有论书诗云:"题记龙门字势雄,就中尤数始平公。学书别有观碑法,透过刀锋看笔锋。"其中"透过刀锋看笔锋"语正是对陈垣先生这个看法的高度概括。

在中国书法史上,草书有章草、狂草和小草三种。章草偏于古质,狂草偏于宣泄,而小草能在这两者之间,既能表达作者性情,又非常实用。陈垣先生对于草书主张学习小草,《书谱》是小草的经典之作,张怀瓘《书断》称其"工于用笔,俊拔刚断"。陈垣先生主张从此帖入手,反复锤炼,会有成效。在致约之家书中说:"汝喜欢学草书亦好,由《书谱》入亦是正宗,(所临《书谱》系何本,复我,已背熟否,亦复我)犹之行书之《圣教序》,学此断不至误入歧途也。……前人学草书,《书谱》要写百十遍,自然成家。"又说:"草书不可不学,既有学书天分,正如百尺竿头,一气学好。如此则篆、隶、楷、草无不能,亦大足乐也。"这些看法,浓缩了先生多年对书法的理解,也体现了先生以书寄托情怀的乐趣。

二 《陈垣先生遗墨》

陈智超先生在主编《陈垣全集》23册之外,还主编了《陈垣先生遗墨》一书,于2006年在广州的岭南美术出版社出版。书中所收录陈垣先生的墨迹内容在他的诸多著作中已经得到反映,这些墨迹中还有多件与书法碑帖资料有关。作为历史学家,陈垣先生以碑正史、以图正史,丰富了这些资料的价值。如1926年的《元温泉颂碑跋》一文考订此碑立于《水经注》之后，纠正了《金石萃编》对此碑时间的误判，又纠正了严可均《全后魏文》以为此碑不全的论断。1942年所作《〈王西庄窥园图记跋〉稿》是陈垣先生为沈兼士藏江艮庭篆王鸣盛（西庄）《窥园图记》所作之跋，通过《史记·儒林传》和《汉书》所载，指出章太炎跋文对"不窥园"的误解。1961年《跋王羲之小楷曹娥碑真迹》，从黄伯思的《东观余论》等考订了王羲之书写此帖的时间，纠正了钱大昕《疑年录》记载时间之误。

陈垣先生不是专门的书法家，学习书法也没有专门的师承，和其史学研究一样，都是靠自学成才的，他对书法的许多认识也融进了他的笔墨之中。《陈垣先生遗墨》所收录的墨迹记载着这位大学者的书写面貌和研究过程。书中收录有陈垣先生从1903年至1965年的墨迹99件，内容包括读书批语、药方、书稿、信札、跋文等，书体有行书、楷书、草书等多种字体。陈垣先生的书法主要是为了实用和写作，但其墨迹间流露出学人特有的清逸沉着之风，非一般书家所有者。如行书《赵翼〈廿二史札记〉识语》为陈垣先生23岁时所作，是有确切纪年的最早的墨迹，书迹娟秀，飘逸生动。《书陆游诗赠辅仁大学学生李瑚》《致廖世功谈〈四库全书〉底本》《家书谈思想剧变》《致方豪函谈风气之变》《抗战胜利后致张长弓函》等也都是难得的行书佳作。楷书如《光华医社配便通用方药录》等端庄自然，字形略扁，有钟王之风。草书作品多见于稿书，如《〈释氏疑年录〉稿》《〈清初僧诤记〉稿》《〈南宋初河北新道教考〉稿》等手稿飞动峻拔，枯湿变化丰富，雅逸之气跃于纸上。这些墨迹，陈垣先生无意成书法作品，许多地方是先生修订、涂改过的，却是其学者本色的自然流露，其价值远超过其墨迹本身。陈垣先生的这种做法是受清代学者影响的，正如陈智超先生所说的那样，"《陈垣全集》不论如何齐全，终归是以他的作品的最后成果为主，很难完全反映他的写作过程。援庵先生自学成才，没有师承，他喜欢收藏清代学者的手稿，就是因为可以从中揣摩他们的创作过程和方法。有时候，它的重要性不亚于作者的结论。他也非常珍惜自己的手稿，不但尽可能完整地保存下来，还经常把它作为教材给子弟和学生学习。"我们从这些反复修改的墨迹中，能体会到陈垣先生对著作的精益求精的精神。限于篇幅，《陈垣先生遗墨》未能收录先生的全部墨迹，但作为《陈垣全集》的一个更为鲜活的文本，见证了一个伟大学者的人生轨迹，可视为陈垣先生艺术和学术的共同结晶。

原载《陈垣先生的史学研究与教育事业——纪念陈垣先生诞辰130周年学术论文集》，北京师范大学出版社，2010

黄牧甫：求印于"金"
—— 在中央美术学院书法系印论课上的讲稿

清中后期以来的文人篆刻艺术，是以践行"印从书出"和"印外求印"，以及入古出新而获得成功。同时，他们也遵循"印内为体"和"印外为用"的基本原则，推动着篆刻艺术风格的不断更新。晚清黄牧甫（1849~1908）以"钟鼎款识"以及两汉金石文字入印，精熟运刀，取得极高的艺术价值。王易《黟山人黄牧甫先生印存序》说他"萃五十年之精力，集二千年之大成"，也不是虚言。

在青铜器上铸铭文，从商代中后期开始流行，到周代达到高峰。金文通常记载于彝器、乐器、兵器、度量衡、镜、钱币等各种器物上，其中以彝器上的文字最长。这些金文多铸在器物的内部，较长的铭文多见于器物的底部，少数铸在器物的盖和柄上。钟和鼎在周代各种有铭文的铜器中占有重要地位，钟为礼乐之器，鼎为权力象征。金文铸刻文字有两种形态：一种是凹入的阴文，另一种是突出的阳文，黄牧甫一一汲取，举凡鼎彝、权量、泉币、镜铭、古陶、砖瓦以及周秦汉魏石刻文字，皆得其意，熔铸到创作中来。

黄牧甫28岁时在南昌所刻的《心经印谱》，有其胞弟志甫的跋，该跋云："兄八九岁时，诗礼之暇，旁及篆刻，自鸟迹虫篆，以及商盘周鼎，秦碑汉碣，无不广为临摹，至今积二十年，酷暑严寒，未曾暂废，其嗜之笃，至于如此。"其时对邓石如、吴让之的印风追摹最勤。如30岁所刻"胸有方心，身无媚骨"印款云"摹完白山人意"；34岁时所作"丹青不知老将至"一印边款中记道："张心农自江南来，购得攘老晚年手作印册。知余攒仰，据出授观。余闭门索隐，心领而神会之，进乎技矣。"他对吴让之精湛的刀法、统一协调的文字布局及幽雅雍穆的印面气息的深入体味，充分显示了黄牧甫过人的驾驭文字的才能和坚实的"印内"功夫，为日后沿此上溯求索打下了深厚的基础。

黄牧甫取法最多的是金文，从书中求印。西周初期金文中肥瘦悬殊的笔画和呈方圆形状的团块，在西周晚期已经消失。笔画的形式美变得纯粹起来，文字也向平直线的方向演化，风格上或简远，或峻秀，或浑穆，或庄严，极为丰富。金文发展到西周，进入了一个辉煌的时期，作为后世尊奉的大篆风格对春秋战国时期的金文产生了重要影响。黄牧甫以早期金石文字入印，采撷古文，配篆入印。如"壶公"一印，自称"杞伯敏父壶壶篆如此"。"婺源俞旦收集金石书画"一印，自称"原字散盘，俞字鲁伯俞簠，旦字颂簋，金字伯雍父，书字颂壶，画字吴尊"。提炼和汲取古代金石文字的意趣，追摹其形态，神与古会，是黄牧甫以金石文字入印的方法，如"外人那得知"为"拟瓦当文"，"秦瓦汉砖之室"为"仿砖文"，"雪岑审定金石文字"为"仿汉镜文"，"书远每题年"为"仿汉荡阴令张君表颂额字"。在此基础上，黄牧甫将不同时代的文字意态加以糅合创造，创造自己的特色。

在早期文字的历史遗迹中，我们发现，早期的汉字已经具备了书法形式美的基本要素，如刻画书写的笔画美，单字造型的对称美、变化美和组合排列上的章法美，以及在书写、刻画和铸造中因诸种因素形成的风格美。西周到春秋战国时期，金文、石刻书法因表现材料的不同，呈现了绚丽多彩的艺术风格。先秦时已有了刀和毛笔等书写工具，审美视觉中的"刀味""笔味""金石气"等范畴均源于此。甲骨文、金文和六国文字在广义上我们都称其为"大篆"。从商到秦统一，汉字的演变表现了由繁到简的趋势，这种演变具体反映在字体和字形的嬗变之中。西周晚期的金文中，富于纹饰的点画趋于消失，更富于抽象性。至战国中后期，周秦一系文字由大篆演变为小篆，而此时的民间草篆也向古隶发展，大大改变了文字最初的象形性和装饰性，点画更趋于简洁和自由，书法艺术因文字变化而显得更加丰富。

黄牧甫深入理解了早期文字象形性和装饰性的变化特征，深入文字的内在本源，融刀味、笔味、金石气于一印之内，在章法上最先突破。黄牧甫于篆刻的章法布局，欹正相生，方圆并用，虚实呼应，寓动于静。他的印作，既雕既琢，复归于朴。在"国钧长寿"印的边款中云："篆凡易数十纸，而奏刀乃立就。"在"锻客"一印的边款中云："填密即板滞，萧疏即破碎，三易刻才得此印，犹不免二者之病，识者当知陵用心之苦也。"可见其经营之极而复归于平正，灵动融入端庄，峭拔而见雄深，平易而见自然的用心。

李尹桑曾以黄牧甫与赵之谦做比较，认为"悲庵之学在贞石，黟山之学在吉金；悲庵之功在秦汉以下，黟山之功在秦汉以上"。他们都是以古代金石文字作为创作基石。赵之谦的创新，先于黄牧甫二十年，有开启之功。黄牧甫继起发展完善，对古代金石文字的借鉴和汲取范围更广，内容更加丰富。他不是简单地用古代金石文字拼合，而是经过艺术的改造和处理，使入印文字统一而具有个性，并融于其印风之中。

　　黄牧甫用刀最见特色，以刀传笔。他用薄刀锐刃，单刀直入，犀利险劲，处处见锋棱，精微地传达劲挺峭拔的笔意。在"阳湖许镛"一印中曾云："一刀成一笔，古所谓单刀法也，今人效之者甚夥，可观者殊难得。近见赵扨叔手制天趣自流，不入手板滞，虽非生平所好，今忽为扨叔动，偶一效之。"可见其对单刀光洁纯净法的体悟。马国权先生《晚清印坛巨擘黄牧甫》一文中记述道："他的弟子李茗柯告诉人，牧甫刻印所用的冲刀法，完全遵照传统，执刀极竖，无异笔正。每作一画，都轻行取势，每一线条的起讫，一气呵成，干脆利落，绝不作断断续续的刻划，和三翻四复的改易。"这正是对单刀法的娴熟运用。

　　黄牧甫的朱文印淋漓尽致地发挥了以金石文字入印的创作手法，最能体现黄牧甫篆刻的风格特征，傅抱石也认为，"他的朱文胜过白文，他的小印胜过大印。既能在精微处显出功力，又能在承转间芟去枝蔓。"（傅抱石《关于印人黄牧父》）其实，黄牧甫白文印也有极高的艺术成就。其白文看似板滞，实有有浓厚的金石趣味，气息古厚，饱满结实，平正雍穆。追求内在意蕴的古雅，而不以表面的残破斑驳求得古味，这是他和吴昌硕不一样的地方。同样是追求"金石气"，吴昌硕借《石鼓》写己意，其篆刻的审美趣味和《石鼓》书法的表现相互融通，得"毛""涩""苍""润"

之味。黄牧甫和吴昌硕虽然都追求古朴的精神,但一为"整饬",一为"残破",一为"天然",一为"人工",这在各自的印章中表现得淋漓尽致。

黄牧甫在"欧阳耘印"边款中说:"赵益甫仿汉,无一印不完整,无一画不光洁,如玉人治玉,绝无断续处,而古气穆然,何其神也。"黄牧甫的印章不喜残破,不击边栏,不敲印角,将赵之谦精致一路加以拓展,章法平中见奇,巧中见拙,因而形成挺劲光洁的印风,还"玉人治玉"之本色。黄牧甫所理解的高古是一种"原生态"的整饬之美,利用金文中肥厚的点团来表现印章的笔墨情趣,凡所见金石碑版文字能入印者,均大胆尝试,极富创造力。他在"师实长年"一印边款中又说:"此牧甫数十石中不得一之作也,平易正直,绝无非常可喜之习"。如果说"古气穆然"是其印章的审美理想,"平易正直"正是其篆刻的表现手段。

黄牧甫何能形成其独特的印学思想和印章风格?在于"学"也。"学"而用于"艺",这也和其独特的人生成长经历密不可分。

黄牧甫的父亲黄仲和是位文字学家,乔大壮《黄先生传》说称其"道德文章为一乡望,有《竹瑞堂集》,尤精许氏学"。由于幼时的熏染和陶冶,黄牧甫八九岁时即开始篆书和篆刻的基础训练。后父母又相继去世,生计无依,不得不离乡背井,到江西南昌,走上了以末伎游食的人生之旅。他晚年曾刻"末伎游食之民"一印,在边款中他回忆这段生活说:"陵少遭寇扰,未尝学问。既壮,失怙恃,家贫落魄,无以为衣食计,混迹市井十余年,旋复失业。湖海飘零,藉兹末伎以糊口。"31岁时,他在南昌一照相馆任职,掌握画像技术，现存许多绘画作品，如照相一般，这段经历对他还是很有影响的。

33岁时，黄牧甫离开南昌移居广州。在广州的三四年时间里，黄牧甫与沈泽棠、梁鼎芬、梁肇煜等人交往密切。黄牧甫36岁时被荐举到京师国子监学习，专攻金石学。在这里，黄牧甫得到了金石家王懿荣、吴大澂、盛昱等人的指导，并与缪荃孙、蔡赓年、王崇烈等大学者订交，见到了大量珍稀的金石文字和秦汉印章，并且参与了摹刻《石鼓文》的工作，眼界大为提高。

光绪十三年（1887），39岁的黄牧甫结束在国子监的学业回到广州。此时，吴大澂调任广东巡抚，他与两广总督张之洞设立广雅书局。黄牧甫应吴大澂邀请受聘协助梁鼎芬院长主持广雅书局校书堂的工作。同时，协助吴大澂编纂金石书籍。他与尹伯圜合作编拓了三十巨册的《十六金符斋印存》。同时，他对吴大澂所藏吉金古器也多有研究，最早利用吴氏所著《说文古籀补》中的文字。他的印章气息直追三代，与这段经历是分不开的。

吴大澂调任河东河道总督后，黄牧甫仍留在广雅校书堂工作。校书之暇，鬻书卖印。在广州十四年，留存于世的印作大多作于这段时间。他为黄绍宪、俞旦、李茗柯兄弟、欧阳务耘、龙凤镳、孔性腴、江仁举、潘宝璜、锺保珩、伍懿莊等朋友刻印，多者约百方，少者亦有数十方。张之洞、梁鼎芬、潘兰史、黄遵宪、康有为等人也请他刻了不少印。50岁时，他曾辑自刻印为《黄牧甫自存印谱》。

光绪二十六年（1900），52岁的黄牧甫离开广州，回到黟县家乡，因自号"倦游窠主"和"息游窠主"。光绪二十八年（1902）秋，

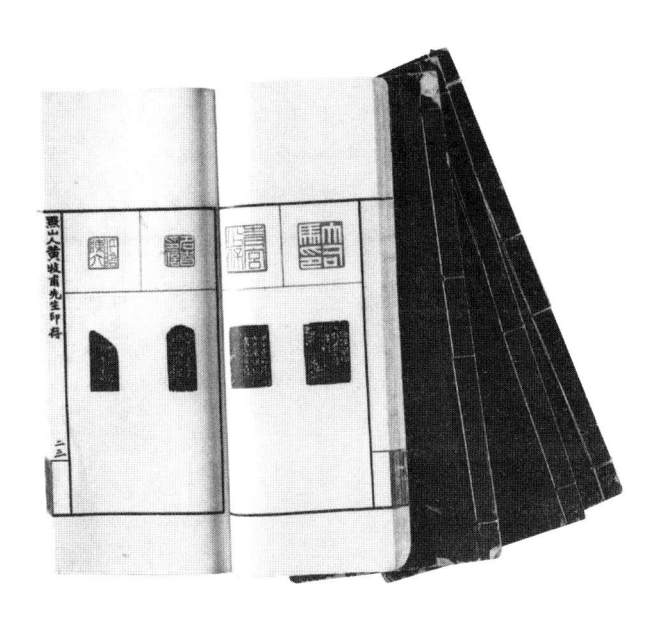

黄牧甫印谱

又应湖北巡抚署湖广总督端方之邀，去武昌协助端方编著《陶斋吉金录》等书。《黟山人黄牧甫先生印存》卷首"倦游窠主五十四岁小景"即绘于此时，他在画像上题道："光绪壬寅，游筴停鄂州，食武昌鱼，适逢贤东道主，既无弹铗之歌，又乐嘉鱼之美，处之年而貌加丰。"记录了他这段时间的生活。

在武昌住了两年，黄牧甫于五十六岁时回到故乡，寄情艺术，不再复出。传世黄牧甫印作，最晚为六十岁所作"古槐邻屋"，时光绪三十四年正月。款云："吾族自宋迁黄村，祠前古槐亦宋时物也，浓绿荫半亩。……小子卜居适于其邻，因以名屋云。"

黄牧甫的篆刻艺术和他的人生是同步进行的,他在人生中认识的许多友人和所做的工作正是他艺术风格形成的重要原因。黄牧甫以布衣之身,成为印坛宗师,其中的人生哲学是值得玩味的。牧甫挚友端方对其艺术和人生曾概括为:"执竖橛直追秦汉而上,金石同寿,公已立德,我未立言;以布衣佐于卿相之间,出为名臣,处为名士。"今吟成小诗,稍稍概括黄牧甫先生的印章艺术:

贞石悲庵意淡然,吉金牧甫铸其间。
周秦两汉符彝鼎,方峻平奇古穆闲。

原载北京画院《大匠之门》2014年第2期

"印从书出"及其在当代的实践
—— 在中国美术馆当代篆刻研讨会上的演讲

近二十年来,中国当代篆刻艺术有了前所未有的巨大发展,既对晚清民国以来印风有了继承和发展,又随着当代篆书的发展,出现了新的面貌和特征。可以说,当代篆刻的发展,达到了历史的新高度。为何能如此?最本质的因素是当代书法的发展打开了印人的思路,对篆刻艺术产生了重要的影响,体现了"印从书出"的新实践。

回顾中国古代篆刻史,篆书一体对于篆刻而言,曾有着重要的影响。战国时期的古玺所使用的文字就是当时的金文,字形变化多端,疏密自然。汉代印章十分繁盛,风格多样,制作精美,是印章史上的高峰期。汉印所用的缪篆文字由秦摹印篆发展而来,字形方整,把秦代圆弧笔画的篆书加以改造,呈方折之势,寓统一于变化之中,造就了汉代印章的博大雄浑和多样。两汉时期,印章上的篆书笔画盘曲,使印面撑满,新莽之后,工艺更加精湛,印风亦更加精巧。东汉时期还风行凿印,印文如汉代金文文字挺峻。汉印制作有铸印和凿印两种,铸印表现了汉篆浑厚凝重之感。汉印一些私印、吉语印还将鸟虫篆入印,绸缪缠绕,屈曲丰繁,富于装饰趣味。此外,汉代入印的文字还有鸟虫书,是一种经变形而有图案装饰化倾向的篆书。魏晋印章中有类似《魏正始三体石经》中悬针书入印的作品，可以看出此时书法艺术对印章的影响，但总体来看，已失去了汉代的博大雄浑之美。

篆刻作为一门独立的文人艺术，是在元代文人印章兴起打破印章纯粹实用性后盛行的。

元代赵孟頫（1254~1322）崇尚汉魏印章的"典型质朴"之意，他使用的印章，用秦代典雅的小篆入印，被称为"元朱文"，这种印风来自于小篆的圆转流畅，为士大夫所喜好，一直影响到晚清和近代。同时期的吾丘衍（1268~1311）写出《学古编》，对印章的篆法和章法等多有阐述，如他提出"崔瑗《张平子碑》字多用隶法，不合《说文》，却可入印，篆全是汉"。此外还提出"白文印，用崔子玉写《张平子碑》上字及汉器上并碑盖、印章等字，最为第一"。又主张"以商周字法入汉印晋章，如以汉魏诗句入唐律，虽不妨取裁，亦要混融无迹"等把汉碑文字和商周古文字运用到印章上的观点，这对后代有着重要的影响。

明代由于在篆书上的成就不高，在印章上的成就亦不甚高。但到了明代中后期，文人自篆自刻和以石治印的风气风靡，篆刻家也已认识到书法与篆刻的密切关系，如活动于明万历年间的朱简提出"刀笔者，所以传笔法者也"，并在篆刻实践中用短刀碎切的技法表现"草篆"笔意，开启了以刀运笔、刀笔结合的风尚。

清代是文人印章发展的高峰时期，在金石学、文字学迅速复兴推进篆书发展的同时，篆刻艺术亦获得了极大的发展。清代有成就的篆刻家几乎都在篆书上有着很深的造诣，他们通过学习篆书来丰富印章的篆法、布局，印章面貌多来源于篆书。

清代前期的徽派开山者程邃（1607~1692）在印章中朱文喜用大篆，借鉴钟鼎彝器文字，富于笔意，并能"合《款识录》大小篆为一，以离奇错落行之"，这种运用文字的手段，深化了印章的表现力。中期的邓石如（1743~1805）在篆书上独树一帜，他把在篆书上创造的体势和笔意运用到篆刻中，融会贯通，能将篆书中的感悟运用到印章中。吴让之（1799~1870）《赵㧑叔印谱序》称邓石如"以汉碑入汉印，完白山人开之"，魏稼孙将邓石如对篆书和篆刻相通的认识归纳为"书从印入，印从书出"。邓石如在篆书上熔古篆法于一炉，这种风格影响他的篆刻。他在印章上形成安雅流畅、婉转雍容的面貌，与其篆书密不可分。邓石如之后的篆刻家，都实践了他的"印从书出"的道路，如吴让之篆书婀娜秀逸，用刀如用笔，纯熟自然，书印一体；徐三庚（1826~1890）以风丽多姿的篆书入印，疏朗卓越；赵之谦（1829~1884）印风则从自己秀丽挺拔的篆书中脱胎而出，他为魏稼孙所作"钜鹿魏氏"一印边款称："古印有笔尤有墨，今人但有刀与石。此意非我无能传，此理舍君谁可言？"这正是赵之谦将篆书笔墨意趣和印章结合的最好表达。同时，赵之谦又在篆刻上取资于汉篆碑额、权量诏版、镜铭瓦当诸材料，印外求印，在"松江沈树镛考藏印记"的边款中称："取法在秦诏汉灯之间，为六百年来摹印家立一门户"，这种取材的丰富性，使篆刻的表现力进一步得到拓展。

吴昌硕（1844~1927）更是从一生临写的《石鼓文》中求得风貌，表现浑厚高古和苍茫烂漫的印风，把汉砖、石刻的残破、浑厚和封泥中边栏的变化巧妙地融入印面，浑然天成。同期的黄士陵

（1849~1908）从吴让之上溯汉印，再于三代、秦、汉吉金文字中求得"金"神，以光洁的刀味表现金文的高古意趣。同时，他利用金文中的肥厚的点团来表现印章中的笔墨情趣，赋予了"原生态"的创造力，他和吴昌硕虽然都追求古朴的精神，但一为整饬，一为残破，一为"天然"，一为"人工"，这种差别在两人的印章中表现得淋漓尽致。

近现代齐白石（1863~1957）的印风更是与其篆书风格合辙，他在印风上的变化更是和其书法取径一致。他曾于1928年冬自述其学印过程："余之刻印，始于二十岁以前，最初自刻名字印。友人黎松庵借以丁、黄印谱原拓本，得其门径。后数年，得《二金蝶堂印谱》，方知老实为正，疏密自然，乃一变。再后喜《天发神谶碑》，刀法一变。再后喜《三公山碑》，篆法一变。最后喜《秦权》，纵横平直，一任自然，又一大变。"他的篆书或方或圆，融入隶意和碑意，在转折处变"圆笔"为"方笔"，这种手法运用到印章中，显示了特立独行的品格，从中我们可以看出齐白石印风是对"印从书出"理论的升华。

从上述邓石如、吴让之、徐三庚、赵之谦、黄士陵、吴昌硕等人身上，可以看到，他们在篆刻中表现篆书的笔意，使书风、印风趋于统一，而随着个人篆书面貌的强化，其篆刻的典型风格特征也更加明显。

值得指出的是：当齐白石以粗犷强悍的印风一新世人之眼时，其深刻意味是对传统温文尔雅、以士大夫文化为依托的文人印章艺术的批判，预示着具有时代色彩的新印风的到来。当代的篆刻创作正在延续着齐氏革新印风之后的自我建树时期,不少印章作品对传统范式进行爆破性的"打碎",但这种"打碎"并没有根本上动摇印章传统范式的基础——以篆入印。当代的篆刻创作一方面继续实践着清代以来的"印从书出"理论,体现出篆书书风对篆刻的影响。且当代篆刻家多为善书者,他们的书风对其印风产生了重要影响。另一方面又拓宽的创作的视野,有了新的创造。

当代集书画印为一身的开派大家王镛先生的篆刻在其艺术创作中成熟最早,早期他取法广泛,无不博取,即使是不为人重视的唐宋印他都吸收。王镛除其离同刻板而取其统一装饰,富于新的表现力。他的"密云水库""不与人同"等印则取法圆朱文而赋予新的"笔意",迥异于明人手段。近几年,他的篆刻更多的是取法汉砖文,表现古拙、野率和博大,在粗头乱服中寄托逸兴。他的"睹迹明心""专精""变者生""鼎堂""陈言务去"等作品在实践中揣摩古代篆书碑碣而获得创作上的灵感,把篆书中的笔法和篆刻中的刀法有机结合,刀笔互见,相互影响,相互生发,把古印精神渗透在刀笔之中,于斑驳浑穆中求得精微。边栏生动,字形上在汉篆中求得变化,并略参新鲜的篆法同时吸收汉瓦当、砖文文字宏其趣,追求书风与印风的统一。

和王镛印风不同,但同样实践着"印从书出"理论的是石开先生,是以最特别的印风而影响当代的。其篆刻面貌形成很早,以《秦诏版》、权量篆书和汉篆墨书为印章文字最基本的结体,蜿蜒弯曲而意味无穷。近几年,他又把篆书中的"飞白"法运用到篆刻中,独树一帜。如"秋山在望""神思清发""对牛弹琴"等作品的篆书形的结构和其篆刻风格相一致，充分体现了秦代的篆书对其篆刻的影响。秦代用于治印的文字较六国文字规范而方整，这类文字刻印平稳而安详，又有一类秦印文字生动活泼，整齐而不呆板，有类秦权量、诏版上的书法。秦印的凿刻带有很大的随意性，布局自然，体势灵活，与汉印文字显然不同，而和秦代书法是一致的。石开篆刻正是把《秦诏版》、权量和秦印的风格结合在一起而得以发挥创造的。

同样，黄惇先生以其独到的眼光升化"印从书出"的内涵。他的篆书，取法《秦诏版》、汉金文、石鼓文，着力表现篆书的悠长、毛涩、清浑之美，其篆刻基本面貌来源于此。从汉金文、碗底篆中得精神入印，清雅中见古朴，如"镂斋""苍穹庐"等取法汉金文，"半痴"等则取法《秦诏版》。瓦翁先生在《黄惇印集》序中说其"印从汉入，下逮明清，尤深得赵悲庵、黄牧甫遗韵。其初应知有汉，后唯知有汉，至而悟不知有汉。因广搜历代金石碑版砖瓦文字，更宏印趣，十年有顷。由摩挲明清青花瓷押，触物感兴，融入印作，另辟蹊径，化俗为雅，化雅为文。"他从碗底押印中获得启示，在创作中进行了新的开拓。民窑青花押印独特的形式美包括线迹笔画的排叠之美、笔画映带的笔意之美、边栏的变化之美等，黄惇在"荷亭""墨缘""未央室少孺"等创作中，吸收了其强烈的排叠节奏感，吸收其"弧状"而长短、粗细不一的表现方法，把书法笔意之美和印章巧妙结合，富于韵律感，尤其是他运用青花押中圆形的边框和向里弯曲的弧线，形成曲动的边栏，增加了印框的动势，并常常运用排叠笔画的出栏之笔，与印框相交叉，形成交叉重叠之美。

除上述所举印人外，当代篆刻精彩纷呈，风格多样，不仅有师法圆朱文小篆、铜器铭文的印人，也有师法大篆、甲骨文而确立个人风格的。随着考古新材料的发现，非"刻写"的墨迹如春秋战国时期的简牍文字也成为印人取法的对象，这些墨迹用笔生动，体式较大篆简略，形态扁平，运用到印章上有着特别的意味，因而，"简牍印风"成为当代篆刻区别于前代的亮点。同时，"非篆书"一路的书法入印，也拓宽了印人的思路，如隶书、楷书也进入印人的视野。在当代印人中，如韩天衡以鸟虫篆和"草篆"入印，注意字形的挪让和变形，有着强烈的装饰效果，自成一家；马士达以汉篆和楷书入印，并吸收封泥的方法，表现出宏大的气象，在边栏运用上也见匠心；刘一闻以秦汉玉印法和婉约流美一路的篆书入印，表现出一种古典的情怀；李刚田则以汉碑额篆书入印，字形稍扁而多整饬；许雄志、高庆春多以楚简文字入印，多奇诡之趣等，这些都体现了"印从书出"理论的新实践。

综合观之，中国当代篆刻艺术集中体现了"印从书出"的新实践，其贡献包括：一是充分将各个时期篆书艺术转换到印章语言中，突破了以小篆、元朱文为基本面貌的格局，深化了对古代印章的理解，生动而丰富了印章的艺术表现力；二是"印从书出"理论的内涵扩大，已经不局限在篆书一体中，汉器文字、瓦当、铜器、青花碗底等上面的"非篆书"文字都为印人所关注，在书体上，楷书、隶书等也被巧妙地运用到印章创作中，可谓印外求印，用闳取精；三是印面空间得到拓展，白文贴边、朱文出边成为一个新的表现手法，是元代以来印章发展中的新突破，也是晚清篆刻高潮后新的创造。

从当代印人对"印从书出"的实践，我们可以得到这样的艺术实践规律：印章艺术的实践，归根到底是书法艺术的实践，印风来源于书风，印章的生命力还来源于印外的滋养，无论是"金味""玉味""石味""陶味""木味"等都是在多样变化中获得统一的。离开了书法艺术，离开了对古典精髓的挖掘和吸收，印章艺术是不可能获得真正发展的。

但我们也应当看到，在"印从书出"的实践中，当代印坛有几个现象值得我们反思和警惕。一是当代部分印人特别是青年印人过于求变求新，而忽略了印章最基本的艺术规律，显得荒率而单薄，没有真正体现"印从书出"的内在精髓；二是印人篆书和书法水平亟待提高，会刻不会写、写刻分离的现象比较严重，许多印人在印章上已有相当影响，而篆书创作还处于很低的水平；三是随着展览机制的推行，许多印人忽视了印章的"把玩"的雅兴，过多的重印面工艺、重外在形式，而忽略了印章的内在气质和涵养。尽管创新者在结体上做了令古人匪夷所思的变化，但又过于急躁地抛弃了传统的深厚的文化韵味，抛弃了饱含自我人格而又涵虚浑化的高度自然。这些现象，相信随着我们对传统篆刻艺术文化血脉的传承和当代印人对篆刻创作理解的深入，会得到进一步的改观。

原载《中国美术馆当代篆刻艺术学术研讨会论文集》，

河北教育出版社，2006

"通会之际"

—— 在北京大学 2015 年中国画研修班上的谈话

苏东坡在《书鄢陵王主簿所画折枝二首》中曾有三句话，第一句是"论画以形似，见与儿童邻"，强调了画中"神"和"形"的关系；第二句是"赋诗必此诗，定非知诗人"，强调了诗外修养；第三句是"诗画本一律，天工与清新"，强调了艺术间的共通性。诗书画印在内在精神上都是相通的，其体现了中国艺术的"诗性""诗意"，这符合中国古典人文艺术精神。近代以来，由于受西洋美术和我们自身教育体制的影响，中国艺术走向"美术化"，缺少笔墨上的"中国精神"，传统文化修养全面的人越来越少。

我在师范学美术，本科时学历史，研究生阶段学书法篆刻，老师都希望我读好书的同时学艺术，一直强调"通"。我觉得"通"是内在的、精神的，每种都浅尝辄止，不是真正的"通"。一般的"会"和"全"并不难，难在"全"而"精"、"会"而"通"。

艺术作品要给人以美感，要感动人。《花间集》中顾夐的词说"换我心为你心，始知相忆深"。这说出了艺术创作和欣赏的原理。不管你学习哪一类作品，都要为我所用。《论语》中有"闻一而以知十""举一反三"的句子，都是推而广之，扩而充之的意思。刘熙载讲过一句话，说书法有"我神"和"他神"之分。那什么叫"我神",什么叫"他神"呢?"我神","古化为我","他神","我化为古"。学习古人最终的目的是要为我所用,正如孔子所说的"人能弘道,非道弘人"。

传统不是一个凝固的标本,不是一个博物馆的陈列品或化石,很多人把传统理解为陈旧和古老的东西,像博物馆的标本一样。其实不是这样的,传统是活的,从来没有一个固定的东西叫传统,因为传统是一个灵动的东西,传统就像河流,它永远是在流淌的。

一种学问,一种艺术,总要和传统发生关系,才会富于生命力。如果传统成为一种口号或标本,变为一种遥远的偶像,就失去了传统的意义和生命。所以我比较喜欢学习这种鲜活的东西,不太喜欢学习死板、机械的东西,学了死板、机械的东西就僵化了,在学习中不断地变化、调整、完善、巩固,如《坛经》中所谓的要有"般若之智","用智慧观照",实相无相,涅槃妙心。这样一个学习方法就是我现在所实践的。写篆书也好,隶书也好,行书也好,其实也没有固定的方法,变中有定,定中有变。

传统其实还是一种精神,一种变革和超越的精神。我们学习艺术要学习鲜活的东西,追求古意,这个古意来自于传统艺术精神的启示。同样一个字帖,我们现在教学生,不同的学生来临摹,他会不同地诠释它、理解它,同样一个字体你要把它理解得很生动,它可能在你的手下就会很活,笔性好,如果你把它理解得很呆板,它就会显得很生硬不自然。笔性是通灵的,是内在的,又是超越的,圆悟一切无非性之妙用,能入能出,有体有用,笔下自然有"道"啊!

鲜活有外在的,有内在的。外在的是形式,内在的是精神。一件古代的作品，或者当代人的作品，它从形式上或者内在精神上能够感动你，一定赋予一种生命的状态在里面，你要表达它这种生命鲜活的状态，而不是一种机械的、陈腐的、呆板的。艺术创造最终表现在你对这种美的感受上，要表现你的审美趣味。有时候我临摹一个字帖，过段时间的临摹和我之前的临摹对比，有可能都是不一样的。用不同的状态，不同的情境下来阐释经典，表现出来是不太一样的。

学习书法是用心来体悟的，古人说"归源知自性，自性即如来"就是这个道理。要学习古人的心智，不是要机械地学习他的某个帖，某个具体的形，而是透过形学习其精神，学习其内在的东西。一个人真正会临摹，正如董其昌说的，"须摄取其神气""如骤遇异人"，不仅看他耳目、手足、头面，而要看他的举手投足，看他的举止、笑语，看他的精神状态。临摹就是写其精神，遗貌取神。这是一种比较鲜活的状态，充满生命活力。古代画论、书论里面经常提到的一个词——"气"，实际上就是中国艺术的精神。

南朝时期谢赫在《古画品录》里面提到了六法，他把"气韵生动"放在第一位。书法体现中国文化精神最核心的一点就是"气韵生动"，无论是书法、绘画还是篆刻，神韵是中国艺术的独特精神，与西方艺术有很大的差别。由于传统儒学、道学和佛学的影响，形成了中国文化中特有的艺术精神。

中国书画超越了具象本身，有一种超然的精神。怎么来理解这种"超然"的精神呢？中国书画重笔法，所有的艺术形态是通过线来表达的，是线性的、抽象的、写意的，这种线就是一种生命，能超越具体的东西，它不是我们画一个东西就像什么，就是什么，不是这样的，它只是一根线，线是抽象的，纯粹的，中国人对于书画往往联想到许多东西，文人的个性也可以从作品上加以推断，所以它是超越的。

中国艺术重自然，这是受道家思想影响的。道家崇尚自然，主张虚无，又富于幻想。《汉书》里记载，皇宫中艺术品的题材多是道家人物，如西王母、太乙真人等。魏晋时期文人都喜欢山水，寄情山水，这对中国人的艺术思维有很大影响。《文心雕龙·明诗》里说："老庄告退，而山水方滋"，就是指这一时期北方文人到南方后精神生活的转变。中国人喜欢自然，喜欢"卧游"，神游冥想，是中国艺术的特征。真正的艺术来自于自然，又用以表现自然。我们的书法也是这样，体现出来的是一种自然的状态。书法强调书写性，而不是摆字，一摆字就不自然了。就跟人拍照片一样，比如说这个人精神状态很好，随便拍出来的照片可能都很好看。有的人，要给他拍照片，他有可能把衣服整理一下，摆一个姿势出来。摆出来的姿势，就缺少自然的美。中国艺术里面体现的超然精神，就是一种自然美。为什么王羲之的书法千百年来一直受人们的推崇，我想王羲之的字里面体现了超然的、自然的、潇洒精神在里面。

中国传统艺术精神还体现为写意的精神。魏晋南北朝以后，书法成了中国人最正统的一种艺术，这种艺术传统一直延续到我们今天，它体现了中国人写意的特点。这种特点是什么呢？用钱穆先生的话来讲，就是用简单代表着繁复，用空灵来象征着具体。中国文字和书法具备"简易"和"稳定"的条件，这应该是中国文化史上的一种大成功，一种代表着中国特征的写意性的成功，也就是"简单"驾驭"繁复"，"空灵"象征"具体"的成功。

中国书法、绘画等艺术体现中国人的思维和观念，体现中国艺术的精神性。什么叫精神性呢？就是我们通常讲的"道"，书画是一种"道"。"道"有天道、人道之分。老庄道家侧重于天道、自然之道，孔孟儒家侧重于人道，佛家禅学在两者之间，强调"即心即佛"，这些"道"都对中国书画产生了极大影响。书画中也是技进乎道，当你的书写技术、绘画技巧达到特别成熟的时候你能表现某种共性的东西，表现某种规律的东西，表现某种对人类对社会对自然的一种认知，这叫道。所以我们通常讲天人合一，天人合一是什么？就是道。

"天人合一"用在书法上，"天"就是天赋，"人"就是后天的修炼，真正好的艺术它是体现中国传统民族精神的，天人合一，有"天"有"人"，天赋是第一位的，人工是第二位的。但是光有"天赋"没有"人工"是不行的，很多有才华的人不用功是不行的，有的人很用功但他不具备天赋，也不能做到天人合一。这就是唐代以前书论中多次讨论的"天然"与"功夫"的关系。

一个书法家要真正在艺术创作上取得成功，很重要的一个方面就要体现中国文化的这一种特征，一种精神性，那就是"道"。"道"也是"有"与"无"的统一体，是精神和具体物象的统一体，南宋朱熹在《答黄道夫书》中说得很清楚："天地之间，有理有气。理也者，形而上之道也，生物之本也；气也者，形而下之器也，生物之具也。"这也是中国书画艺术和西方绘画强调"客观"鲜明的不同。这种精神性，深刻影响了我们对艺术的品评，如"以形写神""唯观神采""立象以尽意"等。

中国文化和艺术有一种"生命性"的东西存在。生命性是什么？就是"气"。气是什么东西，你看不到，但是你能感受到它的存在。前面我提到的"气韵生动"，还有孟子讲的"吾善养吾浩然之气"，这个气就体现了一种生命。所以一张作品若写得好，作品里面一定能感受到气的存在。气和中国书法有着密切关联，中国古代书论里面"气"这个词用得特别多，形容一个人的书法他会用各种各样的气来形容，气象、气韵、气势、神气、逸气、养气等，都用气来组成各种词语，强调了艺术的一种生命性。

和前面提到的"精神性""气"一样，中国艺术强调主体的"心"。书法是用来写个人情感的，是用来写心的，表达你的个人情感世界，诗歌里面有"诗言志"，诗歌是表达志的。书法里叫"书如其人"，体现的是你这个人、你的心。写字的时候表现书法家个人的情感世界，表达个人对艺术的一种理解，一种审美趣味，实际最后还是"心"。通过你的手表现出来的，是形而下，心是形而上，我想这跟中国的文化特征是一样的，强调人的主体性。中国艺术强调情景合一，心物合一，又重视情理交融与统一。中国古代传统艺术中，一方面提倡"以理节情"，如汉代《毛诗序》中讲的"发乎情，止乎礼义"；另一方面又提倡"以情融理"，如钱锺书讲的"理之于诗，如盐溶于水，有味无痕"。正因为这样的主体性，中国艺术讨论中突出了人品与艺品的关系，"书如其人"的品评思想正是"人"为主体的体现。

佛教里面经常讲"顿悟",写字也要能悟,要能悟出它的道理出来。古代书论里面经常有"妙悟""顿悟"这样一些词。学习书法要两条腿,一个是"渐修",一个是"顿悟"。"渐修"就是你平时下的功夫,一点一点的,渐渐的渐,修炼的修。"顿悟"是当你的知识和技巧积累到一定的时候它就会在你书写的过程当中迸发出来,在你想创作的时候表达某种东西出来,可能就是瞬间能够完成的顿悟,这种直觉性很快就能表达出来。佛学中的"顿悟"给中国艺术特别是书法产生了很大的影响。从直觉体验、瞬间顿悟,到活参领悟,玄妙表达,构成了禅宗独特而完整的思维。书法审美中的"顿悟",就是由感觉、知觉、联想等诸多因素集聚而成的艺术自觉。

中国人经常讲"和而不同""中和为美",强调和谐。《论语·雍也》中说的"文质彬彬",既中又和,强调多样中的统一和对立中的统一。但艺术光和不行,要和而不同,前者强调的是共性,后者强调的是个性。为什么我们现在学习书法基本的方法都是通过临摹字帖来实现呢?临摹的过程就是追求"和"的过程,追求"共性"的过程,掌握基本规律的过程。千百年来,可以说没有人否认这条道路,只要是学习中国的艺术,基本上都是这条道路,这也体现了中国文化是一个"渐进""修炼"的过程。凭空天上掉下一个体现中国传统文化的艺术家是不可能的,都是通过一步一步的积累学习才行的。这跟西方绘画不完全一样,中国文化强调积累,积累中的顿悟表达,是一个综合的表现,是传统的"天人合一"思想在创作中的体现。"和而不同"是中国文化的一个重要特征,更是书画艺术的一个重要特征。书法写得好不好,和谐很重要，小到一个点画、作品章法，大到整个人一生当中所做的艺术创作。中国书法中体现了中国艺术的辩证思维。

这几年我经常到国外去参加交流活动，当你置于另外一个文化环境当中的时候你就会越来越强烈地感受到中国艺术、中国书法有其独特的民族精神，中国书画重人品、重修养、重气节，柳公权有"心正则笔正"语，黄山谷论李龙眠的画有"画格与文章同一关纽"一语，可见重修养、重人品，是中国书画的传统，是民族精神所特有的，它体现的是中华民族的一种创造力和想象力，渗透着很多中国人的观念在里面。

旅法雕塑家熊秉明先生说，"如果哲学是高处不胜寒的峰顶，则书法是可以游憩流连的园地"，这个比喻是很形象的、富有诗意的。各种艺术都可以上升到哲学层面，书法以它的抽象性创造了韵律，可能给其他艺术以启发，但我认为，书法不应凌驾于其他艺术之上，并不能代表他所说的中国文化"核心的核心"。在当代，书法已经成为某一群体，或者是艺术群体，或者是文化人群体的行为，它还不能上升到"核心的核心"这样一个高度。他把书法在中国文化中的位置过度抬高了，中国书法是不能承担如此沉重的文化责任。熊先生提出这样的观点是想凸显书法的重要性，情感上的偏爱是可以理解的，但这不是理性的思考。熊先生一直生活在巴黎，1998年中国书法大展在巴黎举行的时候，当时法国总统希拉克写过一段话，我觉得挺有意思。他说中国书法是"艺中之艺"，艺术当中的艺术，"祖祖辈辈它一直是一个民族的记忆"，我觉得这句话说的还是有道理的。

如果一定要说中国文化"核心的核心"的话，我觉得中国汉字可以说是，书法可以说是中国艺术的核心。中国的绘画也好，中国的篆刻也好，都跟书法是密切联系在一起的。要了解中国的艺术，起码的条件是对中国的汉字发生兴趣。中国的绘画里面讲用笔，书法最重用笔，中国的写意画，处处看到书法的用笔。你看吴昌硕、齐白石的画，一根线下来，就跟写篆书是一样的，这就是用笔，用笔上有内在的联系。所以中国画如果离开了中国书法的用笔，就失去了中国画的魅力。现在美术界也发生了很大的变化，很多人不讲书法了，这样艺术就失去了很多精华的东西。篆刻也是这样。什么叫篆刻？就是把篆书（当然是篆书为主）写在石头上，把它刻出来，这就是篆刻。篆刻中写的不就是书法吗？美国人福开森说"中国的一切艺术都是中国书法的延长"，这句话最能体现在中国的绘画和篆刻艺术上。中国书法真正是"民族记忆"，中国人无论走到哪里看到汉字书法都会觉得很亲切，其确实是中国人最本真的文化。

　　一个优秀的中国艺术家应首先是一个深谙中国文化的人，应该有较好的文化修养，包括文学的、哲学的、史学的。一个好的从事中国艺术的人，不读书是难以想象的。不苛求每个书画篆刻家都能兼学者，但要有中国文化上的修养。学术很专门，需要学术训练，不是每个人都有这个条件的。艺术创作和学术研究是两种思维模式，创作是感性的，研究是理性的，太感性易单薄，太理性易刻板，两者是相互关连的，感性中要有理性，理性中也要有感性认识，这两者应该是联系在一起的，学术研究对创作是有一定影响的，但不是全部。创作更多需要"悟性"，研究更多需要"积学"，两者是交叉在一起的。研究重在掌握规律，知道其中的"变"和"不变"，创作重在掌握笔墨技巧的表现，有些是随机的、即兴的。

中国文化是一种静态的、典雅的、诗意的文化，书画作品都是文人在书斋中创造出来的精神物品，应该远离功利，远离尘鞅，是一种个人化的表现。我的创作，多来自对古代作品的发挥，在前人的基础上表现个人的雅趣。换句话说，是"借古出新"。我喜欢写活泼的汉代刻石、砖瓦、铜器文字，再加上我对其书风的理解写成小跋，或在汉画像上题跋，结合在一起形成一个整体，有古有新，挺有意思。

艺术创作难在"古"，而不是"新"，入"古"自有"新"。搞艺术的人谁不试图创新？但光拍拍脑袋的"新""离奇"不是我们所要的"新"。"新"是有源头的，如朱熹讲的"问渠哪得清如许，为有源头活水来。"懂得了"源头活水"就不会为"创新"而困惑。

一件好的作品，应该体现一种综合的涵养，不只是在技巧层面。从整体的精神面貌，以及写出来的点画、章法，既体现了你的笔墨上的技巧，同时也体现了你在审美和文化上的基本修养，包括你的书写之外的东西，比如说钤印章，甚至你选什么印泥，你选用什么样的纸张来写，这些都能够体现一个人的修养，特别是审美修养，对美的一种认识。你选用什么样的材料，它实际上都渗透着你自己的审美修养。一个人文化上的修养对其作品的影响是间接的，不是直接的。你看一件作品，你并不能完全了解这个人的文化修养，但你看看他的题跋、落款等，容易看出这个人的修养。所以一件作品要综合地来看，大方面地来看，一个人的审美修养是能从他的作品当中看得出来。

艺术不融通就不可能弄好，一棵树若土壤的营养不丰富就不可能长得太高、太大。融通我们的艺术传统，引伸触类，才能无所不达，要能专精，而后会通。以晚清民国来说，无论是赵之谦也好，吴昌硕也好，齐白石也好，在审美上都是通的，书画印上都是通的。再往前追溯，王铎的行书、草书都通，书画皆通，再往前讲，徐渭的诗文、书画全部是通的。晚清以后，又增加了印，也是一个艺术家融通的重要内容。近现代的大艺术家，吴昌硕、潘天寿、齐白石、黄宾虹等，都有一个共同的特点，就是书画印皆通。这些人在书画方面造诣高，印章方面也精通，这是不容易的。你看这几个人都对印章有研究，虽然有的人刻的少一点，比如黄宾虹，但是他对古玺是有很深研究的。齐白石是以印名世的，傅抱石早年就刻印章，对篆刻史很有研究。潘天寿给学生开过篆刻课，编过篆刻讲义，强调诗书画印都要"全"。

"四全"我们现在真正要做这个越来越难了，何况都要精通呢。但这个观念是要有的，这一点我和王镛先生讨论过。书画印必须打通，必须是一个整体，这样才有可能真正把中国艺术做到融通的程度。现在真正融通的人越来越少了，但是这个理念要提，诗对于艺术的影响可能有点间接，但诗意是不能少的，书画印对我们从事艺术创作的人来说是个整体。

唐代孙过庭的《书谱》说："通会之际，人书俱老。"这不光说书法，中国艺术都是这个道理。

2015

近现代书家藻鉴

颜体新面的何绍基

清代后期，碑派兴盛，帖学式微，在书法创作上亦多有以碑法实践者，何绍基（1799~1873）为其中最重要的书家之一。何绍基为道州（今湖南道县）人，自幼随父亲何凌汉居北京。父亲官至户部尚书，工书画。何绍基二十四岁的时候，他父亲任山东学政，跟随父亲到了济南，开始搜集金石碑刻拓片，并结识了一批金石家，谈论书法。三十三岁时，又随调任浙江学政的父亲到浙江游学。其间，到宁波天一阁看碑帖拓片，到苏州与林则徐谈书法，到镇江焦山拓《瘗鹤铭》等。三十七岁时，何绍基回长沙参加乡试，大藏家吴荣光邀请他到家中，遍观吴家所藏古代书画精品，并为其作碑版鉴定与题跋。年轻时随父南北游历和回湖南参加科举考试得以广泛的交游使得他眼界大开，所到之处，访古探幽，以研究书画碑帖、金石拓片为乐，这为其后来的书法创作打下基础。

何绍基的书法早期受父亲影响，宗法颜真卿，自称所书的颜字曾得到阮元等前辈的激赏。后结识当时名家包世臣，接受其"方劲直下"的看法，喜好邓石如"准平绳直"的方法，自称见到邓石如的篆隶书及印章，"惊为先得我心，恨不及与先生相见"。接受碑学思想后的何绍基,转又接触欧阳通的《道因法师碑》,尤其精研北朝碑版。在颜书之外,又将篆隶之法融入楷书,同时融入北碑,树一新格。道光五年(1825)时,何绍基在济南买到一本北魏时期的《张黑女墓志》,此碑刚柔相济,集南北之长,他视如珍宝,终生临习。他用其独特的"回腕高悬"执笔方法,常常在临写时,全身用力,汗流浃背。在坚实的楷书基础上,以颜体行书《争座位帖》为主要取法对象,用其凝重遒厚的碑派用笔方法来写行草,圆润遒劲,回腕涩行,苍茫浑厚,充分运用长锋羊毫蓄墨多的特点,取得巨大的成功。

何绍基从小精读《说文解字》,年长后又对篆书、金文等多有研究,深谙篆法。晚年在此基础上书写隶书。他以其数十年的书写经验,选择了对古代经典隶书如《张迁碑》《衡方碑》《乙瑛碑》等反复临写,所作隶书能融会贯通,深得汉碑的神采,古拙沉雄而多雅逸,在邓石如、伊秉绶之后别开新面,成为清代隶书的代表。

赵之谦创造性的实践

赵之谦(1829~1884)生活在碑学风靡天下之时,碑学思想在其创作上有了鲜明的反映。他是会稽(今浙江绍兴)人,咸丰九年(1859)中举,先后五次会试未中。后居京师应礼部试,取为国史馆誊录,后又历任江西鄱阳、奉新、南城知县。自幼好读书,尤好金石之学,曾著有《补寰宇访碑录》《六朝别字记》等。与当时有名的金石家和收藏家如魏锡曾、沈树镛、潘祖荫、李文田等人交往广泛，经常一起考订金石碑版，所见甚富，并影响到他后来的艺术创作。

赵之谦书法初宗颜真卿，得其严谨与浑穆，后受包世臣"钩捺抵送，万毫齐力"说法的影响，一改旧法，于北魏造像及篆隶中用力最深，自成一家。赵之谦曾说"六朝古刻，妙在耐看"，"所见无过《张猛龙碑》，次则《杨大眼》、《魏灵藏》两造像"，正是吸收了《张猛龙碑》等作品中用笔的劲健峭拔和结体的整饬严密，为其创作风格的形成奠定了基础。

他的魏体行草即取法北碑，又融入颜真卿等帖法，时有"魏七颜三"的说法。他在章法上借鉴汉碑的特点，字距大行距小，喜用侧锋和偏锋，时露妍丽之态，使人耳目一新。他的篆、隶书受到邓石如影响，又服膺胡澍之法，邓氏以隶入篆，而赵氏以北碑造像法入篆，起笔、收笔和转折处尤为明显，这种创造性的实践使他形成了自己的艺术风格。

赵之谦对自己的楷书最得意，但他认为这还是得益于他的篆书。他在《与梦醒书》中说："于书仅能作正书，篆则多率。隶则多懈。草本不擅长，行书亦未学过，仅能稿书而已。然平生因学篆而能隶，学隶始能为正书。"他说的"篆则多率"实为谦词，恰恰说明他的篆书不拘于法，把北碑造像中姿态活泼飞动的审美品质扩大到篆书和隶书之中，因而形成篆书和隶书中少见的仪态多变、飘逸飞扬之新气象，异于古朴生拙的趣味。学篆而能隶，学隶而能为正书，这是赵之谦书法的发展过程，也是清代碑学发展后文人书法的基本模式。

赵之谦一生的成就是多方面的：藏书为晚清一大家；诗作有《悲盦诗賸》，被潘祖荫赞为"二百年来无此手"；其绘画色彩浓丽，笔墨酣畅，开海派画风；其篆刻成就卓越，其印从书出，于印外取资，开一代风气。和篆刻史上的"晚清四家"的另三家吴让之、吴昌硕、黄士陵比，赵之谦确实是最有才情的。

金石派大师吴昌硕

和赵之谦一样，吴昌硕（1844~1927）是诗书画印修养全面的一代宗师，在篆刻上影响尤大，印风大气磅礴，苍浑豪放，影响深远，世称"吴派"。

吴昌硕早年从乡贤陆心源学习，陆氏收藏古砖千块，对古砖器物的兴趣大大影响了他。后其又拜俞樾为师学习辞章和训诂之学，又从杨岘学习书法篆刻。又受吴大澂、吴云、潘祖荫等大收藏家赏识，得以遍观所藏书画金石碑刻，眼界大开，更加潜心艺术创作。吴昌硕馆吴云家时，吴云曾问他儿子："先生闲时作何消遣？"答道："唯见老师执刀刻砖，不懈不倦。"吴昌硕为艺之勤可见一斑。

吴昌硕书法从楷书入手，初学颜真卿、钟繇，自称"学钟太傅二十年"，行书初学王铎，后学欧、米于一路，草书则学《书谱》《十七帖》等。而吴昌硕一生以篆书成就最高，而行草书亦得力于篆书。他的篆书从《石鼓文》中得益最多，在不同时期显示了不同的艺术魅力。早期的临习工稳秀逸，中年后将其结体易方为长，取

（清）吴昌硕　临石鼓文

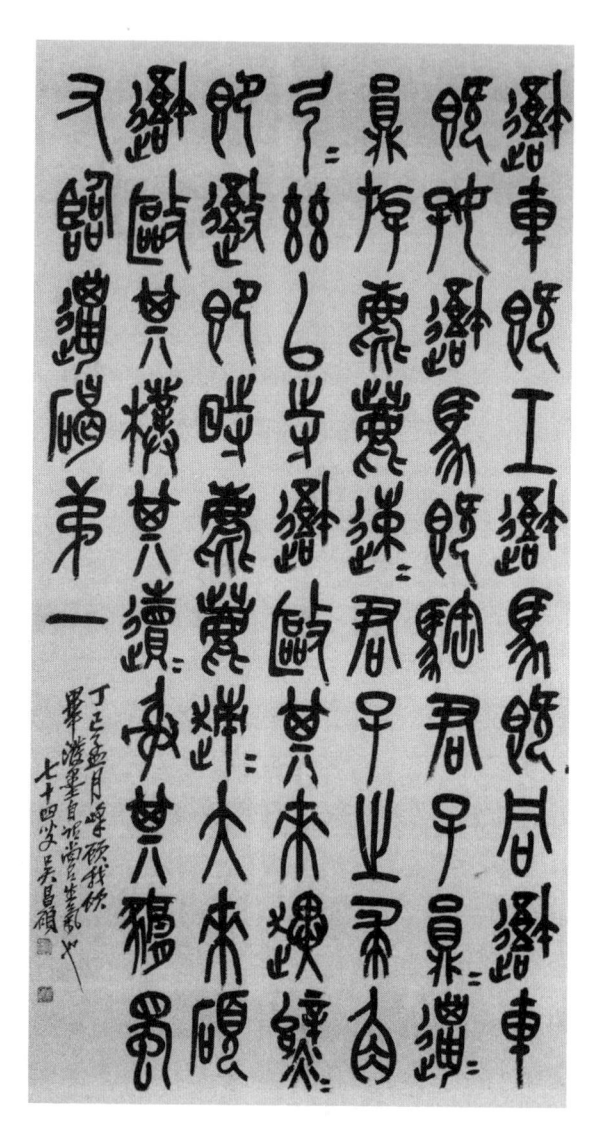

欹侧之势，与原碑拉开距离，晚年个人面貌凸现，遗貌取神，用笔凝炼遒劲，气度雄沉，恣肆烂漫，苍古老辣。六十五岁时，他自记《石鼓文》临本称："余学篆如临《石鼓》，数十载从事于此，一日有一日之境界"，他晚年气度雄沉的篆书真可谓是其大境界也。他在结体上左右、上下参差取势，给人以"耸肩"的感觉，在字形上打破常见的平正而有出人意料的新意。他七十一岁写的篆联上称："近时作篆，莫邵亭（友芝）用刚笔，吴让老用柔笔，杨濠叟（沂孙）用渴笔，欲求于三家外别树一帜难矣。余从事数十年之久，而尚不能有独到之妙，今老矣，一意求中锋平直时有笔之随心之患，又何敢望刚与柔与渴哉？"这实际上说明他在用笔上追求刚、柔、渴的融合。吴昌硕借《石鼓》写己意，均为自家法，是一种新的创造，是篆书史上的"新经典"。

吴昌硕在篆书上的成就还影响了他的行草书、篆刻和写意花鸟的创作。其行草书和绘画中掺入篆书笔意，于灵秀中增添了苍古之感，富于金石味，雅致而质朴，如其自己所说的"画与篆法可合并""谓是篆籀非丹青"。吴昌硕隶书点画粗壮，收笔不求波折的飞动，面目朴实，在其篆书用笔的基础上追求圆钝雄浑之趣，面目独特，异于他人。吴昌硕于篆刻，"自少至老，与印不一日离"，用钝刀表现厚重之趣，寓妩媚于奇崛之中，融入书法趣味，宽博沉雄，开一代风气。我曾认真拜读过《缶庐翰墨》一册，深深地被这一封封精彩的行草信札所打动，正如沙孟海先生言："行草书纯自然，一无做作，下笔迅疾，虽册幅小品，便有排山倒海之势"，此语不虚。用笔的精微流畅、恣肆奔突和厚拙相生，正展现其鲜明的特征。

吴昌硕作为近代以来的大师，在书法、花鸟画、印章、诗文等诸方面都显示了异常的协调性。花鸟画亦工亦写，质朴而雅致，富于金石味，配以行草诗文长款，使画面生动而富于人文气息。印章更是如此，布局突出意趣，冲切并用，以残破平衡章法，显浑穆苍落之气，能纵能收，虚实相生，含精深功力于粗服乱头间，亦古亦拙，亦新亦奇。可以这样说，他的画中有金石，金石中有书法，书法中有画面，相依相存，相得益彰，给人以有机整体的感觉。他总结自己的艺术创作时曾说："诗文书画有真意，贵能深造求其通"，"不知何者为正变，自我作古空群雄"，这是其一生创作成功的概括，也是能给后人以巨大启示的。

吴昌硕把个人风格发展到极致，虽然他开创了一代风气，鲜明而独立，但其作品可以给后人以广阔而深遂的发展空间。陈师曾、潘天寿、王个簃、诸乐三、沙孟海等人都传其衣钵，加以变化、发展，形成个人风貌。现代人中，研究和承传先生画风、书风、印风的大有人在，能走到哪一步，就要看挖掘、研究的高度与深度了。因而说，吴昌硕的意义不仅在于他给后人留下了这些艺术珍品，更重要的是他开辟了这条道路，让无数的后人在这条道路上坚实地走过去，迈向新的艺术高峰。

康有为的碑学理论

广东南海的康有为（1858~1927）是主张革新改良的人物，曾多次上书皇帝要求变法，促成了光绪二十四年（1898）的"戊戌变法"，名声大振。康有为自称其学书早年从《乐毅论》《九成宫》入门，又对唐碑下过功夫。光绪八年（1882）来到北京后，眼界大开，购得汉魏六朝及唐宋碑版数百本，精心研究，体会到北碑雄奇飞动之美。他的书法实践了包世臣"中实""气满"的理论，在此基础上强调方笔和圆笔的运用原则，而选择了遒劲浑圆的圆笔方法，重按涩行，苍老生辣。字形上则取《石门铭》《经石峪》《云峰刻石》等，加以夸张变形，形成了宽博大气、浑穆生动的独特风格。晚年自称："千年以来，未有集北碑南帖之成者，况兼汉分、秦篆、周籀而陶冶之哉。鄙人不敏，谬欲兼之。"此论虽为自谦，实为自负之语。

和其书法创作相比，康有为在理论上的影响更大。光绪十五年（1889），三十一岁的康有为写成《广艺舟双楫》，推崇包世臣提倡北碑之说："泾县包氏以精敏之资，当金石之盛，传完白之法，独得蕴奥，大启秘藏，著为《安吴论书》，表新碑，宣笔法，于是此学如日中天。"他将阮元的"扬碑尊帖"和包世臣的"扬碑抑帖"发展成"重碑贬帖"，对碑学的发生、发展、流派、审美、风格等提出了一套更为完整，也更为偏激的理论，导致整个清代末期书坛格局发展趋向碑派。他指出碑学取代帖学的事实："碑学之兴，乘帖学之坏，亦因金石之大盛也"；"迄于咸同，碑学大播，三尺之童，十室之社，莫不口北碑，写魏体，盖俗尚成矣。今日欲尊帖学，则翻之已坏，不得不尊碑；欲尚唐碑，则磨之已坏，不得不尊南北朝碑"。他首次用"碑学""帖学"的概念，突出了碑学的独立意义，有重要的学术价值。

同时他认为，北朝碑刻中魏碑最盛，有了魏碑，南朝及齐、周、隋各朝之碑，可以不备。而唐代碑刻屡经椎拓翻摹，与枣木刻帖无异，他卑唐碑，认为不如从完好如新的北朝碑刻入手，在他眼中，碑学就是取法北碑。他对南北朝碑刻，特别是魏碑大力褒奖，细致品评，同时对方圆的用笔、学书途径、书写技巧、取法门径等做全面介绍，是清代最系统、最成熟、最丰富的书学著作。

作为碑派书法理论总结的集大成之作，《广艺舟双楫》在刊行后产生了强烈影响。我们也应注意到，他的这部著作和其《新学伪经考》《孔子改制考》一样，都表达了如他在政治上除旧制、图革新的主张。由于写作此书是在他政治受挫的郁闷心境下写出，存在许多极端思想和矛盾之处，而且负面影响也很大。如其评清代金农、郑板桥"欲变而不知变者"，"帖学渐废，草书则既灭绝"以及对北魏碑刻的至高评价等都为极端之论。今天，我们对清代以来碑学思想的研究光凭借《广艺舟双楫》是不客观的，还需要做具体而系统的再认识。

于右任的草书新风

于右任（1879~1964）曾以编写《标准草书千字文》而闻名，其实，于右任的得名，又何止书法！他曾是上海《民呼报》《民吁报》的主笔，是近代民主革命的老将，中华文坛上的著名诗人。对先生而言，书法仅是余事，然在草书领域中开宗立派，名扬寰宇。

少年时期的于右任临习"二王"，疏淡潇洒，颇有赵松雪遗韵，撇捺之中略具碑意。青年时代的于右任，广研汉隶、唐楷，后又专师魏碑，对《张黑女墓志》《石门铭》《龙门二十品》等碑用功尤勤，后由碑入帖，博采精华，书艺大进，名噪沪上。于先生在《民立报》谋世时，报馆失火，无法出版，先生与他的同事杨天骥手写石印小报，按时出版。纸张虽简，但由于于先生书法精妙，深得时人所爱，一时成为抢手货，人们争相购藏。

20 世纪 20 年代中期，于右任先生曾对《广武将军碑》等进行揣摩临习，又在中州求得很多历代碑石，仅北魏墓志就有八十多块，这为他后来风格的形成起到重要作用，此时的作品表现出笔力雄健、险劲峭拔、爽朗明快、平正开张的特点，总体来说，带有明显的碑的韵味。他曾有诗云："朝临《石门铭》，暮写《二十品》。辛苦集为联，夜夜泪湿枕"。先生勤奋由此可见一斑。1932 年上海友声文艺社印刷发行的《右任墨缘》，是先生早期作品的汇集，作品中主要体现了先生能入能出、有守有变、有犷有朴的洒脱的笔触，尽显豪放清峻的气息。

于右任先生成就最高的还是他 20 世纪 30 年代后期对草书的

研习。用他自己的话来说,"每日仅记一字,两三年间,可以执笔。此非妄言,实含至理,有志竟成,功在不舍。"正是凭着这种惊人的功夫,在兼习今、章、狂草的基础上,专攻章草,研究出草书之规律,编成"标准草书"。于先生的草书,也在编订《标准草书千字文》中进入今草领域,日臻成熟。

40年代后,于右任在不失造字之理的情况下,恣意追求草书的"简净"和"险奇",使作品充满张力和动感,在标准草书的形式美上达到更新更高境界,于跌宕之中显隽逸,在疏放中见清润,遂成大家。难怪50年代毛泽东在繁忙的公务之余,也抽出时间来鉴赏于氏所书的千字文帖,揣摩其草书精髓。

晚年的于右任作品,用笔与章法冲出了今草的藩篱,具有狂草之韵致,雄浑奇绝、深沉博雅、仪态万千,跌宕之中呈现强烈的节奏感和神韵,真是人书俱老。他提出的书理,如"意在笔先",注意"变化"与"应接",及书写"四忌"即忌交(避免漫无目的的相交)、忌切(避免行笔相切与末锋相切)、忌眼多(字中之圈谓之眼,眼多则如绳萦蛇缠,令人生厌)和忌平行(平行而无势,须尽量回避线的平行和部的平行)对研习草书,探求其艺术美学观有重要的意义。

钱君匋先生说得好:"赵之谦在书法上第一个写北碑,创了新局面;吴昌硕在书法上第一个写石鼓,创下新局面;于右任和他们不先不后在书法上以北魏为底,熔章草、狂草、今草于一炉,创了新局面,他们正是异曲同工的创新。"

黄宾虹：书画之内美

近代大家中，黄宾虹（1864~1955）书画诗文，皆臻绝诣，深为艺林所重。作为继承新安画派的山水大师，画风伟峻沉厚，独具魅力，这来源于他对书法的精研上。他与谭嗣同相契，订为文字交。谭遇害后，以诗哀挽，中有"不愧道中人"语。他的书画正与"道"心会了，综观先生一生及艺术特色，就不难领悟这有道之人之道心了。

青少年时期的黄宾虹，在碑风影响下，对《郑文公碑》《石门铭》《崔氏墓志》等曾认真研习，同时对明清、唐宋、魏晋名帖也都涉猎。中年潜心行草书。对颜鲁公、文彦博、赵子昂、倪云林等人的笔意体势都精研过，为他打下坚实根基。包世臣《艺舟双楫》中关于书法"内力""内美"的理论深深地打动了黄宾虹，这种"内力""内美"是无形巨力，难见其真美，而古文字则暗合了这种"美"，故他精研古文字，熟谙钟鼎古玺之证。他曾言："不研金文不谙章法之妙"，这体现他对章法和空间的关注。他的篆书取三代古文天然朴拙之奇趣，深刻理会线条韵致，苍古秀润，抒发性灵，强调情趣。他的篆书对书法线条、章法、笔墨、空间美感等多方面的处理更近现代审美趋向。除了篆书之外，他对汉魏名碑都曾遍览和研习。一生中他的行书创作也很多，笔无定迹，信手拈来，萧散而富于逸气，不经意处显神采，并赋于山林气象，精彩之极。

无论是篆书也好，行书也好，宾翁在白与黑、浓与淡、清逸与浓厚、疏松与密集关系上，都浑然天成，浑厚华滋，他曾在一画中跋："恽道生论画，言疏中密、密中疏，南田为其从孙，亟称之，又进而言密中密、疏中疏。余观二公真迹，尤喜其至密者，能做至密，然而疏处得内美。"他的绘画笔法，波折锋芒，苍厚老辣，刚健多姿，这都来自他对篆籀和古玺印文字的锤炼。他说："笔墨之妙，画法精理，幽微变化，全含于书法之中"。又言："钗股、漏痕、枯藤、坠石，画中笔法，由字写来。"他晚年熟练运用五种笔法（平、圆、留、重、变），七种墨法（浓墨、淡墨、破墨、积墨、泼墨、焦墨、宿墨），阐明笔画之奥，并创章法之真，融入化境，这一点上，其书与画又有同工之妙。

黄宾虹书法贵在造化，在极端尊崇传统的基础上发扬、创造和凝练，是他长期浸淫大自然中所获得的。傅雷先生曾有此述："览宇宙之宝藏，穷天地之常理，窥自然之和谐，悟万物之生机，饱游饫看，冥思遐想，穷年累月，胸中自具神奇，造化为我所有，是师法造化，不单为技术之事，尤为修养人格之终身课业。然后目忘绢素，手忘笔墨，磊磊落落，沓沓冥冥，莫非妙构，不求气韵而气韵自生，不求法备而法自备。"这段论述，是十分精当的。

鲁迅的手迹

鲁迅（1881~1936）在给颜黎民的信中谈到读书时说："读书必须如蜜蜂一样，采过许多花，这才能酿出许多蜜来，倘若叮在一处，所得就非常有限，枯燥了。"鲁迅先生的书法也同其读书一样、蜜蜂酿蜜一样，博采秦汉的古朴、魏晋的坚韧修拔以及唐宋的严谨宽博，形成他独具魅力的朴拙书风。我们从其留下的数以千计的书信、手迹、诗稿中可以看到。

鲁迅早年手迹，究其渊源，其笔法结体主要脱胎于秦篆和汉隶，笔势有章草遗风，运笔纯熟、秀丽但无媚俗之态，他喜用藏锋，结体谨严，刚劲内敛，字里行间流露出雄姿勃发、坚韧进取之精神。鲁迅中年特别是从文之后，曾花很多精力搜集并研习金石拓本、汉唐石刻、造像及各类墓志。他曾在致友人的一封信中提及他对汉唐书法的看法："汉人石刻，气魄深沉雄大；唐人线画，流动如生。"确确实实，在他的作品中融入了汉碑和唐碑的韵致，体势庄茂而宕以逸气，笔力沉着而出以涩笔，日臻古拙与庄沉。鲁迅晚年书法与其文章一样，苍劲老辣、果断明快，同时更有"返璞归真"的趋向，作品越来越走向朴素之美，恰恰印证了庄子的"朴素而天下莫能与之争美"之至论。现在，我们再读《鲁迅诗稿》时，一股郁勃隽永之气从字里行间汩汩流出。

飘逸愈沉著，婀娜愈刚健。鲁迅先生的书法正是如此。其书承六代之遗风、宗唐宋之新意。作字简远，寄妙理于豪放之外。国人十分推崇他的字，许多高校的校名都是集的他的手迹，许多报刊也都采用他的墨迹。关于鲁迅先生在书法上的成就，郭沫若在《鲁迅诗稿》序中曾做过精辟概述："鲁迅先生亦无心作书家，所遗手迹，自成风格，融冶篆隶于一炉，听任心腕之交应，朴质而不拘挛，洒脱而有法度，远逾宋唐，直攀魏晋。"足见鲁迅先生字的内功修养是很深的。

鲁迅还注重外师造化，注重传统与创新的承接，他反对一味地不假思索的复古，更反对那些全然不顾传统而盲目创新的人。他还指出：书法是立身之道，同时要能写文章，在此基础上融会贯通，才能做好它。由此可见，他是十分注重书家学养修炼的。

胡小石的碑风

胡小石（1888~1962）先生是著名的文字学家、史学家、诗人和书家。先生曾任南京大学教授、文学院院长。胡先生在书法上的成就可分为书法艺术和书法理论两个方面。在书法作品中，先生篆、隶、楷、行皆精；在书法理论上，著有《中国书法史》和《书法要略》，惜《中国书法史》讲稿未及印行即遭十年浩劫，原稿不知去向。当年在南大读书的人，手头还有先生讲座的讲义，但这仅仅是他书法理论中的只言片语了。

1917~1919年，胡小石在上海李瑞清家做家庭教师，在李家，得以和这位大书家朝夕砥砺，胡先生的书风便是从此时开始形成的。李瑞清的许多观点如"学书必须习篆"，"书法有方圆两种：方笔多折，断而后起，圆笔多转，换而不断"等都对胡小石产生重大影响，从李瑞清处学篆得涩笔和方笔之法。有人认为他的这种用笔是"战战颤颤"，而胡先生有自己的看法："凡用笔做出之线条，经有丰富之弹力，刚而非石，柔而非泥，须如钟表中常运之发条。倘出于抖颤，则如汤锅中煮烂之面条矣。"其作品的线条是厚实的、有弹性的,这种所谓的"战战颤颤"正是碑派用笔的体现,略见李瑞清颤笔。先生在隶书上也下过功夫,《张迁》《礼器》《乙瑛》等方笔较多的碑帖都逐一临习,对何子贞也是心驰神往。1914年,他初见《流沙坠简》并临习不已,得益甚多。

胡小石在书法上成就最高的当推行书、楷书。他的楷书曾师颜鲁公,后临《郑文公碑》《张黑女墓志》,得"郑碑"之坚实严密、"张志"之空灵秀美。后遇沈曾植,得沈氏之亲授。并能目睹许多珍品,艺术水平不断提高。先生对钟繇、"二王"书法更是钟情,钟氏《戎路表》,王羲之《乐毅论》《东方朔画赞》,王献之《十三行》都曾下功夫临习。对唐人书法,先生只观看而已,不曾临习;而对宋人苏东坡、黄山谷、米芾三家则极为赞赏,惜取法太少。

胡先生对明清书法有其独到的见解。他认为,明代中期的祝枝山、文徵明精于帖学但创造较少;明末董其昌、张瑞图、倪元璐、黄道周、王铎、傅山的作品能自出机杼,别开生面。在他的眼中,董其昌是明代书法代表中最有创造性的人,楷书以丑为美,行草能以虚代实。清人中,刘墉晚年行书能遗貌取神,伊秉绶、何子贞成就较高,邓石如更是独树一帜。他的书学见解还表现为对方笔、圆笔、纤笔的发展规律具有独特的理解能力。

五十岁后的胡小石,其书作进入成熟期。作品健劲坚苍,将碑体方笔,以及"二王"行楷中的笔势融入创作之中,我们从《胡小石书法选集》中可以较为全面地看到其书风的变化。据胡先生当年在中央大学教的学生讲,胡先生人品亦高,国民党许多官员向先生求字,他不予理睬,而学生向他要字,则有求必应。他给学生的作文评语经常用毛笔详细批改,深得学生的爱戴。

孙龙父:"三章六草一分吾"

我在扬州师范学院读书时,学校最有名的书家就是孙龙父(1917~1979)先生。

清代"卑唐崇魏"之风之后,到了民国年间,一批具有远识的书家开始重新审视探讨晋唐书法,寻找一条新的发展道路,龙父先生就是其中一位杰出代表。他生前教古代文学,书法在晋行、唐楷、汉隶、章草之间找到契合点,自出机杼,卓然成家,他的草、简、篆被誉为"孙氏三绝"。

孙龙父的楷书取法颜、欧、褚、赵,尤好颜、褚;隶书得力于《华山碑》《张迁碑》;汉简取法《居延汉简》和《武威汉简》。在年轻时,他打好了楷书的根基,并把大部分精力花在研习汉人隶书上,故其书法在年轻时即凝重老辣,富有生机。他曾说:"阮(元)、包(世臣)之说,'北碑'之说,以倡导北碑开始,经何绍基、李瑞清之手,实际上已嬗变为溯源西汉为终结,康氏(有为)之说不足取,吾将沿两汉上下而求索。"孙龙父身体力行,作品带有浓烈的汉人气息。他在篆书上也下过功夫,老笔纷披,不拘形迹,以意趣和气势取胜,得力于《石鼓文》《散氏盘》《虢季子白盘》。他的隶、篆、行常常交融在一起,相得益彰。

最能体现孙龙父书法成就的当推草书。他草书风格的形成大体分三个时期，四十岁之前的作品，把章草和怀素的大草融合起来，从草书自身去求草势，凝重敦厚，飘逸潇洒；四十岁至五十岁之间，是第二个时期，草外求草，合以隶行。此时的草书糅合了汉简，汉简兼有篆、隶之意，这段时期的创作落笔沉着，结体端庄，已逐渐形成个人面貌；第三个时期是五十岁之后到去世。这段时间是他创作的成熟期。他曾自云这段时期是"三章六草一分吾"，即取章草三分、大草六分，再融进自己一分。他此时的创作是在经历了"章草和参""合以隶行"之后，丰富了草书的内涵，又把创新重新纳入草书体系中来，形成了自己风格，行笔稳健，笔墨灵动而安详，浑然天成。

孙龙父的书法在 20 世纪 50、60 年代的江苏、日本等有广泛影响，不过国内刊物介绍不多。他在古典诗词、绘画等方面都有重要成就，尤擅画梅，他曾刊有一印"画到梅花不让人"，其对梅花的钟情和画梅的自信可见一斑。他的篆刻影响也极大，60 年代，他和蔡易庵同生活在扬州，南京书家高二适、林散之常与他们唱和并求印，给扬州印坛带来极大影响。今天，扬州有成就的篆刻家祝竹、蒋永义等都出自其门下。他的篆刻是在北方盛行齐白石，南方盛行吴昌硕、邓散木的情况下，走上金文和黄牧甫一辙的治印之路，他曾刊有一印"牧（黄牧甫）仓（吴昌硕）楼（揉）"之印，可见其印风追求。他在吸收黄牧甫犀利、光洁、险绝的同时，主张浑厚、平和，从汉铸印中得到精神。人民美术出版社现代书法丛书刊有《孙龙父书法篆刻选》，虽印刷效果不佳，作品并不能完全代表他的书法和篆刻水平，但我们仍可领略其艺术成就和创造。

宾虹之后有散翁

作为现代大家，林散之（1898~1989）在毕生的学习、探索和创作中，形成了其超凡的艺术技巧和风格。拜读先生的心语，细观其动人心魄的大草，我们一方面可以体会到他对其师黄宾虹先生的笔墨继承，同时可以领略到先生在用笔、用墨、结构、布白等方面对传统的开拓和超越。他对碑和帖有深入理解，从而使碑帖交融，字里行间充溢着郁勃之气，具有强烈的穿透力、表现力和震撼力，与我形成强烈的共鸣。

林散之先生楷书从唐人入手，后习魏碑、隶书，遍临汉隶碑碣，集各家之长，自成一体；行书学"二王"、米南宫、李北海、王孟津，掺入黄宾虹笔意；草书成就极高，达到出神入化的境界。我们在江苏美术出版社出版的《林散之书法集》等集子中，可以分别读到他不同时期的各种书体，令人叹服。

林散之有诗云："笔从曲处还求直，意到圆时觉更方"，这是他数十年在笔法上的体会。先生的草书用笔严格遵守草书法则，使转流畅，方圆并用。方折之处表现得极为含蓄，线条中形圆而势方或形方而势圆，气息平和，笔力浑雄。林散之在疾、涩、行、留上发展了前人的用笔，平正而见奇崛，刚劲中含婀娜，就是极细微处，都衄挫而为，强筋健骨，高不能测。

林散之于其师黄宾虹处得真传，对墨法特别是枯墨运用极为成功。他由王觉斯的浓枯相间发展为浓枯相融,干润相济,不留痕迹,同时又从董香光以淡墨取古淡变以枯墨得灵虚,使意境上较董氏更为博大而丰富。在黑白虚实的处理上,他以黄宾虹先生"燥裂秋风、润含春雨"的笔墨精神去体会黑白阴阳之道,几种墨法相互转换炉火纯青。

林散之书法的另一重要特征是由熟返生,揉进"皴"法。先生作画,勾皴点染,力能扛鼎从全局到局部,气息流畅,中锋直下,即使是细笔之处,也能笔笔坚实,力在笔中。先生在用笔中,加进山水画的"皴"法,在折钗股、屋漏痕、锥划沙等传统的笔法的基础上,融"皴"之意趣,拓宽和丰富了笔法表现力,尤其是近乎干擦的枯笔,在他的笔下,表现得天衣无缝。他的书法空灵多变,朴散淳淡,发纤于简古、寄味于淡泊。所有这些,缘于作者心灵的旷达、平和、超脱。一个人应拥有诗的意境,林散之的书法不正有王维诗一般的空灵的意境么?

王蘧常的章草古格

王蘧常先生(1900~1990)为著名文史专家,曾任大夏、无锡国专、之江、交大、复旦等大学教授,著有《秦史稿》《诸子学派要诠》《先秦诸子新传》《顾亭林诗集汇注》等著作。王蘧常先生又是以章草成就驰誉的书家,学者生涯使其书法不染尘俗,在字内外的修养上都达到很高的境界。他于王羲之、王献之和爨宝子、爨龙颜两碑上溯北朝、秦汉，直入三代，意在三代、秦汉、六朝间，远绍古人而意趣自古。年青时得老乡沈寐叟授书，沈寐叟对其云："治学必须别辟蹊径，一探古人未至之境，或少至之境。倘亦步亦趋，循旧轨辙，功效实稀。《十七帖》虽属右军胜迹，然千百年来，已被人学滥，不如摸索右军所自书之章草为之得。"正因如此，他对章草书风孜孜求索，声名极高。

汉代通行的书体中，草书的崛起对后世书法艺术发展有重要影响。大约从东晋时代开始，为了跟当时的新体草书相区别，称汉代的草书为章草，新体草书相对而言称今草。章草约在汉隶（即指八分）成熟的西汉中晚期形成，并渐趋成熟，至东汉蔚然成风。它的用笔，是沿着隶书笔法发展的，在解散结构严整的隶书体同时，主要特征却仍旧在每字结束时采用了波挑法，并且字与字之间多不连属，如张怀瓘《书断》中所说"隶之规矩，纵任奔逸，赴连急就"，正是在这种"损隶"大大丰富了书法中的笔法。元代赵子昂、康里子山、邓文原，明代宋克等书家都在章草一体上发展，取得了重要的成就。

当代书法中，王蘧常和高二适都以取法章草书法名世。然而，两人书风截然不同。与高二适取章草之纵逸不同，王蘧常取章草之质厚，处处求"实"，又于枯笔中求得苍古，实中见虚，增加了作品的凝重感，和高二适书风形成了两个极致。他把汉魏的朴趣和传统的章草糅合一体，他的碑或楷更显古茂跌宕之趣，在博大雄浑中求得精微。他擅榜书、楹联和跋文，不取唐宋行草之巧，也不故作姿态，而在字里行间流露自然天趣的古章草风韵，方圆变化处理寓巧于拙，饱满而生动，耐人寻味。如他的草书《寿绩辰先生七十寿诗》《论书札记》以淡墨章草与晋人小草相结合，古淡而显韵致；《陈化成将军年谱稿》《云峰刻石题字》《致卞孝萱手札》等则于章草中融入秦汉笔意，在粗壮雄浑的笔意中求得铮铮气骨。冯其庸先生对其书法曾有精妙之述："瑗师之书深入力追，直臻三代，故其结体古拙，用笔方而生辣古趣盎然，生气蓬勃，如良玉生烟，新意郁勃而出矣！瑗师于北碑郑文公曾下苦功，圆笔自是所长，然上溯秦汉三代以后，圆笔已是内劲潜行，深藏而不外露矣，故其书内圆而外方，内秀而外拙，初看似不易懂，百看而不能舍也。"

王蘧常先生的章草书风何以成一新格而有别于前人？这与王蘧常的个人审美趋向和时代风气密切相关。其一，王蘧常之师沈寐叟为近代碑派大家，主张师法碑刻，主张学章草从汉隶入，和元明人取法不同。其曾云："赵松雪、宋仲温、祝希哲所作章草，不脱唐宋人之间架与气味，尔所作不脱北碑间架与气味，总之是一病。须知章草出于汉黄门令史游，史游以善隶名，故习章草宜先学汉隶。"王蘧常正是接受了沈寐叟的这一观点，学习章草和学秦汉及三代之作结合，形成特有的面貌。其二，在碑学兴盛之时，王蘧常作品显示了典型的碑派风范，和沈寐叟以北碑入行书不同，他以章草之体融合行书，多古质之意，又别于元明人。从这个意义上来说，他的变革和清中期金农、郑板桥等人以隶书来变革行书有着相同的意义。

兴之所致，诗家大半得于此，不必指天时而天时恍在其中，不显言地境而地境宛在其中，且不言人事而已隐约流露其中，所以说有兴而诗之神理全具也。瑗仲先生作字如作诗，全凭兴之所致，诗书合璧,字字立得起敲得响。纵然是平淡的笔意,以先生之腕运出,便勃然生动。读先生之作,寄奇于正,发正为奇,笔笔有我意,处处有古姿。试问,没有学者之胸襟,没有渊博之学养,下笔安能变易而不穷?

高二适:自称"草圣平生"

高二适(1903~1977)于20世纪60年代与郭沫若的"兰亭论辩"成为继清代后期"南帖北碑"之争后的又一次中国书法史上的笔墨论战。郭老从南京出土的《王兴之夫妇墓志》与《谢鲲墓志》的书法联系到了王羲之《兰亭序》的真伪问题,认为《兰亭序》的文与书均为隋智永所托,《兰亭序》的书法应与这两种墓志相类,同"二爨"相近,而高二适从其文与书两方面考证辨析,驳议郭老观点。70年代后期高二适又撰成《〈兰亭序〉真伪之再驳论》一文在1982年第1期《书法研究》上发表,对此问题做进一步阐述。时过三十余载,高先生不畏权威所吓、尊重科学的治学态度和"不乐随人俯仰之计"的为人,由此可见一斑。

高二适的书法学"二王"、章草,和王蘧常先生的古奥不同,他追求纯正的帖学气息。早年写《明征群碑》《曹娥碑》《兰亭序》《龙藏寺碑》及钟王书法,中年浸淫"二王"行书。唐人书法中,先生深爱褚河南、薛稷诸家,对高宗父子也很推崇。汉隶和晋楷两相结合,使得他前期的作品别具风格。晚年高二适专攻章草,杨凝式、宋克等人的作品对他影响很大。他认为"章草为草之祖,学之善则笔法亦与之变化入古,斯不落于俗矣"。他常用"骨节张索"和"江东羊薄"印,张芝、索靖、羊欣、薄绍均擅草书,钤用此印,其意自明。先生还广搜各种《急就章》注校考异本及古代残简碑帖文字,指谬矫正,历时十一载,写成《新定急就章及考证》一书,由上海古籍出版社出版,嘉惠学林。

唐之杜、韩、刘、柳,宋之江西诗派,先生都有深研,常识渊博,才学过人。他的书作多写自己诗作,神凝笔腴,气韵生动。南京博物院曾搞了一次他的遗作展,除了一两张八尺大幅之外,其余尺寸极小,多为其手札、批注,小则数厘米长短。观其书作,一幅中真、行、草、章相互转换,随情下笔。初看似粗头乱服,或倚或斜,或脱或落,细研其沉着痛快,在精微处显精神,刚劲不可名状,奇拔无所形容,全篇气贯长虹,笔势连绵、荡气回肠。1963年,章士钊见到高二适一帧诗帖,挥洒极工,于是"爱之重之",和诗一首,有句云:"漫天恶札世争奇,皇象工书人不知",此后还有一段文字:"吾诗仓促成之,无足齿数,唯愿天下人知有独学自成。不求人知之高二适其人,故郑重以出之。高二适本无书名,唯无书名,是以独绝",此诗发表于同年香港《大公报》。1967年,章又有诗云:"客来倘问临池兴,惟望书家噪一高",章先生对高氏的推崇于唱和中可见。

高二适的书风,在取法章草中,增加了许多"虚"处,似连非连,似断而非断,求得了作品的"散逸"之气。同时,减少了章草的缠绕而多了一些"方折"的笔意,增加了艺术表现力。而在字形上的变化更加强化了他的个人面貌,他将字形拉长,多有连绵之势,而将章草收笔时的"波折"的次数减少,在关节口出现时,却恰到好处,增加了点画的"装饰"功能,强化了个人风格。在他的《草书刘桢诗》《致费在山》《题怀素自叙帖》等草书作品中表现得十分明显。高二适题《宋仲温书杜诗〈北征〉》中认为宋克"胜处在精气内含冲和",但也引王世贞句批评他"波险太过,筋距溢出,遂成佻下",因而认为:"草书点染曳带之间,若断若续,婉转生趣,而锋棱宛然,真意不失,此为入神。"他在创作中融入更多的今草笔意,点画清峻,化章草于连绵之中,丰富了草书的内涵。

谈高二适的书法,不妨再看看他对历代法书的论述,从虞世南的《笔髓论·指意》中得"急""涩"二字;从皇象《急就章》中得简古、深远;从唐拓《十七帖》中得锋棱和真意;从《杨凝式帖》中得"隐劲于圆,藏巧于拙"……这些真知灼见,可谓掷地有声!他曾为数十种碑帖作题记或跋,每一则都是心所悟、神所领,精彩纷呈。而先生书法食古而化,亦古亦今,不求其大小而自有大小,不求新而自有新,真乃自然天成,独步书坛。这与王观堂"入乎其内,故有生气;出乎其外,故有高致"是不谋而合的。

谢无量的高格

刘融斋《艺概》中云:"吐弃到人所不能吐弃为高,涵茹到人所不能涵茹为大,屈折到人所不能屈折为深。"谢无量(1884~1964)把这句话中的"高""大""深"作为书法之要旨。我从先生的书法中得到的是洪亮吉在《北江诗话》中谈诗文时的五个字：性、情、气、趣、格。是高、大、深也好，是性、情、气、趣、格也好，在现代书坛上，谢无量先生是极有高格、不同时俗的。

谢无量的书法得力于他丰厚的学养和非凡的创造力。1909年他任四川国学院监督，延扬州刘师培执教。袁世凯篡国，刘附袁，而谢先生闭门著述，写成洋洋大作《中国大文学史》《楚辞新论》《中国古田志考》等。1923年任孙中山大本营秘书长，1925年后执教并潜心著述。解放后任四川博物馆馆长、人民大学教授、中央文史馆副馆长等。在不同的岗位上，谢先生始终没有停止学术研究和书法研习。

他的书法师承钟繇和"二王"，对《瘗鹤铭》和南北朝的碑刻都曾下功夫学习，对篆隶之作也常揣摩不已。其作品更多体现的是古人的神髓，而非具体到某一人某一碑某一帖上。其书法不拘古法而我自为法，为自己书写而与古人相契。字中充满了艺术创造力，但让人看不出艺术的痕迹来，有才气而不叫看出才气，任笔为体、漫不经心，字为心画，情寓于象，也许这正是谢无量的高明之处。是不是真的信马其疆？实则他已心中有物，将行书笔法和正楷融合，写楷能飘逸生动，写行能沉雄稳健，尺幅不论大小，都能浑朴凝练，意密体疏。前几年我曾在苏州看到一幅谢先生作品，不宽但很长的一件条幅，笔姿遒劲简朴而不失清秀，饶有韵致，结体寓巧于拙，疏朗而不松弛，劲健婀娜，逸趣横生。看他的字，没有学碑者常见的粗疏和狂野，但也不是学帖者易犯的那种纤弱与媚姿，给我带来的是超然孤秀的艺术美。

艺术的妙境常在含而不露，"用意十分"而"下语三分"，前贤妙语即是此理。书法所表现的空间，原本是常见的和平凡的，但在谢无量笔下流出，便觉生意盎然，若烟霞迷茫中，无技巧之大技巧也。无量先生的书法生发的意境是他的生活、思想和情感的融合，酿成酒一般不断地溪流，在他心中潺潺地涌动，倾诉于他的笔下，便是最精彩的、生生不息的。概而言其书法：性醇、情真、气酣、趣朴、格高。

学者台静农的字

台静农（1903~1990）在 20 世纪 20 年代就以小说为鲁迅所推崇，但大陆读者多年读不到台先生的作品。近年来，大陆才对台先生的介绍多了些。他在书法篆刻方面同其小说创作一样，也有很深的造诣。近期出版的"二十世纪书法经典"丛书把其列入，香港翰墨轩编印的《名家翰墨》把他和启功先生合发过专号。张大千的常用印有不少出自台先生之腕下，胡适等也曾向其索印。其作品在学者圈内、书画圈内都是很有影响的。

台静农精于隶书与行书，对篆书和楷书都曾磨砺过。他的隶书初学《华山碑》与邓石如，脉络贯通，气势磅礴。在形貌上与古人未必完全相似，但他写自己的字，把隶书的凝重与神采都显现在笔下。台先生的篆书点画如刀削，笔笔有意，无世俗之气。他的楷书从碑中得，尤受《张玄墓志》的点画影响，落笔不苟，奇态横生。

台静农的行书也是以倪（元璐）、黄（道周）为基础的。启功先生曾把他的行书与倪字做比较：倪字结体极密，用笔圆熟，如非干笔处，便不见生辣之致，上下字紧紧衔接，但缺少顾盼。而台的字，下笔如刀切玉，无意识地带入汉隶古拙笔意，一行之内，几行之间，信乎而往，浩浩落落，酣适之处，辨不清是倪是台。

台先生的行草之作，将用笔提顿之美发挥得相当好，在行书的夹紧结体中另有一种反力的开张，视觉上张力很强。傅山的行书用笔如烟，常在纸上做出富于流动感的飞白，倪、黄的用笔较重，但仍是明人的风格范畴。台先生作书，线条则富于折转挫力，郁勃英姿尽显眼底。

平凡而真实，是台静农先生人生之准则，他在台湾大学中文系当主任时就是这样，充满了平民意识，但在他的个性中又隐藏着儒家的执着，正如其书法，力除媚姿，诚朴亲近，我们不妨从他对书写工具的态度来看。一般书家都会重视笔墨纸砚的精良，但熟悉他的人都知道，台先生是从不讲究这些的。看过他写字的人如此描述他写字的情景：纸是从书堆内抽出来的，折痕深浅纵横，有厚有薄，墨是早已盛在砚中，不知是墨条所磨，还是市售瓶装墨汁倒出来的，笔则是长锋羊毫，不似什么昂贵的名笔，一柄长刀将纸裁成长条，写时还要不时停笔，十分随意，有几个字甚至分两次写完，但整幅作品行气连贯，丝毫不见顿碍。

张大千说台静农是"三百五十年来写倪字的第一人"。在我看来，台先生的字是有倪元璐，但更有他自己；他作书无意成书法，常常脱字漏字，但这不影响他书法的品格；他的字是放浪但不失分寸，固执而显可爱，充满了深情。作家董桥说："他的字里有太多的心事。"并说，"沈尹默的字有亭台楼阁的气息，鲁迅的字完全适合摊在文人纪念馆里，郭沫若的字是宫廷长廊向书房行走的得意步伐，而台先生的字则只能跟有缘的人对坐窗前谈心。"确是如此，台先生的大作就同其人一样，堂正而自然地流露出一种尊严与高贵的面容，洋溢的是舒坦宽厚的神情，让人见后，温暖亲切，但又不敢放肆。

弘一的圆朗空灵之境

佛教对中国文艺产生过深刻的影响。这种影响不外乎两个方面：技巧的转换和精神内力的体现。在李叔同（1880~1942）的书法作品中，我们看他皈依佛门后的成熟作品，在技巧和精神上都浸透着佛教的"香火"，澄澈而凝练。

李叔同法名演音，字弘一，浙江平湖人。弱冠已有书名，其时书法学颜、柳、汉魏碑刻等。1905年他到日本留学，学习音乐与绘画，后回国任《太平洋报》主笔，旋又到浙江两级师范专科学校任教。在经历了一段政治上的"伤心"和与日本少女迁迁子的情感上的"伤心"后，人生观大变，1918年在杭州定慧寺皈依佛门，这也成为其书风变化的一个标志。

皈依佛门之前，李叔同的字体现了碑味书风，尤其是《张猛龙碑》，写得凝重而厚实，舒展而劲健。可以说，这段时期是其积累技巧和运用技巧的阶段，体现的是险绝、峭厉的风格。

皈依佛门之后，是李叔同书风的形成期和成熟期。在长达二十四年的佛门生活中，李叔同由险绝和峭厉走向恬淡与平和，这是书法，更是人生。

我曾与石开先生谈到，艺术可以表现性灵，也可以体现人生，也能折射社会的一面，从李叔同书法逐渐消解技巧中我们可以看到，其书风的变化更多体现的是人生：红尘远去了，佳人不期了，生活都在晨钟暮鼓、清规戒律中一天天流淌。而不停息和不断空灵的是他笔下的文字：消解含义、消解技法、消解生命！

在稚拙圆润的点画里，看不到东西却又饱含着一切生命的含义，那疏朗瘦长的结体，把人们带到大巧若拙的境界中，冲淡了尘埃，也冲淡了文字本身。也许，这是真正的书法的禅。禅的真谛是去"有执"，又在去"空执"，李叔同的书法把一切刻意的心灵、理念、规则都做了佛教精神的诠释，体现了光明无量的大乘境界，素处以默，妙机其微，饮之太和，独鹤与飞。犹之惠风，荏苒在衣，阅音修篁，美曰载归！

浑穆博大的沙孟海榜书

作家柯灵在谈到文章风格时说："强烈、悠徐、浓艳、冲淡，任何风格，都要求适当的分寸。过了头，就意味着丧失和谐。"书法风格和文章风格应该体现的是同样的道理。我在观赏沙孟海先生

（1900~1992）作品时，不完全赞同柯灵的话，可以说，在沙老的作品中，有强烈、有悠徐、有浓艳，并且都十分夸张，使人受到强烈的震撼，和谐的韵律也并没有丧失。这是否意味着沙老作为继吴昌硕、齐白石之后的一代大师独特的风格呢？

沙老的书法以气取胜，这种气，体现的是雄浑、是宽博、是凝重，这构成了其书法的磅礴气势。若沙老和林散之做比较，林老的作品体现的是山林仙逸之气，而沙老则表现为壮士和长者的浑穆博大之气，两种风格成就了两位现代大师。

沙孟海先生早年的书法是清劲工整一路，最能代表早期风格的是1949年所作集易林五尺八言联："履素行德春多膏泽，鸿声大视寿如松乔"。这十六个大字中，有欧有褚，在气息上又与钟王相契，不激不厉，风神自远。但在50年代后，他一改整饬严谨的书风，掺进了碑版墓志的气息，追求气度和磅礴，字体向厚重恣肆的方向发展。在中锋用笔的基础上，把侧锋融入字中，中侧锋并用，增强了字的表现力。这在今天的创作中是值得借鉴和吸收的。在字形上，他常以横势取法，形式构成取斜势。用浓墨而少加水，创作中求气势而在技巧上体现若即若离的心态，是强调技巧？是消解技巧？也许这正是在有意无意之间把自己的性情、思想、功力在流动的线条之中若隐若现，化迹无形。

沙孟海作为现代书法史上的一代宗师，还表现在他对书法史的全面体察和对印史印论的全面阐述。他29岁写成的《近三百年的书学》《印学概论》等文章，在今天仍有极其重要的价值。在执笔、用笔等方面都有独到的见解，在秦印、印学史等方面都做了深刻的研究。他又擅篆刻，曾出版《沙孟海篆刻集》嘉惠印林。其印淳厚奇崛、清穆稳健，在西泠印人的作品中，是难得的佳品。其师吴昌硕赠言"哲人不学赵㧑叔，偏师独出殊英雄"也不只是溢美之词。司空图《诗品》中言："形神如空、行气如虹，巫峡千寻，走云连风。饮真茹强，蓄素守中，喻波行健，是谓存雄。"沙老的书法恰好与古人描述的诗境达成了一致。

日本现代书道之父

提到杨守敬（1839~1915）的名字，日本人比中国人更敬仰，称他是"日本现代书道之父""近代日本书法的掘井人"。1880年到1884年，杨氏受清廷派遣，东渡日本，他随身带去一万三千多册的金石拓片、书法资料、古币、玺印等，使日本书界眼界大开，在日本掀起"碑学"高潮。加上杨守敬擅篆隶、魏碑，给日本书坛在实践上又吹进了清新的空气。故而，日本书坛朝野震动，当时的日本大书家纷纷投拜其门下，以杨氏为师，是他们荣耀的事。杨守敬在日本期间，搜集大量国内散逸的古籍版本、书法和绘画，后来汇集为《日本访书志》《留真谱》《古逸丛书》，为保存我国文化遗产做出了可贵的贡献。

杨守敬精于目录学、舆地学、金石学。罗振玉把他的"舆地学"和王念孙、段玉裁的"小学"、李善兰的"算学"并称清代"三绝学"。

杨守敬又以书名闻世。作为书家，他对碑学、帖学、金石都有广泛的涉猎和精深的研究，著名的撰述有《寰宇贞石图》《平碑记》《望堂金石文字》等，他提出的"集帖与碑碣，合之两美，离之两伤"观点，在碑、帖不能兼容的风气下尤显可贵。在《学书迩言》《楷法溯源》等著作中阐述其书学观点也多有独见，常为后学者所引用。

杨氏书法，碑帖相容，尤显帖学之风。在其楷、隶、行书中，以行书见长。作品求对比开张，章法跌宕多变，以纵笔求奇崛，常有新意。在他定居上海后，日本人不吝重金慕名求购，这缘于他四年的东瀛生涯，给日本书坛带来了新的活力。平心而论，他的作品是不能与后来的吴昌硕、康有为相提并论的，但在近代书坛堪称一代大家。

杨守敬不但书艺高超，而且理论方面也有独特的见解。在谈到中锋、侧锋问题时说："大抵六朝书法，皆以侧锋取胜。所谓'藏锋'者，并非锋在画中之谓，盖即如锥画沙，如印印泥，折钗股、屋漏痕之谓。后人求藏锋之说而不得，便创为'中锋'以当之。其说亦似甚辩，而学其法者，书必不佳。且不论他人，试观二王，有一笔不侧锋乎？惟侧锋而后有开阖、有阴阳、有向背、有转折、有轻重、有起收、有停顿，古人所贵能用笔者以此。若锋在画中，是信笔而为之，毫必无力，安能力透纸背？且安能有诸法之妙乎？"（《评帖记》）

杨守敬所言力主侧锋，批驳了历来死守"笔笔中锋"的观点。他作书亦用中锋，更多用侧锋。观六朝碑版，实亦多侧锋。下笔如钢刀入木，有姿态而无媚俗。现在，我们的创作中，笔法不断丰富，杨守敬的说法也是实现了创作中笔法的某种意义。

生涩的徐生翁

在许多人的眼中，徐生翁（1975~1964）很怪，但他的怪，不是庸俗与肤浅造成的，而是他渊博的学识、质朴的书风以及高尚的人品形成的一座最高峰，是常人难以企及的，也就是所谓的曲高而和寡造成的。

他曾说，我学书画，不是专从碑帖和古画中寻找食量。笔法材料多数还是从各种事物中，若木工之运斤，泥水匠之垩壁，石工之锤石或诗歌、音乐及自然界中一切动静物中取得。我们在欣赏他的作品时，可以看到那种漫不经意，信手为之的意趣，是篆隶？是行草？是金石？似乎都融于他的作品之中，形成特有的魅力。

徐生翁用隶书笔意写楷书，使楷书清穆而厚重；用行草笔法写北碑及墓志，灵动而丰富；用篆书笔法写行草，浑雄姿肆，收放自如。他的笔法不囿于传统意义上的笔笔中锋，打破了书体的界格，不师一人，不宗一家，避俗省巧，笔少意足。他的书法的一个重要特征是求生、求拙。点画之间没有明显的牵丝映带，字字之间也少连带，这是对传统帖学灵动圆熟的一种叛逆。在结字上，常常打破常规，反道而行，繁字写小，简字夸张，形成一种大张大敛的姿态，把汉魏六朝碑版中重、拙、生的风格充分加以开拓。但这种拙，不可学，学不来，一学就死，一学就坏。

说他怪，不如说他有学人品格。他一生清贫，但绝无媚俗之骨。即便在抗日时期，他处在潦倒之时，也不把字卖给日寇和汉奸。精神的魅力也许已高于艺术的本身，这是超然物外的品格，这是卓尔不群的气度。袁枚《题宋人诗话》中言："丈夫贵独立，各自精神强。肯如辕下驹，低头傍门墙。"先生在常人眼中的怪，恐怕就是他的独立之品格，自由之精神吧！

女书家游寿

游寿先生（1906~1994）在中央大学教书时，一方面从胡小石先生学字，另一方面参加甲骨文课题的研究。她继承了胡先生回腕执笔法，从甲骨文到金文，从《礼器》到《张猛龙》，从钟繇到黄山谷，广泛涉猎，自成一家。1957年后她到黑龙江教书，声誉日浓，与南京的书家萧娴齐名，是巾帼中的大手笔，人们常有"南萧北游"之誉。

游寿的作品，骨气深稳，体兼众长，落笔端正，放笔自然，出入汉魏碑版之间，没有装饰和雕凿。萧娴作品求圆求浑，游寿作品则求刚求穆。如果说萧娴作品是古而显古的话，那么游寿的作品则是古而出新。游寿作品，不故作姿态，连绵而果断，稳健而出异趣。晚年的游寿常常于天朗气清之时，挥动大笔，以瘦劲的笔触，写出迟涩生辣的作品。任性而不荒率，沉着又不显单薄，或见钟繇的韵致，或显北碑的严谨，或掺金文的笔意，或糅汉简的风姿，苍雄柔润，让人无法想象如此遒健的作品竟出自老妪之手！

游寿的作品之所以流传广，受到广泛的推崇，是由于她除了注重技巧的锤炼之外，更多的是看重格调。游寿在考古、历史学科的研究上，倾注了很大精力，特别注重实地考查研究。如她对黑龙江著名的北魏祖先鲜卑族的发祥地"石室"的考查即是一例。一个从事学术研究的人对书法予以莫大的热情，使得其作品更浓郁，赋予了文化品格。正因为这样，游寿先生是不纯粹以书法家身份出现，而在现代女书家中，更显其独特魅力。

儒宗马一浮

马一浮先生（1883~1967）对文史哲有精深的研究，被聘为浙江文史馆首任馆长，梁漱溟先生称其为"千年国粹，一代儒宗"。马一浮不但是国学大师而且对西方文化也有很深的造诣，曾与谢无量等人同创《二十世纪翻译世界》，介绍西洋文化。可以说，他是一位中西合璧的大学者，书法仅是先生学问之余的艺事，但也取得了不同凡响的成就。

晚清以来，帖学衰落，书界崇尚碑学，继而过渡到碑帖交融期，出现了一批碑帖结合的大家。沈寐叟、康南海、于右任、李叔同等都融合魏碑的笔法、气势和帖的神韵，创造出个人新的面貌。马一浮取法沈氏，以北碑笔法与章草糅合，在几种书体中，行草和隶书成就最高。其隶书，得法于《石门颂》，用笔温厚，结体潇洒，有仙逸之气；其行书取魏晋书法的韵致，融北朝碑意，格调清新，笔力雄强。

书法须古，方能入雅；多识古法，并自具变化；取精用弘，则不拘古法。意与古会，自成风貌，这是马一浮的书法精髓。他所说的："作诗须是无一字无来历，学书须是无一笔无来历，方能入雅，大抵多识古法，取精用弘，自具变化。非定依傍古人，自然与古人合辙，当其得意亦在笔墨之外，非资神悟亦难语此"即是此意。马一浮对书法的理解是，创新固然重要，不沿袭传统是不能与古人相契的。

沈曾植刻意求生

沈曾植（1850~1922）是近代探索碑帖融合的大家。从20世纪20年代起，他就对历代碑与帖进行深层的探求，韵致取帖，气象取碑。结体取汉魏碑版的宽博开张，取横势，强化个体字形的表现力，打破每个字的平衡，依靠整体章法的参差与配合，求得和谐。在字内，强化点画的粗细长短，正侧俯仰，形成对立统一。曾熙评沈书"工处在拙，妙处在生，胜人住处在不稳"即是此意。

他的创作给现代书法带来的启示是：重视个体的表现力量，把个体置于整幅的大的章法中，形成强烈而鲜明的表现关系，如行笔的粗细方圆，墨色的枯湿润干，线条的起伏转折，点画的穿插避让，结体的大小正侧，章法的疏密虚实等，使得碑帖交融成为一种新气象。

在包世臣、何绍基宣扬北魏书法、张裕钊、赵之谦身体力行的情况下，沈曾植走上章草与汉隶北碑融合之路。他以治经之法将小王书与欧阳询相融，得出"六代清华沿于大令，三唐奇骏胎于欧阳"的观点。他用回腕执笔的方法，反复临习《十七帖》《张猛龙碑》，侧管行笔，上下翻转，笔力遒劲，在力量和气象间体现书家情性和生命意蕴。他习章草、写章草，改变历代章草书家平实朴厚的书风，以欹侧之势，得劲峭之体。这种风格有时失去自然之美，不可不知。

在艺术观上，沈曾植也多有新见解，则主要体现在他的题跋和著述中。如他在《海日楼札丛》中谈到笔法问题，言简意赅，可谓是真知灼见："唐有经生，宋有院体，明有内阁诰制体，明季以来有馆阁书，并以工整见长。名家薄之于算子之诮，其实名家之书又岂出横平竖直之外？推而上之唐碑，推而上之汉隶，亦孰有不平直者？虽六朝碑，虽诸家行草帖，何一不横是横、竖是竖耶？算子指其平排无势耳。识得笔法，便无疑已。"在他看来，横平竖直就可概言书之笔法，但要有势，可免算子之消，这"横平竖直"、这"势"我们又怎能简单地理解呢？

楷隶相参的郑孝胥

郑孝胥（1860~1938）曾任广西边防大臣，安徽、广东按察使，湖南布政使，辛亥革命后隐居上海，1932年后任伪满洲国务总理兼文教部长等职。因其与日本关东军上层人物有接触，宣扬"大东亚共荣国""同文同种"等言论，故而在政治上名声不好。孙洵先生《民国书法史》中把郑孝胥、吴昌硕、康有为、李瑞清、于右任诸家相并列。他为1908年成立的交通银行所题的四字匾额一直用到今天。

在《郑孝胥日记》中，我们可以知道，一百多年前，郑到日本做领事时的情景。虽然郑在日本事情多，但在其日记中，常谈的是读书。读《说文》，读《通鉴》，读宋人笔记，这种沉湎在悠然自得的生活中的士大夫情趣，成全了其在书法上的成就。

郑氏书法吸收了北魏书风的神髓，取法《始平公》《石门铭》《杨大眼》等，又受张裕钊作品启示，形成了其体态方峻、冲和匀净的风格。其楷书和行书尤显自家风貌。楷书的创作，是和其隶书紧密结合的，即"楷隶相参"。楷书得颜体的凝重，北魏的峭拔，捺画自隶中出。他指出："由是钟、王楷法弥远，而隶书遗意无复存矣。由是观之，今楷源于隶书，有志书学者，通乎隶，可得四体相通之妙。"他用篆隶和六朝笔法，碑帖合流，故而气息淳古，萧散清刚。他喜欢以狭长的结体，夸张的竖画，使竖画粗重而与横画构成对立险势。他的行书，笔多尖锋，以截笔取态，轻起重收，折笔顿处出奇，当笔运行中须转笔处，他却延长横画而又戛然而止，另起一笔。这独具个性的运笔与结体使欧字的内敛、山谷的结体与《瘗鹤铭》的笔趣尽显其中。

沙孟海先生在《东方杂志》上撰文评论郑氏书法："……可以矫正赵之谦的漂浮，陶浚宣的板滞和李瑞清的颤笔的弊端的，只有郑孝胥了。他早年是写颜字、苏字出身的，晚年才写六朝字。他的笔力很坚挺，有一种清刚之气。对于诸碑，略近《李超墓志》，又像几种'冷唐碑'，但不见得就是他致力的所在。最稀奇的是：他的作品既有精悍之色，又有松秀之趣，最像他的诗，于冲夷之中，带有激宕之气。别人学他字的，没有他的襟度，所以只觉得棒棒枪枪，把他的逸致完全抛失了。"沙翁此番话可谓是对郑氏书法极高的褒奖了。其弟子张谦编成《海藏书法抉微》一书，归纳研究了郑氏书论，对后学也多有裨益。

任中敏善小篆

我在大学时，学校最有影响的教授就是任中敏先生（1897~1991）。他是著名的词曲学家、敦煌学家，唐代音乐艺术研究的一代宗师。他有两个具有学术意义的别号：二北和半塘。"二北"指的是北宋词和元代北曲，代表其学术研究的第一时期。"半塘"指的是唐代文学的半壁江山——唐代音乐文艺，是其学术研究的第二个时期。其代表作有《唐戏弄》《优语集》《唐声诗》《敦煌歌词总编》《隋唐五代燕乐杂言歌辞集》等。

正因为任先生学识丰厚，因此很多人只知其是著名的学者，不知其也是近代以来的优秀书家。任氏年轻时从吴梅先生游。吴先生擅书法，风格清秀，笔力雄健，用笔隽利而显峻爽。受其师熏陶，任中敏长于作书，碑帖交融，以篆书、楷书最佳。1949年后先生迁居成都，生活无来源，曾一度以卖熏豆、代人刻印写字维持生计。

其留下的墨迹多以文稿、书札见多，偶作联语。孙洵在《民国书法史》中把其与马衡、陆维钊、萧劳、孙龙父并称。

在近代学人和书家中，任中敏的经历颇不寻常。他曾长期从事政治活动、教育活动以及学术研究。在学术研究中，打破等级观念，把以主观评论为中心的研究形式转变为以客观解释为中心的研究，首创了在中国文艺领域作为新史学方向的断代的历史形态研究法，他弘扬具有豪放本色的北宋词和元代北曲。80年代初期，日本学者岸边诚雄评论说，中华人民共和国成立以来，最优秀的文化人类学著作是任半塘的《唐戏弄》。

先生无心成书家，但在其学术研究领域中，书法也不自觉地成为其学术人生的一种表现形式。他的书学渊源无从细考，但我们从其一方常用印"伯叔之间"（伯，邓顽伯，叔，赵㧑叔），可以看出其篆书取法。其自称篆书意在邓、赵之间。任氏不轻易以书示人，我在扬州曾见过任氏所书篆书，古劲有致，神姿英发。行书得颜真卿、何子贞、于右任意韵，用笔恣肆、刚正、厚朴。在学界中，书法为人所推崇，故学人著述多请其题耑。我看到的张旭光《文史工具书评介》封面楷书、李昌集《中国古代散曲史》扉页行书等皆为其题署。任老晚年作书仍很劲健，九十高龄的他曾给日本学者波多野太郎用蝇头小楷写成长信，神具而显风采，令这位学者敬佩不已。1982年，任先生曾赠篆书一联"人言海水有时立，我信春光自此多"给扬州师院谭佛雏教授，此联苍古而显新姿，若巨松临风，尤为精彩。任老去世前作书微颤，然更显真趣，风采不减当年。

任先生以顽强而忘我的自立精神艰难跋涉于古代曲学文化的崇

山之中，尚不知后人将他跻身于书家行列，其书法为学人所珍藏，已超越了书家的意义。

叶恭绰：学者本色

叶恭绰先生（1881~1968）民国时期追随孙中山先生，任大元帅府的财政部长，北洋时期又任交通部总长。然而，他不同于一般的政要，暇余则研习艺文，诗书画皆精。20世纪50年代后他和沈尹默同驰名于书坛。文化史上，叶恭绰亦有功绩。在词学大师唐圭璋先生看来，民国文化史上有一功者是蔡元培，第二就数叶氏了。他辑过清代学者画像，影印成《清代学者像传》；出版过《遐庵汇稿》《广箧中词》等；又编有《全清词钞》，为词学研究开辟了新的天地；《遐庵谈艺录》既有传统，又有新学，颇受学者喜欢。

叶翁早年取法颜柳，但形成其基本面貌还是对赵孟頫《胆巴碑》的学习。他亦有章草的一些结体在其行书中得到体现，秀美而显雅致。他的小幅作品极显韵致，气脉贯通，一气呵成，长短、互映、大小、粗细、俯仰等都十分自然。虽缺奇趣，但仍神采飞动。

他的书法体现的是帖学一路风貌，尽管主张书法应当以篆隶为根本，学书应以出土木简、汉魏、南北朝石刻和近唐写经为基础。事实上，他自己没有做到这一点，故而其作品中缺少雄强和宽博的精神内核，未能如于右任、齐白石等成一派别，但在近现代书法家中，叶恭绰显学者本色，端庄流利，仍不失为一位大家。

写碑胜帖的陆维钊

陆维钊先生（1989~1980）为浙江美术学院最早的书法专业研究生导师之一。其书法大体分两种类型，一类是篆隶书，一类是行草书。这两类作品体现的是一种宽宏的气象，是秦汉碑碣雄强精神的领悟。

他的篆书，扁而有致，行气开合，体现郁博之气，古茂而显韵致。其篆书把隶书的用笔和篆书自身的形质糅合一起，形成非篆非隶而又为篆为隶的独特风神。他的隶书得汉人气息和清人风姿，有时以帛书、竹简笔意入书，篆隶之间，郁郁芊芊，精气弥满。其行草书，以方笔侧锋书之，即使尺幅不大，也能把榜书、摩岩石刻以及秦汉宽博的精神气度融入其中。他既有吴缶庐的雄强朴厚，又有赵悲庵的神韵。

也许正因其得秦汉神髓，故而作品中体现强烈的金石气。在"天地乘龙卧，关山跃马过"联中充分显示其艺术创造的魅力。在这一类作品中，他把险、生、正、奇、碑、帖等诸方面掺合妙用，楷、行、草相间，或显《瘗鹤铭》之意，或存《二爨》之风或得六朝碑版之趣，以宋人苏东坡《黄州寒食诗帖》之纵逸和米南宫《蜀素帖》之雍容有机结合，又了无痕迹可寻。

陆维钊先生是以写碑胜帖而著称，和新中国成立后以沈尹默为代表走"二王"一路的不同。陆氏自己曾言，年青时受碑影响，不喜欢王字一路的妩媚。尽管后来他总结自己写书之得失时，说写王字太晚了。

也许正因这样,定下了陆维钊以秦汉碑碣之形质和宋人之意韵的独特风格,使得其作品有了新的内涵。这和林散之、胡小石等书家以碑法得新风的审美取向是相颉颃的。

潘天寿善于夸张变形

潘天寿先生(1897~1971)以花鸟画名世,历来将其书法划入"画家字"的范畴。然而细品其书作,往往画家不能致其精,书家不能得其奇,在行草书的创作上尤显突出。

他的书作,把花鸟画中构图形式的理性思考契入书法作品的创作之中。他自己有个形象的说法:"布线时常常利用不等边三角形,这样有变化、有疏密。一是相交时成不整齐的三角瓢,一是延长相交所得的三角形也是不等边。"潘天寿把抽象线条与空间切割做了艺术化的处理。一揖一让,一进一退,一正一斜都服从整体的章法。在创作中,他常常把正文的部分内容划到款识中写,把正文和款识连成一片,构成了欹侧多姿的形式,形成宽容磅礴的气象。

他说,为人、处事、治学、作画,均须以整体气象意致为上。故而,先生在写字、作画中始终着眼于大处,运筹于全局,没有细小繁屑、局促散漫的毛病,为形成整体章法而舍弃局部细小变化。先生把写字的章法、气象视同绘画,正所谓书中有画、画中有书。

天寿先生的书法属于碑帖相融的一路,其在创作中将碑和帖、真隶和行草互相渗透和转换,爽利中见绵厚,方折中寓圆润。其隶书源于《秦诏版》《莱子侯》《褒斜道》等诸刻，行书得益于黄道周、倪元璐诸家，又于钟鼎、卜文、猎碣等方面获得滋养，把碑版墓志中的文化精神凝练为一种高雅苍古的神气，这种气息流淌在其书法中，雄肆开张而又清秀新异。40年代他在国立艺专时对学生讲，画宜有清俊之气，古朴之风，天真之美，雍容华贵而入大雅之堂，不可有躁气、土气、作气、甜俗之气。他的书法又何尝不是这种审美追求呢？

创造作品中的开合、起落、高低、疏密的矛盾而又消解这种矛盾，完成平夷、奇崛的空间秩序的变化，使其书法具有强烈的现代感，这构成了其书法的又一特点。徐悲鸿先生在评其画时也说他善用几种极难调和的色彩，大块渲染画面，自成风格。书法上，他常常打破常人的构字模式，不拘陈样，将自己对绘画形式美的体验巧妙运用于书法，构成简远无华的意境。

他的书法不同于吴昌硕的圆浑、黄宾虹的烂漫、齐白石的精劲，而体现的是悠长和多思。王冬龄在论潘天寿书法时曾将近代四老书法做生动表述：黄宾虹书法若春天，生机盎然；吴昌硕书法若夏天，郁郁葱葱；潘天寿书法若秋天，碧空万里；齐白石书法若严冬，西风劲力。从这个意义上说，潘天寿的作品富于时代精神和现代意义，在现代书法史上显其个性魅力。也应该指出，先生的行草书对点画"蓄"的方面似乎略弱，读后易生轻滑之感，这一点在其隶书中却不明显。他的隶书更富于金石气，强悍古朴而又雅逸清远，是汉人精神和个人性情的结合。

蜀地书家刘孟伉

刘孟伉先生（1894~1969）是用个性化的语言表现传统哲学的神髓，通过点画的空间处理富于性情的组合秩序展示清劲、奇古的心理活动印迹和审美理想的艺术家。他所谓"动者生之象，静者死之形。故凡事凡物，必以动而显其生""守其体而变其用，因其类而活其法"都体现着他的哲学思想。

同其诗文一样，刘氏书法有境有情，表现着文人生命的意韵。其遗著《庚辛堕稿》《壬寅诗稿》《冻桐花馆词钞》等，也都为其性灵之产物。先生又浸淫杜诗研究，主持了《杜甫年谱》撰述，又爱五柳先生诗文，故而其诗既显子美风骨，又有陶氏清韵，为时人所重。诗书本一家，他的书法则摆脱陈式的束缚，表现得自由散逸。诗词中的清风、山林、溪水、顽石、夕阳等仿佛成了构建其书法的元素，充满了情趣、性灵和生命的力量。

刘孟伉先生的楷书以30年代写的《刘贞安传》最为精彩，点画清雅俊利而不失凝重雄浑。但能代表其艺术成就的是草书。他喜用硬毫作书，以方笔得之刚健，以圆转得之雄强，而方圆之间转换自然，奇崛相生。难怪祝嘉先生说其书法瘦而厚，有清超之气。他的小行草手札更具风神，不拘常态，任心挥之而气脉相聚，显鲁公之气韵、汉人之笔姿，在古今之间，悠游而从容。可以说，他的风格既是朴素平淡的，又是含蓄丰腴的。

乡贤朱东润的书法

古典文学专家朱东润先生（1896~1988）是江苏泰兴人，和我都属家乡一个地区。他的学术研究涉及诸多领域。在经史研究方面，他先后写成《公羊探故》《史记考索》《后汉书考索》等，在充分掌握原始材料的基础上，阐幽发微，独抒己见，受到学术界广泛重视。在诗词研究方面，著有《读诗四论》《楚辞探故》《陆游研究》《梅尧臣诗选》等，编有《中国历代文学作品选》作为大学文科教材。在中国文学理论批评史的研究方面，著有《中国文学批评史大纲》《中国文学评论集》《沧浪诗话探故》等，朱自清先生把其《中国文学批评史大纲》誉为"第一部简要的中国文学批评全史"。在这方面的研究，他从时代、现实和流派入手，从具体史实至宏观概论，独具慧眼，不同凡响。

在中国传记文学的创作和理论方面的造诣才是他一生倾注最多、成就最大的。在传记文学《张居正大传》《陆游传》等书中，描述"受时代陶熔又陶熔时代"的历史人物形象，开创了传记文学的新时代。

从1996年上海书画出版社出版的《朱东润先生书法作品选》中，我们可以领略先生在书法艺术上的造诣。

先生书学根植于秦篆汉隶，以"厚重"为尚，少年时读《艺舟双楫》即知习字当从学篆入手。故其习小篆，取法《琅玡刻石》《会稽刻石》《峄山碑》等，唐篆推崇李阳冰，于《滑台新驿记》用功最勤。30岁左右，始习隶，《乙瑛》《华山》《张迁》《史晨》《礼器》等皆涉足。篆隶的研习，为写行草书打下厚实的根基。但其篆隶过于规整拘束，略少变化，故成就在行草之下。50年代，先生执教于复旦大学，书法多作行草，于唐人李北海《云麾将军李思训碑》及孙过庭《书谱》用功最勤。他认为，由篆及隶，以厚重平正为基础，行草才能安稳妥帖。清人伊秉绶之隶书，邓石如之篆书，正因其厚重，故作行草即不求工而自工。他又言：行草书不难于飘逸，难于沉着。观其晚年行草，信手为之，雄浑茂朴，苍劲奇崛，若列书家之中亦为大手笔。

1996

第二辑

书里书外

禅思与艺事

——读《苏轼书画艺术与佛教》

较多地运用演绎的方法来讨论哲学问题的艺术史研究常常大而化之，概念宽泛，论述抽象，不能在书画作品、艺术观念和作者、时代之间建立具体而有效的联系。近几年来，在海内外学者的共同努力下，逐渐改变了这种局面，取得了许多重要的成果，如学术界对《溪岸图》《兰亭序》《自叙帖》等作品的研究都推进了艺术史研究向纵深发展。在这些讨论过程中，人们也越来越多的关注研究方法的问题。如何将艺术家的创作活动、审美观念和历史背景、文化思潮之间的关系做深入探讨？我们提倡在具体研究展开后，得出有理论价值的论断，直接参与理论的建构，在个案研究基础上，也建立宏观而圆通的理论。最近，由商务印书馆出版的陈中浙《苏轼书画艺术与佛教》一书既有具体细致的史料分析，又有对"尚意"书风、"士人画"等问题的理论关怀。

佛教自汉末传入中国以来，经过魏晋时期与中国本土文化的磨合，又经历隋唐的繁盛，到宋代已与中国本土文化融为一体。有关佛教对文学艺术影响的研究，学术界已取得了相当丰富的成果，但并不是没有课题可做，正如楼宇烈先生所指出的："由佛教对文学艺术影响的多层次性来看，则目前尚有众多有待拓展和深入的领域。"北宋是佛教兴盛的重要时期,帝王采取了扶植佛教发展的政策,佛教进一步世俗化,得到了进一步的发展,开始由"内证禅"转变为"文字禅",灯录、语录编纂兴盛,士人热衷研佛参禅,著名佛典如《金刚经》《法华经》《维摩经》《华严经》《圆觉经》等都成为士人研读的常见书籍,对文学艺术产生了很大的影响。如在诗歌中"以禅喻诗""以禅入诗","翻案法""悟入法""活法"等十分风行,而宋代小说、鼓子词、宫调、宝卷等民间文学亦打上了佛教的烙印。宋代士人的艺术活动亦是禅宗影响的结果。其中如书法突破唐人,回归魏晋书风,绘画上"士人画"促使画家对艺术本体有了自觉的感悟。那么,佛教义理、修正实践、思维方式等究竟对宋代士人、艺术家的观念和创作有什么样的影响?有哪些具体呈现?这些深层的、内在的影响如何在主流人物身上得以实现?这些都是值得讨论的。苏轼是宋文化最具代表性的人物,他借用佛教思想来总结当时的艺术观,既是佛教发展的结果,又是书画艺术审美自觉的需要,佛教与书画艺术在他身上得到了完美的结合。作者以苏轼作为个案,展开实证性和科学性的研究,剖析书画艺术与佛教义理的关系,并以其哲学研究和艺术创作两长,做出颇有见地的分析和判断,为我们认识北宋佛教文化及苏轼书画艺术提供了新的视野。

艺术史的研究,是以艺术家的作品讨论为中心的,而艺术家的艺术作品是通过艺术观念—作品创作—作品接受的过程获得认知的。作者讨论苏轼书画艺术与佛教的关系亦是遵循这样一个脉络展开的。书中首先从苏轼与佛教的因缘入手,分析苏轼的家庭佛缘及与云门宗、临济宗、天台宗等佛教的交往，说明了苏轼的书画活动与佛教之间的必然关联，由此证明苏轼对佛教有着极大的理性追求和注重大乘佛教般若思想的汲取，并指出：禅宗"无住"思想与"妙悟"说所蕴含的独特方式，对苏轼诗文创作的影响，禅宗善用"翻案"的诗文风气以及佛教典型的"非此亦非彼"的思辨方法，为苏轼运用佛典禅语与表达意境提供了指导。举例来说，作者通过苏轼的《送钱塘僧思聪归孤山序》中所提"以一含万"与《华严》经典的内容，来讨论诗书画"本一律"的审美趣味与佛教华严思想的密切联系，证明其内在之"理"，而佛教中的"圆融""常理""中观""无住"等思想深刻地影响了苏轼对书画创作和功用的认识，产生了如"游戏三昧""悦人""参禅悟道"等观念。

　　作者对苏轼书画创作活动的讨论最为细致，这得益于作者有相当的艺术实践。他对苏轼的艺术品评、鉴赏观有切实的领悟，对技法和品评语言的熟悉，成为了解、认识苏轼书画的基础。作者十分重视苏轼艺术作品本身的语言，指出其发展过程的"三期说"，并能从中形成对苏轼书画作品佛教关系的理论阐释样式。如苏轼在黄州期间大量涉及佛典以及参禅研佛对他的影响，具体表现为由原先的"外求"刻意摹仿转为"内求"的"抒情写意"，而其晚年随遇而安，与佛教深契无间、看透世间"实相"的心境表现在其艺术创作上，生成了"大圆满"的境界。这个论证过程细致而切实，正像英国艺术史家巴克森德尔所说：可以明显感觉到中国古典艺术批评缜密细腻与视觉文化之间的"中介语汇"的存在。我想，如果作者没有对书画实践技巧的深切体验，与他所理解的"中介语汇"的思维模式必然有所隔膜和脱节。

  文化史和艺术史研究的"合流"还应归结于文献学的贡献。《苏轼书画艺术与佛教》一书的写作历时四年，精心钩稽和梳理，如书中所录作者在日本东京大学留学期间在东洋文化研究所抄录的有关日本苏轼研究文献，对于了解此课题的先行研究大有好处。书后还附有《苏轼与佛僧交往系年》与《苏轼书画艺术活动系年》也是至今有关研究中最为直观和详尽的。从这个意义上说，此书的出版似乎预示着学术界一种厚重的传统和古典学风的延绵不绝。

             原载《书法报》2005年第6期

元明书法的时代再现与阐释

——《中国书法史·元明卷》札记

元明书法在中国书法史上有着重要的地位。元代书法既是宋代书法的延续，同时又是书法史上的一个转折，宋代融合晋唐书风在元代发展为一种全面回归的潮流。明代书法，既有对元代书风承接的前期书法，又有中期的地域流派，而晚明的书法革新开创了清代书法的新格局。研究这段承上启下的书法史，对中国书法发展的基本脉络进行全面的疏理和研究，这种工作无疑有着十分重要的学术价值。黄惇先生的近著《中国书法史·元明卷》为学术界提供了元明断代书史研究的开拓性著述。

《中国书法史·元明卷》共分上、下两篇。上篇为元代书法，下篇为明代书法。全书以时段和人物两条线索，勾勒出元明书法发展的脉络。著者将元明书法形成的社会根源、发展的历史文化背景、各阶层代表人物等各个层面纳入自己的研究视野，通过对元代书法的复古现象、明代书法的地域流派、元明时期的代表书论的全面阐释及对相关书家史料的评析，做到了对各期书家、书家群恰当的评骘，对书法史上有些含混不清的问题做了必要的考证辨析，以明史实。就全书而言，每个篇章相辅相成，从书法史到书法理论，再到刻帖收藏，层层递进，有机统一。同时，每个章节又各具独立性，任何一章一节，都是元明书史研究的"点"，显示了此书"总、分、合"的特点。

从历史本身出发，对书家进行深入研究，达到从社会文化的角度讨论社会思潮、创作思想及书家社会活动对艺术的影响，这是著者在研究中所希冀的。赵孟頫是元代书法研究的重头戏。在论述元代书法时，著者开宗名义，把赵孟頫放在经纬之交点上，逐次拓展，给书家以历史客观的评价和定位。在文人流派书法史上，赵孟頫识趣高远，跨越前人，根柢钟王而出入晋唐，不为近代习尚所窘，他的出现，完成了文人流派书法史上继东晋、中唐后的又一次变革。这种变革，涵盖书史五六百年。

从赵孟頫一生的发展来看，许多重要事件对其书法影响很大。如至元二十三年（1286），程钜夫赴江南搜访遗逸，所得24人中，赵为首选。然而，在其入仕的次年，他就有了归隐之心，这样的史实对赵氏一生复古思想有着重要的影响。在评述赵孟頫的书法时，著者着力以大德二年（1298）春元成宗请赵氏由杭州入大都写金字藏经、大德年间赵在杭州出任浙江儒学提举、至大二年（1309）在赵二次入大都侍奉仁宗等主要事件与书法活动为主线，全面而客观地考察了赵孟頫身处的时代。这个时代以江南杭州文化圈为基点，借古开今，由南向北的文化迁移，使东晋以来的"二王"一脉文人流派书法得到振兴。

无论从书法史的角度，还是从赵氏一生书法发展的来看，本书都深刻揭示了赵孟頫书法在中国历史上的地位和其在文化传承中做出的巨大贡献。书家作品、游历及相关史学的意义是由史家不断发现和赋予的,因而不同的学者能从不同层面发掘其价值,著者的这种学术视角,无疑是十分有价值的。

在对赵孟頫一生各阶段的书法研究上,著者对其作品进行了比较辨析,并运用文献缜密论证,对作品与交游的关系等一一进行翔实的论述,使对赵孟頫作品的研究进一步深入。书中谈到赵氏小楷时,著者指出:"纵观赵氏一生,小楷作品主要得力于王羲之、王献之、钟繇和东晋道士杨羲。"赵孟頫学杨羲主要是学其《黄素黄庭内景经》,这一点鲜为人知。著者从赵氏为鲜于枢藏此经的题跋上可知其对杨道士"飘飘有仙气"的推崇,而从张雨所跋赵书《过秦论》中也发现了赵所取法杨的重要材料:"嗣真(张雨)尝见《黄素黄庭经》,吴兴公定为上,请真人杨义和作七言诗识于后。此大卷大类杨书,惜世罕知者。"可见,在赵孟頫小楷面貌的形成中,取法杨氏是有根据的,这成了赵氏小楷书风形成中除"二王"、钟之外的又一重要基础。对书论、作品的深入释读,而后对其书写风格和价值进行阐述和确认,这种论从史出的严谨而又个性化的治史态度是著者在研究中始终坚持的。

黄惇先生在其专著《中国古代印论史》一书后记中曾论及他对印史研究的看法:"仅仅透视审美观念与风格的关系并不是终点,更深层次的观察还应弄清审美观念产生的原因,和各审美观念之间的承继关系。"在书法史研究中,他也坚持了这种观点。元代书法的全面复古,实与赵孟頫的崇古有关系。关于赵孟頫的影响,著者在书中既指出了郭畀、张雨、钱良祐、朱德润等元代赵派书家群,又提出了元代各个时期少数民族的书法,特别是元代后期康里子山影响下的少数民族书法与赵派的关系，指出了康里氏重视晋唐古法，讲究韵味，在审美观念上与元人风尚一致，因而，仍然把康里氏视为赵孟頫所领导的全面回归传统的古典主义书法潮流中的重要人物。这种对赵派群体的界定，显然是从以"二王"为源头的脉络中，按其审美观念及其承递嬗变加以归纳分析的。

元代前期的书法以赵孟頫及其影响下的翰林大儒为显，所以南宋以来的遗民隐士书法多为自遣，未成气象，而到了元末，隐士书家群凸显，并形成特殊的群体，尽管在元代书法史上未成主流，后世效仿者亦不多，但在书史上有着较高的审美价值和特殊地位。著者在研究中，把元代的隐士书家作为一个群体来考察，准确而客观地指出他们风格形成的因素。他指出："影响整个元代书坛的赵孟頫的书法，有着追求晋韵，典雅而秀气的风格，其中包含着赵氏憧憬隐逸生活的内质。但赵氏官位显赫，又为宋宗室后裔，所以他的书法不可避免地染有宫廷的色调。"元代后期的吴镇、杨维桢、陆居仁、倪瓒，均为当时有名的高士，他们的书法，都能不落赵氏之樊篱，典型地反映了隐士矫矫不群的气质，风格简逸朴实，用笔醇和率意，个体精神尤显逼人。他们在书法上的这种追求，乃由元代士人悲怆、苦闷和闲逸的精神状态所决定。

"隐逸"是人类社会发展史上的一个独特的人文现象，隐逸文化早在先秦至两汉时期即已孕育，而到宋元时期可谓烂熟，元末的隐士书家群，有着不合"法度"的非主流姿态，他们的狂狷不羁，不拘常格，彰显了隐逸的人格精神。著者在论述他们的作品时，以传统作观照，指出其书法特色之所在，并提到了受赵氏影响的隐士书家黄公望、王蒙等，他们的书法散逸简淡，除去华采，于真率处见真精神，是十分难得的。因而，对于元代书史中的隐士书家群做系统研究，是研究这段书史不能忽视的方面。

篆、隶两体在汉代以后的文人书法艺术发展中并不占重要地位，书法进入自觉时代后，文人书家多追迹"二王"的真行草，而篆、隶两体疏于问津。史论家在论及元代书史中，多不及篆隶一脉或一笔带过。作为纳入文人书法创作范围的元代篆、隶书法，已经有其独特的审美标准和书写技法，并且篆、隶二体已与元代文人画相结合，对后世绘画和书法创作有重要影响。著者在元代书史的研究中，充分注意到篆隶书家在书史上的意义，专列一章加以阐述。黄惇先生兼治印史，他将篆隶书家和文人篆刻结合起来进行研究。

在元代篆隶书家中，著者把吾衍影响下的篆书写得较为详细。吾衍和他的弟子吴叡、朱珪在篆隶上的成就恰恰与文人印章艺术的发展同步。吾衍的《三十五举》中提倡汉印，与赵孟頫一起改变了元以前用印习惯，使元代文人朱文用元朱文，白文用汉印的风气风靡。书中进一步指出吾衍与赵氏首次在历史上倡导印宗汉魏的印学思想，使篆刻艺术的独立地位得到确立，对文人篆刻艺术做出了重要贡献。

这部分的研究，著者将书、印相互观照，指出了吾衍在书、印史上的重要地位，进一步向人们揭示了元代篆、隶书法促成了文人印章艺术的大发展，也是明清文人篆隶书法的源头，它标志着秦汉以来篆隶书法式微后复苏的新时期的到来。

在明代的篆隶书家中，著者则对李东阳、乔宇、徐霖等做了具体研究，指出李之篆书对吴门地区的影响和乔、徐在金陵书坛中的影响，并提出他们善篆的特长在印章中发挥，影响了大批印人，因而苏州、南京成为万历以后篆刻艺术蓬勃发展的两个主要策源地。此外，在明代篆书发展中，篆书艺术对文人篆刻艺术的刺激，也是值得重视的。黄惇先生始终把书法和篆刻紧密结合起来进行对比、观照和阐发，这种研究方法也是他从事书法史研究的特色。

在明代书史研究中，著者着力对明代前期书坛大势、中期的吴门书派、云间书派及晚期的书法革新思潮做了深入而具体的研究，极有见地。在明前期的书坛中，台阁体现象非常具有代表性。明初，封建皇权比以往历朝更为强大，统治阶级用强权加以推行书法艺术，形成了错综复杂的社会、历史、政治、艺术发展相扭结的特殊文化现象。书中对台阁体的形成做了较为细致的分析，揭示了自洪武到成化年间，形成了供奉内阁书家的历史高峰，其端庄流丽一路的书风蔓延朝野，在明初书坛有浓厚的应制色彩，这种书风到了明中叶始有改观。明中叶兴起了吴门书派和云间书派，使吴中地区和松江地区书法得到振兴，一直影响到有清一代的帖派发展。

"云间书派"这一提法，往往为治史者所略。著者深入研究了云间书派的由来、代表人物及其影响，并将董其昌的研究和云间书派结合起来，指出云间书派（或华亭书派）的内质："董氏营构的华亭一派，在当时也主要是以自己为主干的……其他华亭籍书家，书法成就都不及董氏，自然书名亦为其所掩。明王朝被清取代，所以青年一辈受董氏影响者，实际上都成了由明入清的遗民。董氏原来营构的云间派，旨与以文祝为首的吴门派抗衡，故所论此派书家均为松江籍。董氏殁后，宗法他的书家，不再以籍贯为限，因称董氏为董华亭，故入清后的华亭派，实际上即董派化身。由于舍去籍贯的尺标而均以董其昌书风为追踪目标，所以此派的流派特征反而明确起来"。

对云间书派的这种阐述，颇带有一定的批评的意味。批评是什么？罗兰·巴特讲得好："批评是一种有深度的阅读，能在作品中发现某种可理解性，在这方面，它确实是在解码，并具有一种诠释的性质"。在研究中，黄惇先生对于书史上本来已经存在但未能好好梳理和解读的流派现象、书法作品、书家书论等做了极为细致的"阅读"，而后加以诠释，从零乱的史料中清理出一条清晰的思路来，赋予了历史新的内涵。作为史学著作，此书在一定程度上带有批评性的书写历史的性质。虽然，谁也不能说，一位史学家或批评家对每一段历史的的理解都能做到完全恰当、公允，或者说明晰而又毫无偏颇的"解码"，但黄惇先生在此书的写作中，一直把"忠实于历史，彰明于时代"作为自己的一种学术理想，站在史家的角度，对书史现象进行表述，以自己特有的眼光审视书史中的种种理论和现象。这一点，在他的书法理论研究中进一步得到了印证。

元代的书法理论著作除了《学古篇》《雪庵字要》《翰林要诀》等以技法传授为主的教科书和《书法钩玄》《书则》《法书考》等书论汇编外，书法理论思想多立足于恢复古法，重新确立为宋代所不屑的传统规范。著者在论述这部分时，着重提到郝经的《叙书》《移诸生论书法书》、赵孟頫的《兰亭十三跋》和郑杓的《衍极》。郑、郝二人关于书法的阐述是站在程朱理学的正反面，在元代颇有代表性。郝氏所言"有诸于内者，必形诸外也"和"书法之自然，犹之于外，非得之于内"，涵盖了学书本源和终极的两面。在书中，著者把郝经的论述概括为"道技"论，文中直揭唐人和北宋的道技问题，无疑是有学术价值的。郑杓《衍极》一书，在著者看来，是元代书论的典型。为何这样说呢？《衍极》在元复古思潮影响下，旨在恢复人们鲜知的古法，建立在宋代的程朱理学的哲学思想之上，力求匡正南宋以来的时弊，号召回归晋唐，这种古典主义书法理论，在元代书论中是很有典型意义的，以至于这种书学思想在明代初年为书法发展带来障碍。

有元一代，赵孟頫书法风靡一时，对其书学思想的研究就显得极为重要。黄惇先生从赵孟頫的诸多题跋中，归纳出其"用笔千古不易"的思想，并指出这种说法，辩证地表述了"用笔"与"结体"的关系，对于揭示中国书法的本质属性有极为重要的意义。著者的这种说法，不是随心所言，而是从赵氏最为重要的《兰亭十三跋》中的第六跋和第七跋的史料出发，鞭辟入里，周密分析，从极为精微的角度对史料进行阐释。

人们常常会发出这样的疑问：赵氏既然提出"用笔千古不易"，何又称"右军字势、古法一变"呢？著者在书中解释了清代周星莲《临池管见》中把"千古不易"说成"指笔之肌理言之，非指笔之面目言之"是受乾嘉年间翁方纲论诗"肌理说"的影响，并指出"悉知其用笔之意"是设定于古人的法帖之中的，这当以《阁帖》和《兰亭》为代表。在对赵跋的理解中，著者紧扣跋文，运用联系的方法，对其进行了正确的判断和详尽的阐释，论从史出，拨开了人们对赵氏所论的迷障。

黄惇先生指出：赵氏所言用笔实为魏晋笔法，而古法包涵用笔和结字，笔法为体，结字为用，古法则将其统一于一个审美理想的概念中。这种理解甚为精当。如何理解"古法一变"呢？他又指出：这既包含王羲之于前人笔法的继承，也包含了"因时相传"，在前人结字规律中，融入个人特性，跋中所言"雄秀之气出于天然"实乃"变"之注脚。用笔是千古不能失去的基本规律，而结字当以古之标准为基准。这种重史料、重实证、重思辨的治学方法，在全书中时有显现。

任何历史著述都是文本历史而不是历史的原生态。文本历史就意味着渗透著述者个人的史学观念和史学方法，表达著者对历史的评价和看法。书法史作为中国文化史中的一个重要分支，当然包涵着历史所具有的特征。因而，书法史著作应和历史著作一样，体现学术个性，体现著述者对书法史的鉴别能力。黄惇先生在此书的写作中，表现了强烈的文人书法流派意识，从元代复古思潮的赵派书家群体和明代以文祝为代表的吴门书派、董其昌为首的云间书派入手，把流派现象、书家作品、交游、创作等放到特定的历史氛围中考察，用充分的历史事实再现历史，以其特有的视角加以叙述书史上存在的和被忽视的种种现象。

在《明代的书法理论》中，明代中期前后七子的书法美学观部分，未见学者有专门著述，黄惇先生发前人所未发，并将同期文坛与书坛观照，揭示他们的美学思想的渊源。晚期徐渭书论中的"活精神"与公安派的关系、董其昌的以禅喻书论、"淡说"、"顿悟说"、"熟后求生"说及晚明其他美学思想都体现晚明变革潮流中的书论精华，著者深入浅出，以其独特的学术视角对晚明书论做了诠释。

一部完整的书法史，除了技法形成史、风格发展史、流派递嬗史、书法理论史，还应包括鉴藏史和刻帖史。作为元明书法的断代研究，著者还在该卷中设置设置三章来表述有关元明公私收藏刻帖的内容，对元明时期的鉴藏与刻帖做了全面而概要性的论述。这是其他元明书史研究未专门涉及的。元代十分注重内府书画收藏，民间风气也得到发展。书中对元代内府书画收藏的来源、管理、机构、藏品等都做了较为详细的阐述，如元皇妹大长公主祥哥剌吉、周密、郭天锡等鉴藏家及其藏品、题跋等都也叙述甚为详尽。元代刻帖当不能与宋相比，书中仅提到了《乐善堂帖》《墨妙亭石刻》《香雪院兰亭序帖十部》等。明代官帖少，私帖多，书中着力就明代私帖如《真赏帖》《停云馆帖》《余清斋帖》等14种历代法书汇刻丛帖和《晴山堂清帖》等当代法书汇刻丛帖、书家个人刻帖做了详细的介绍，并就此时内府和私家收藏的特点、风气等都做了较为具体的介绍和研究，使人们对元明鉴藏与刻帖的风气有所了解。限于体例，书中对元代刻帖骤减、明代私帖兴盛的原因等引而不发，未做深入的研究，这也是值得学者去分析和总结的。

唐代史学家刘知几曾指出治史当"略小而存大，举重而明轻"。在元明书法史的研究中，著者抓大放小，实虚结合，运用了质朴而平和的语言表述。对于特定的历史时期如明代嘉靖以后的书法变革潮流，则深入研究其变革的文化因素，并以同期的哲学、文学与书法相观照，把徐渭的"独创""生成"和董其昌的"真率""平淡"

与李贽的"童心"、三袁的"性灵"相比，指出明末社会因素带来的个性解放思潮给明末诸家如张瑞图、倪元璐、黄道周、王铎等人的书法带来强烈而鲜明的艺术影响，客观而准确审视了他们书风的形成，不做夸大之辞，公允论之。在把握了书法史的主要脉搏时，著者并没有对以往研究中所忽视的所谓的"细节"置之不论，而是以史家的敏感，予以关注。仅举一例，在谈到元世祖时期书法发展时，书中专门列了一小节谈天历二年元文宗沿"玉堂"旧制建奎章阁一事。奎章阁中，柯九思为鉴书博士，有虞集、揭傒斯、康里子山等人，这批人在元代有相当的影响。然而，作为珍藏、鉴赏历代书画的处所，奎章阁的意义常为治书史者所忽略。尽管奎章阁的存在是短暂的，但它在文宗时期，在召集儒臣考帝王之治，论祖宗明训，研究古今治乱得失，使汉人书家与少数民族书家均能融合，促进各民族之间的文化交流等方面，确有不可忽视的作用。

对文献资料进行爬梳和整理，尽可能为后人提供翔实而可靠的资料，《中国书法史·元明卷》也是有充分考虑到的。每章之后都列有详尽的参考书目，卷后附有元明书法大事年表、主要参考书目 89 种，作者、版本等甚为详细。在有关章节中，一些重要内容虽已阐述，但仍需补充说明而不便展开的，著者通过图表加以说明，如元代的篆隶书家、明洪武至成化年间的主要台阁书家、明书家个人刻帖等，为研究者提供了极大方便。这种符合现代学术著作规范的体例，也是十分值得推崇的。

原载《南京艺术学院学报》2002 年第 1 期

手札的意义

——读《明代徽州方氏亲友手札七百通考释》

手札就是通常所说的书信，又称尺牍，言事达情，尺幅千里。它很早就流行，汉代的陈遵"略识传记，赡于文辞。性善书，与人尺牍，主皆藏弄以为荣。"（《汉书》卷九十二《游侠列传·陈遵传》）手札为一时挥翰之文，非关著作。兴会所至，各有佳妙。书法史上，许多这类作品精彩绝伦。虞和《论书表》载王羲之三十二岁赴武汉应诏时曾给庾亮写信，后来庾翼给王羲之回信感慨道，"吾昔有伯英章草书十纸，过江亡失，常痛妙迹永绝。忽见足下答家兄书，焕若神明，顿还旧观。"这"焕若神明"的惊喜足见人们对它艺术性的欣赏。清代以来，手札出版亦十分风行，形式有单刻本、丛书本、选编本、文集附刻本、辑佚本等。如台北文海出版社印行的"近代中国史料丛刊"就辑有《钱牧斋先生尺牍》《刘石庵公真迹》《籧斋尺牍》《翁松禅相国尺牍真迹》等多种，都是不可多得的书法精品。

然而，手札不仅具有艺术欣赏的价值，还有多方面的学术意义。比如说，某些历史人物在他所处的时代并非主流人物，他来往的手札有没有意义？他的生平活动有关文献没有详细记载，我们能不能从来往的手札中考证出来？如果手札讨论的是与书画艺术有关的事，能不能用来讨论书画史与社会文化环境的关系呢？陈智超先生《明代徽州方氏亲友手札七百通考释》一书是个典型的例子。他对这批美国哈佛大学燕京图书馆的藏品做了详细研究，澄清了原著录的模糊性，使手札的字迹和所涉及的时间、地点、人物、事件都显豁起来，手札的史料价值得以发挥，从整体上反映出嘉靖至万历时期徽州儒商的社会文化活动圈的一个侧面，有着"见证"收信人的特殊身份和所处的明末社会文化环境的实物意义。

这批手札的收藏者是徽州歙县文人方用彬。他广结英才，有交游酒会时，每得翰墨，永以为藏。他说："余自少迄今三十余载，所游南北京省，历览名胜而交诸文士大夫，结社题咏及往来书翰，不啻盈几箧矣。久之，虑将湮没为蠹鱼残食，于是兴怀感事，遂检点分类校定。其柬牍诗词，凡文字俱妙者，装为数帙；其短刺手札，简约精绝者，亦裒成数帙；至夫礼请辞谢之帖，皆名公高士之讳，犹不可弃，亦编成集。……吾且贮之笥中，异时传诸后代，使之知余生平重交谊、宝翰墨之谆切也如此，宜深念之，当保惜之。"（《明代徽州方氏亲友手札七百通考释》卷首《方用彬识语》）据陈先生考证，手札最早一通写于嘉靖四十三年（1564），最后一通作于万历二十六年（1598），历时三十四年。收信者即是方用彬，写信者有四百余人，包括方氏宗族、方用彬亲戚及各地友人，共收733通，名刺190通，账单一件。

写信人中方氏族人有五十三人，大致可分三种类型："山人"、仕宦和经商者。"山人"是明代嘉靖、万历间最为兴盛的一个特殊士人群体，本身有相当高的文化水平，并多有书画篆刻的技艺特长，功名不就，四处谋生，有的长期或短期依附一官员，但不参与政务活动，主要是陪主人游山玩水、吟诗玩艺等。这批手札中的写信者之一——方用彬的族叔方尚赟（仲美）就是山人的代表。他出游江西而结交朱秉器及皇族多人，游湖广而识吴国伦、李维桢等人，其中吴国伦"与之割席分粒者近十余年"，又结交当时众多文士，王世贞即是其一，《弇州山人续稿选》卷三称他"博学有文，而时时使酒"。

又如，汪道昆是与方用彬通信的人中的主要人物。汪居家期间，在歙县先后倡导组织了丰干社和白榆社，对当地的文艺创作、雅集活动起了促进作用，方用彬就是汪道昆培养、提携的年轻人之一。这批信札中有三封汪方之间的信，但汪道昆的《太函集》收有多篇与方用彬相关的诗文，最有名者为《赠方生序》，可证明他们之间非同一般的关系。休宁的詹景凤有五札一刺致方用彬，从中可知方到南京拜访过詹氏。这些写信人都曾经在明代的书法篆刻舞台上活跃过，扮演着各自不同的角色。

徽州地方官也是写信人的另一群体，最突出者是田艺蘅。田氏曾任歙县训导，有《留青日札》等多种著作传世。这批手札中有十四通函件和一通名刺。田艺蘅所著《大明同文集举要》五十卷是一部字书，卷首称："艺蘅旅食新安，清署多暇，只以文字自娱。三易寒暑，方成是编。"这书正是他在歙县任上所作。这批信札中，月册九、十一，水册三四函，分别向方用彬借阅《说文》、《草韵辨体》和《钟册并一应篆文》，这显然与他好此字书有关，从中可知明代中后期文人是以玩文字、玩字谜为休闲方式。这与后来的八大山人、傅山书法作品中的异体字创作、周亮工写《字觸》一样，都为时风的产物。

方用彬能书善画，也工于篆刻，他的友人不少是书画家、篆刻家。陈先生在考释中，除了运用《明实录》、《明史》、进士题名录、登科录、地名志，甚至是镇志《岩镇志草》、文集、《方氏族谱》等材料外，还运用了大量书画谱、印谱来印证，与这批手札中所涉的文人书画篆刻活动相联系，使这段时期文人在艺事上的来往变得"鲜活"起来。

嘉靖、万历时期，篆刻艺术走进文人生活，得到了很大发展。但限于史料，研究者常常不能具体的表述这段历史或避而不论。这七百通方氏亲友手札中记录了璩之璞、詹濂、吴良止、方大治、何震等印人与方用彬的来往，讨论了印材、印文、受印者、润例等问题，丰富了我们对这段篆刻史的认识，并与朱简《印经》所论的流派印人互证。在西泠印社百年印学国际研讨会上，黄惇先生《明代方用彬及其同时代印人研究》一文首次从篆刻史角度对这批手札做了细致研究，并指出："通过对方用彬及其同代印人活动的考察，我们更清楚地看到徽州人通过宗教活动、徽商赞助、徽籍官宦之提携，促使徽籍诗人、书画家、篆刻家的成长，并构成了这一时期徽州文化圈特有的形态。"这不仅突出了它的印史价值，更体现了它在文化史上的意义。

陈智超先生关于明代徽州方氏亲友手札的考释重新"复活"了一段历史，手札的文献价值得到充分发挥。对于艺术史研究来说，它的意义已超越了形式上的美感，更多的是可以从中获得文人艺术活动和社会文化环境的信息，改变我们认识书画篆刻史"作者—作品—影响"的单调模式，从而再现丰富而真实的艺术和文化景观。

原载《书法报》2005 年第 32 期

平生板桥最深情
——《郑板桥丛考》的学术价值

吾师卞孝萱先生长期从事中国古代文史研究，在六朝、唐代文史、中国文化史等方面取得了瞩目的成就。而对于清代"扬州八怪"如金农、汪士慎、高翔等诸家亦有精深探讨，尤其是对清代诗人、书画家郑板桥的深入研究，是其一生最重要的学术成果之一。他幼承家学，自20世纪60年代起即致力于乡贤郑板桥的研究，四十多年来，对郑板桥的诗文、书画、印章、生平、交游、思想等进行了资料整理，并通过钩沉辑佚、正误校勘、考证辨伪，获得研究郑板桥的新材料，解决了郑板桥研究中的许多问题，求得历史的"真事实"。畴昔不认为与板桥有关之史迹者，今则认之；而认为是板桥之材料者，则重加辨别，以估定其价值。他的研究，条分缕析，叙事简核，有史实，有方法，阐幽发微，判断准确，是当代郑板桥研究最重要的代表。陈寅恪先生在陈垣《敦煌劫余录》一书的序中说："一时代之学术，必有其新材料与新问题，取用此材料，以研究问题，则为此时代学术之新潮流。"卞孝萱先生的郑板桥研究正是如此。

一　关于郑板桥作品的研究

郑板桥一生留下的诗文、书画、印章等作品很多，卞孝萱先生对其作品逐一考订，注重新材料的发现，利用文献，将作品研究和生平行谊考订结合起来，突出考证的新意，以史家眼光还其作品之本来面目。

卞先生为书香门第，家藏有清代徐兆丰《风月谈余录》一书，其中有《板桥先生印册》即《四凤楼印谱》（下文简称《印册》），为《郑板桥集》所漏收。1962年，他在上海《文汇报》上发表《谈〈板桥先生印册〉》，将此册介绍给世人。1980年，他又在《扬州师院学报》上发表《郑燮〈板桥先生印册〉注》一文，比照册中所载，以印证史，校对了前人记载中的错误。如《印册》中"扬州兴化人"印后潘西凤记为"天台人"，与董伟业《扬州竹枝词》中潘西凤的《金缕曲》题词、顾于观《陆诗钞·寄潘桐冈》相同，校正了《板桥诗钞》中《绝句二十一首》序所云其"新昌人"之误，并指出汪启淑《飞鸿堂印人传》、叶铭《广印人传》、褚德彝《竹人续录》沿此说之误。又如通过"七品官耳"一印所载，考证出高凤翰雍正三年（1725）以前喜收藏古印而不常刻印，并指出其在雍正十一年（1733）之后自刻印。卞氏根据高凤翰康熙五十年（1711）所收《赠张亶安》诗注云"亶安许以镌印，易余画笔"和康熙五十二年（1713）所作《癸巳三月，省试东还，过安邱张卯君兄弟，留二十四日而别，共得篆刻三十颗，作小言二十八字谢之》所称"为削某芙蓉三十方，君家兄弟及诸郎"，及雍正三年所作《题画奉酬桐城张吾未遗我竹章》

诗云"卖画今成换印方"等文献证明：雍正三年以前高凤翰请人刻印。同时，其又从《敩文存稿》卷十四《尺牍》中《与冷仲宸》称"余近学得篆印"考证出高氏雍正十一年后自刻印，而乾隆二年夏五月，高凤翰右手风残，郑板桥《绝句二十一首》中《高凤翰》序称其"病费后，用左臂，书画更奇"而未提及其刻印，通过《印册》称"疾发，用左手刻"，表明高氏亦能用左手刻印。

在为《印册》作注的过程中，卞先生除订正了关于板桥印章记载之讹误外，还纠正了前人记载之不准确处，如《广陵诗事》卷九所称"郑板桥图章皆出沈凤民、高西园之手"，但从《印册》来看，仅"所南翁后"为沈刻，"七品官耳""鹪鸪"为高刻，其余皆非出此两人之手。

需要特别指出的是：《四凤楼印谱》通过卞先生介绍后，为人们所熟知。此后，有学者将郑板桥"四凤楼"之说推衍为"四凤派"。篆刻流派特指明清以来篆刻艺术创作及学术思想的派别，它是经过长时期发展，形成的具有相对固定地域、师承和风格特征的派别，以地命名者如浙派、徽派，以人命名者如三桥派、雪渔派等，而高凤翰、沈凤、潘西凤、高凤冈四人既非一地，风格又各不相同，这种将板桥之戏称视为艺术流派的说法显然是不成立的。

卞先生发现了《板桥先生印册》（当然，此册不包括郑板桥的全部印章）后，又考辨了清人秦祖永辑《七家印跋》之一的郑氏《板桥印跋》。此跋共收录了郑板桥所刻印章"留伴烟霞""砚田生计""修竹吾庐"等12方，他在1983年《故宫博物院院刊》上发表《秦祖永辑郑板桥印跋考辨》一文对这些印章逐一进行考证辨伪，指出

《印跋》中除"思古"一印有款,"活人一术""桃花潭""更一点销磨未尽爱花成癖"有跋外,秦氏从《板桥诗钞》《板桥词钞》《板桥题画》中摘句,冒充跋语进行拼凑,《印跋》不足为信,从而使我们对秦辑《板桥印跋》有更加明晰的认识。

对郑板桥诗歌的研究,卞孝萱先生着力从四个方面讨论。其一,《板桥诗钞》与时代的关系;其二,《板桥诗钞》的人名笺证;其三,《板桥家书》的辨伪;其四《板桥题画》的刻本与墨迹的关系。

除原刻初印本外,现在流传的一般《板桥诗钞》刻本,几乎都存在撤页、铲版的情况。如《七歌》第七首自注中"王国栋"被铲去,《题屈翁山诗札,石涛、石溪、八大山人山水小幅,并白丁墨兰共一卷》标题中"屈翁山"被铲去,卞氏联系乾隆焚书的时代背景,鞭辟入里,详细分析了铲版原因。他根据姚觐元《清代禁毁书目·外省移咨应毁各种书目》著录中有王国栋的《秋吟阁诗》和《甲戌春吟》,以及《清代禁毁书目·军机处奏准全毁书目》所列《广东文集》《屈翁山诗略》《道援堂集》,知《板桥诗钞》铲版与乾隆年间清政府纂修《四库全书》,命令各省督、抚查缴销毁各种违碍书籍有关,上述王国栋、屈翁山著作均遭到禁毁,郑板桥后裔为了保全《板桥诗钞》而采取了这种铲版方法。

又如《板桥诗钞》中铲去了《游白狼山》等15题19首诗,卞氏发现其中如《游焦山》《江晴》有其墨迹流传,并与文献著录相互印证,指出其铲去时间当与板桥后裔铲去"王国栋"、"屈翁山"及《绝句》两首和跋语、《断句》小序相同,乃乾隆焚书气氛中的同一产物。姚觐元《清代禁毁书目》中载:"乾隆四十五年四月十三日，钦奉御旨，……将各省解送之明代以后各书，逐一覆加检阅，详细磨勘，务将诞妄字句，删毁净尽，不致稍有遗漏"，正是如此，郑氏后裔铲版才是必然的，但从此《书目》来看，徐渭《徐文长文集》《徐文长逸稿五本》，郑思肖《井中心史》，李御等《文园六子诗》亦属销毁范畴，郑氏后裔未把他们名字除去，说明《板桥诗钞》铲版是不彻底的。

卞孝萱先生关于《板桥诗钞》铲版、撤页问题的文章在1983年的《文物》杂志发表后，即引起学术界的注意，藏书家周叔弢先生致信表示对其文章的赞同。他不仅重视《板桥诗钞》的版本研究，并对其中所提及的若干人名做了笺证，使研究者借助郑氏交游的线索，扩大发掘相关新材料，对板桥在诗中所提及的人、名、字、生平有更加清晰的认识，亦便于了解郑氏所交往人物的身份构成。同年，卞氏在《中国历史博物馆馆刊》上发表了《郑板桥〈诗钞〉人名笺证》一文，对常执恒、王国栋、顾于观、孙兆奎、梅鉴和尚、汪芳藻等25人做了笺证，达到了"以诗证史"的目的。如以郑板桥与袁枚的关系为例。

《板桥诗钞》中《赠袁枚》云："室藏美妇邻夸艳，君有奇才我不贫。"袁志祖从《随园琐记》卷上《记翰墨》以为"只此二句，并不成篇，或系楹帖耶？"卞氏从板桥墨迹中得知《赠袁枚》原为七律一首，刻《诗钞》时只保存两句。袁枚《随园诗话》卷九云："兴化郑板桥作宰山东，与余从未识面。有误传余死者，板桥大哭，以足塌地，余闻有感焉。后廿年与余相见于卢雅雨席间，板桥言：'天下虽大，人材屈指不过数人。'余故赠诗云：'闻死误抛千点泪，论材不觉九州宽。'板桥深于时文，工画，诗非所长。……"袁枚说郑板桥"诗非所长"，钱振锽《诗话》称："殊不尽然"，而郑板桥称"君有奇才我不贫"是这种"不尽然"的注脚，显然是有所指的。卞文特别指出：《随园诗话》卷六称"郑板桥爱徐青藤诗，常刻一印云'徐青藤门下走狗郑燮'"。而《板桥先生印册》所钤原印为"青藤门下牛马走"，袁枚所记显然非是，这一考证纠正了人们以袁氏之说以讹传讹之误。

卞孝萱先生广泛利用墨迹，并与文献记载结合，使郑板桥研究走向深入。1984年，他从私人藏品中获见郑板桥手书早年的老师陆种园12首诗，在《扬州师院学报》上撰文介绍给读者。陆种园诗词为世人罕见，卞氏发现的这些诗在《陆仲子遗稿》中未载，甚为珍贵。他又在《陆仲子遗稿》中发现郑板桥与陆种园之间交谊的见证——《虞美人·郑克柔述梦》词和郑板桥早年曾号"理庵"，并协助吴宏谟编印此书，为其他文献所未及，这对于了解板桥诗文之渊源和早年名号、生活情况提供了新的材料。

板桥家书为人们所熟知，郑板桥亲自编选的《与舍弟书十六通》，在乾隆十四年（1749）刻、印。而20世纪30年代上海一个名为"中央书店"的小书店铅印了《郑板桥家书》62通，其中16通与《与舍弟书十六通》重复，另46通是从未发表的。此书出版后，多为人们所引用。卞孝萱先生撰成《郑板桥家书四十六通辨伪》一文，指出这46通"家书"皆为赝品。他通过对比、考证，指出伪家书中涉及郑板桥乡里、家庭、生平、子女的记载，多与事实不符，并指出伪家书所反映的思想与《板桥诗钞》《板桥词钞》

《与舍弟书十六通》以及墨迹中所表现的思想，如郑板桥对堪舆家的态度、对古代诗人的评论等皆大相径庭。文章还指出，伪家书中将现代汉语混入其中，揭露了"中央书店"铅印的《郑板桥家书》46通皆为伪造，而另外的16通是抄袭《与舍弟书十六通》。此文在《松辽学刊》1984年第一期发表后，即被同年第4期《新华文摘》全文转载。

郑板桥是"扬州八怪"中最杰出的代表，卞先生家藏有清代流寓扬州的文人凌霞的《天隐堂集》，其中有《扬州八怪歌》，把郑板桥放在"八怪"的首位，称："板桥落拓诗中豪，辞官卖画谋泉刀。画竹挥尽秋兔毫，对人雅谑常呼'猫'"。1964年，他在《文物》杂志上撰写《"扬州八怪"之一的高翔》把此歌第一次介绍给世人，此后多次撰文宣传这首《扬州八怪歌》，今天已为人们广泛引用。板桥以画著名，又是"诗中豪"，因而，他的题画诗有着十分重要的价值。卞先生家藏有《板桥集》刻本，多年潜心研究板桥题画诗。1983年，他在《社会科学战线》上发表了《〈板桥题画〉非郑燮所编、刻、印》，对《板桥题画》版本做了细致研究，指出板桥著作中，亲自定稿刻印出来的有四种：《板桥诗钞》、《板桥词钞》、《小唱》和《家书》，而《板桥题画》是郑板桥去世后，靳畬根据其所见到的板桥题句编成。1984年，他又在《美苑》上发表《〈板桥题画〉刻本与墨迹勘对》一文，列举了《板桥题画》刻本与墨迹不同的多种情况，如"化整为零"、"化零为整"、诗加序跋、去文留诗、文同诗异、增减内容、文字变化等。通过勘对表明，板桥题画非常灵活、丰富，并指出研究郑板桥的画论，仅凭《板桥题画》

刻本是不全面的，还必须详细占有其他相关材料，才能全面领会其题画之要旨。

郑板桥以绘画著名，从袁翼《书蒋矩亭兰册后》称其所见"白阳、石涛、板桥诸公墨迹甚多，各有宗派"，杨鹿鸣《画兰琐言》称"吾乡画兰自郑板桥流风所被，煽及大江南北"。马桜《论画兰》称"近今学者，多宗矩亭、板桥两家"等记载，可见郑板桥画派盛大。那么，这个画派究竟有哪些人物？他们取法板桥哪一方面？卞孝萱先生在《郑板桥画派初探》一文中从《续纂扬州府志》《重修兴化县志》《扬州画苑录》《范县志》等文献和墨迹题识中，整理出学板桥兰、竹画法者，如郑銮、刘敬尹、理昌凤、朱文震等30多人，并整理出学板桥兼学其他人画法的"板桥支派"人物如杨嘉淦、曹溶、程燮等人，同时指出"板桥书派"的代表人物有吴雨田、孟传昔、周封、张琴等人。通过对这些人物的梳理，证明了袁翼、杨鹿鸣、马桜之说，而凌霞把郑板桥放在《扬州八怪歌》之首位，确是有其眼光的。

上面所提到的郑板桥画派，多师法板桥兰、竹、石，郑板桥一生的创作，是不是仅仅画兰、竹、石呢？卞孝萱先生从板桥友人的记载中发现板桥绘画的多种题材。如从杭州人沈心《孤石山房诗集》乾隆十五年作《留别郑板桥》称"赠我青山逸兴飞"可知，板桥画山水赠沈心。板桥能作山水，仅见于此诗，极有文献价值。又，陶元藻在《泊鸥山房集》卷十一《与郑板桥书》中称自己在金农家见板桥作"残荷"一朵，可知板桥亦画荷花。卞先生还从画册、墨迹中发现多种题材的作品，如光绪五年唐昆华所刻《蝴蝶秋斋所藏画册》、宣统元年影印的《郑板桥书画合册》等发现板桥所作樱桃、虾、莲蓬、菱角、蒜头等题材；又在李玉棻《瓯钵罗室书画过目考》、陈夔麟《宝迂阁书画录》等著录中发现板桥画桃、橘、菊等题材。通过卞先生在文献、作品、著录中的钩沉，使我们对郑板桥绘画题材除兰、竹、石之外有更加全面而丰富的认识。

二 郑板桥生平和交游的研究

郑板桥家世、生平、交游等方面是研究、鉴别其作品所不可缺少的文献材料。挖掘其中所包含的影响着他的艺术风格、思想等方面因素，可以在研究作品时作印证、校勘，帮助人们深入了解郑板桥作品和人品各方面的关系，亦可以通过其生平新材料或墨迹的研究，纠正前人记载的讹误，使研究的结论更加科学。对郑板桥生平的研究限于文献的不足，常常不能深入。卞孝萱先生发掘、引用大量资料，如清人诗文集、地方志等来研究郑板桥，许多材料是他人从未运用的，如《清实录》中虽未提到郑氏之名，但其中蕴藏着可以与他的生平、诗歌和艺术活动互证的第一手资料，用"文史互证"的方法，考证出一系列问题。

卞先生有感于人们对郑氏家世语焉不详、轻信传闻或主观臆测的遗憾，于 2001 年在泰州市、兴化市两级人民政府的支持下，亲赴板桥故乡，仔细阅读了《昭阳郑氏谱》，写成《孤本〈昭阳郑氏谱〉的学术价值》一文，发表于 2002 年《文献》的第 2 期上，得到学界的高度评价。文章采用了家谱与史书、地方志、板桥诗文书画互相印证、比较的研究方法，使郑板桥家世的研究得到拓展。下文着力指出了《昭阳郑氏谱》的四点学术价值。

其一，《昭阳郑氏谱》指出郑重一、郑重二兄弟洪武年间，自苏州阊门播迁兴化，与《太祖高皇帝实录》卷五十三以及《明史》卷二《太祖纪二》、卷七十七《食货志》所载的"苏、松、嘉、湖、杭五郡，地狭民众、细民无田以耕，往往逐末利，而食不给。临濠，朕故乡也。田多未辟，土有遗利，宜令五郡无田产者，往临濠开种"相一致，因徙者多达四千余户，未能都在临濠安排，有一部分分散到附近，郑氏即其中一家。

其二，从《昭阳郑氏谱》上反映出郑板桥祖先由农民向士人的转变，而板桥《范县署中寄舍弟墨第四书》称"平生最重农夫"可见其民本思想是有家庭渊源的。

其三，《昭阳郑氏谱》与《重修兴化县志》卷一所载的葬地相合，将《范县署中寄舍弟墨》和此谱相对照，可以看出郑板桥在家书中所言"得风水力"而"敦宗族""相赒相恤"的真实用意在于行善。

其四，通过《昭阳郑氏谱》与板桥诗文、墨迹比勘、对照，对板桥祖母蔡氏、父亲郑之本、生母汪氏，后母郝氏，叔父郑之标，堂弟郑墨、妻徐氏与郭氏、妾饶氏、嗣子田、女适袁等做细致考证，使人们对郑氏家世和生平的认识更加清楚。

除此之外，《昭阳郑氏谱》中称郑重一、郑重二兄弟的名、号、配、出，郑从宜的生、卒、坟墓，俱不能详，乃"无谱之故"，卞先生据此指出，后人所言郑板桥为郑玄后裔、郑思肖后裔、《李姓传》男主人公之后裔及其与郑方昆的关系，都是误会或讹传，皆不足为信。

郑板桥生平材料阙如，使人们对板桥生平若干问题的研究难以深入，正如傅抱石先生所说："关于板桥的身世，我们尚缺乏资料加以论证。"卞孝萱先生自20世纪60年代起潜心收罗郑氏材料，1982年，他根据公私各方所藏的资料详加考证，写成《郑板桥轶事考》一文，对郑板桥生平中"童年曾寄养于姑母"，"微时曾在兴化竹泓、盐城沙沟设塾授徒"，"在扬州与饶五姑娘结婚"，"中进士后，在扬州卖画，岁获数百金至一千金"，"在潍县倡修城墙，得到绅商支持"，"请郭奶奶到潍县来生儿子"等六个方面做详细阐述，使人们对郑板桥的认识更加客观和具体，或通过文献对前人所述不准确处进行辨别，或以新材料补其生平史料之缺。

兹举一例：法坤宏《书事》记载潍县贾客评论郑板桥："喜事。丙寅丁卯间，岁连歉，人相食，斗粟值钱千百，令大兴工役，修城凿池，招来远近饥民，就食赴工。"卞氏认为此文虽颇有影响而不尽可信，《清史列传·郑燮传》即采其说亦过于笼统。他根据常之英等《潍县志稿》卷八《营缮志·城坞表》所载郑板桥修城情况和《乾隆修城记》中大量具体的修城记载及《潍县志稿》未载的郑板桥《潍县永禁烟行经纪碑文》之记载，提出：板桥倡修潍县城墙，乾隆十三年始，至十四年竣事，而《书事》所说乾隆十一、十二年，误。并从文献记载得出板桥修城，是为了保护城内居民的生命财产，免遭"狼吞""虎噬"，这对官僚地主也是有利的，他们不会反对，而《书事》说潍县群贾骂板桥"喜事"以修城为第一例，未必符合事实。同时，板桥修城，未动用公帑，带头捐款，发动绅商捐资，不经胥役之手的防贪之举是开明的，比《书事》所说"招来远近饥民，就食赴工"的记载更为具体和完整。

卞孝萱先生在板桥研究中，把生平事迹的考辨作为整个研究的支撑点，但不仅限于此，他在材料考证和事迹叙述中，还充分考虑到板桥交游的群体。郑板桥一生交游广泛，除诗人、词客、书画家之外，还有王侯、官吏、和尚、道士等，卞先生对其交游群体中的人物做了详实的考证，除前面提到的对见于《板桥诗钞》的人物做考证外，又在《郑板桥轶事考》中考证出不见于《诗钞》《词钞》《家书》《小唱》《题画》的板桥交游者多达 105 人。这些人物材料来源于墨迹、县志、题跋、清人文集和笔记，通过考证和梳理，可以了解到板桥与当时各阶层人物的往来，从侧面了解到他的艺术活动、思想活动及时代特征。如郑板桥与金农交好，在交游人物中亦得到印证。下文谈到"方辅"时，引日本《书苑》第三卷第九号《金冬心十七札册》，这 17 封信都是金农写给方辅的。第一札云："板桥先生近在邻曲，曷不访之？"又根据李斗《扬州画舫录》卷十四《冈东录》：金农"与徐氏往来"，方辅"工诗，书法苏、米，能窠擘大书，善制墨。来扬州，主徐氏"。可见金农、方辅都是盐商徐氏宾客，而厉鹗《樊榭山房文集》卷二《方君任〈隶八分辨〉序》称："吾友金冬心处士最工八分，得汉人笔法，方子曾求其书《孝经》上石，以垂永久。"金农、郑板桥都善写隶，板桥书法亦学苏东坡，方辅既爱金农之"八分"，能不爱板桥之"六分半书"吗？因而，方辅与板桥相识，是通过金农介绍的。另一位人物沈心与板桥金农之谊有关系。卞先生一方面从沈心《孤石山房诗集》卷四所收乾隆十四年沈氏与郑氏在扬州订交及潍县重逢之诗,考证了郑板桥与沈心的关系;另一方面又从金农《冬心先生自写真题记》证明沈心在金农、板桥之间"搭桥牵线"的作用。《题记》云:"十年前,卧疾江乡,吾友郑进士板桥宰潍县。闻余捐世,服缌麻,设位而哭。沈上舍房仲道赴东莱,乃云冬心先生虽撄二竖,至今无恙也。板桥始破涕改容,千里致书慰问。"沈心"道赴东莱"之事,反映出金农与板桥交谊之深。

　　在对郑板桥的书画、诗文和生平、交游研究的基础上,卞孝萱先生还讨论了郑板桥的思想,并将他们紧密结合,得出科学的论断。一方面,他从郑氏的家庭环境、早年生活及对优秀文化传统的继承,概括出其关心民众疾苦、泽加于民的民本思想的主要内容;另一方面,又从郑氏的诗文、印章中考察到他保守、卫道、庸俗的一面,向人们揭示一个"真"的板桥。举例来说,卞先生从《板桥词钞》中未载的郑氏《念奴娇·三宿崖》的内容出发,指出词中所称南宋为"半壁江山非正朔"的贬南宋非正统的政治立场与清朝统治者一致;又从郑板桥《将之范县拜辞紫琼崖主人》中宣扬清朝为正统,称文、武、成、康(即顺治、康熙、雍正、乾隆)为"圣人",表明他并不反清,郑氏生活在清代康乾"盛世",没有明遗民国破家亡之痛,有人称他有反清的民族思想,显然是不合实际的。但又有一个疑问:郑板桥在其印册中摹刻了明遗民吕留良的印章,并表明了对吕氏的仰慕,这是否是他具有反清民族思想之证呢?卞先生在《郑板桥与吕留良》中证明并非如此。他指出郑对吕留良最仰慕的是"批点文章"（即批点八股文）、"绝技"（医学、女工、驰射等）和"刻印"，而不是其遗民生活，不能说郑板桥有反清思想。郑氏对以"制艺"（即八股文）重时的董其昌、韩菼享乐生活的向往与吕留良对以"节操"名世的金声、黄淳耀的敬佩显然不同。郑氏对八股文的美化，如袁枚《随园诗话》所称他的"深于时文"，或正表明其思想中的保守和趋俗的一面。

卞先生对郑板桥研究的成果还不仅仅在此，他还发表了《新发现的郑板桥题画残稿》《郑板桥与程羽宸的情谊》《郑板桥佚诗佚文考》《郑板桥行书真迹中的八首词》等重要文章，对旧史中全然未载或缺略之事实（如程羽宸玉成郑与饶五姑娘之婚事）、板桥别号（如"睢园"）、诗文等，博搜旁征而有意外发现，赋予了研究的新意，也开拓了郑板桥文献学研究的新领域。

清初学者顾炎武有感于当时人贩卖旧材料，而殚精竭虑著成《日知录》一书。他在此书的自序中说："尝谓今人纂辑之书，正如今人之铸钱，古人采铜于山，今人则买旧钱，名之曰废铜，以充铸而已，所铸之钱既已粗恶，而又将古人传世之宝，舂挫碎散，不存于后，岂不两失之乎？承问《日知录》又成几卷，盖期之以废铜，而某自别来一载，早夜诵读，反复寻究，仅得十余条，然庶几采山之铜也。"卞先生亦感于时人多蹈袭旧文，如顾氏所称"充铸"之"废铜"，将其关于板桥研究的"采山之铜"，汇成一册，作为其蓄志四十余载板桥研究之总结，或正合亭林先生著书之旨。

予生也晚，久仰先生学术之盛名，在南京读研究生时即常至冬青书屋求教，先生以范文澜先生"专通坚虚""天圆地方"之治学要旨相勉，并同赏其寓所所藏书画、印谱等，论风格、论源流，其乐融融。先生八十高龄而笔耕不辍，又清贫乐道，激励后学，今草成此文，述先生板桥研究之大略。以余之区区学力，何能察先生治学之邃密？但我相信，先生以印证史、以诗证史、文史互证的治学门径与圆融通博的学术风范，对今日书画篆刻界之研究，当启迪良多。

原载《郑板桥丛考》，辽海出版社，2003

生于何年？卒于何年？
—— 读《艺苑疑年丛谈》

人生是一个从生到死的过程。生于何年？卒于何年？历史的真实答案只有一个。但对一个人物的生卒茫然无知时，怎样才能得到准确的答案呢？这是在研究中经常要解决的问题。清代嘉定钱大昕于乾隆五十二年撰书四卷，取《左传》"有与疑年使之年"意，开创了一种史书，名为《疑年录》，专门记载名人的生卒年和岁数。内容包括从东汉郑康成到清代戴震的古今文人生卒年寿可考而有功经史者，"功名节义，才技奇能，虽盛有名，或亦不登。"（《钱辛楣先生年谱》钱庆曾按语）但此书生前未能印行，在钱氏卒后，吴修撰成《续疑年录》，在戴震后增加蒋心余到邵二云六人一并付梓。后来，陆心源撰成《三续疑年录》，录"以名臣名儒气节文章为主，旁及书画隐逸之流，而以女士、释道之通文事者附于后"（陆心源《三续疑年录》序）他把记载人物扩大到书画家、文臣、武将、和尚、道士及妇女，是在钱、吴基础上有拓展的。此后，张鸣珂撰《疑年赓录》、闵尔昌撰《五续疑年录》、张惟骧撰《疑年录汇编》、夏敬观撰《疑年录六续》等，前后两百多年，著录的人数从300多人发展到3000多人，规模越来越大。夏敬观曾指出这种书"非以臧否人物，但其人有著述文章，或一技艺之长，而生卒年可稽，不应复有所去取也。"（夏敬观《疑年录六续》序）这类著作说明：疑年录已成为近代治学的必要工具书。

疑年录有多种编写方法，清人刘文如《四史疑年录》按时代记载；近人张惟骧《毗陵名人疑年录》按地区记载，陈垣《释氏疑年录》则记载专门一类人物。书画篆刻家的"疑年"问题有没有人做研究呢？80年代初，徐邦达先生曾出版《历代书画家传记考辨》一书，收录有十五篇考订书画家的文章，其中包括王羲之、米芾、赵孟坚、鲜于枢、张雨、王冕等人。徐先生的考订常常在过眼的书画作品中找到蛛丝马迹，并以文献相互印证校勘，对书画家的生平传记做出推论，从而服务于作品鉴定。他的研究，"疑年"只是一个部分，更多的是涉及书画家生平及包含的艺术风格、成就的内容，目的是深入了解所鉴定的作品的各方面问题。有没有一种像上面所说的"疑年录"专门记录书画篆刻家呢？汪世清先生的《艺苑疑年丛谈》就是这样一本专门记录明清书画篆刻家的"疑年"之作。

如汪先生在自序中所说，《艺苑疑年丛谈》的写作，缘于作者与汪宗衍先生的交往。汪宗衍先生曾著有《疑年偶录》一书，缜密而翔实的著录了自三国、晋以迄时流1700多人。宗衍先生与陈垣先生从1933年至1969年间曾有230多通信札，内容不少涉及疑年的问题，如1955~1958年他们关于元代书画家柯九思生卒的讨论，促使宗衍先生写成《柯九思疑年及其伪画》一文，以有力的证据考证出柯九思的生卒，澄清了沿用已久的谬误。汪世清先生受宗衍先生教益，领悟其疑年学的独特治学门径，《艺苑疑年丛谈》正是继承陈垣先生《释氏疑年录》、汪宗衍先生《疑年偶录》两书辞简而意赅，精严而缜密的治学结晶。

《艺苑疑年丛谈》共收入自元代画家张鼒起到清代画家沈铨107人，其中多为明代中后期到清初这段时期的书画家，包括徐霖、陆琛、彭年、莫如忠、宋旭、程嘉燧、祁豸佳、程正揆、程邃、查士标、梅清等人，对这些书画家生卒年的研究，或增补、或订正、或考证、或存疑，从中可以看出先生穷年累月的孜孜求索，亦多看到先生对文献的烂熟，及洞悉艺事之源流。

徽宗印章的开派之主程邃在篆刻史上有着重要地位，他的生卒由于历来没有明确记载早已不为人知。陈鼎《垢区道人传》称其"卒年八十六"和清道光年间胡积堂辑《笔啸轩书画录》上署款"八十七"又有矛盾，黄宾虹《垢道人佚事》亦据此书，认定殁于八十七，郭味蕖《宋元明清书画家年表》亦基本沿黄说，这种似乎为学界公认的说法没有疑问吗？汪先生通过同期人物诗集如曹溶《静惕堂集》、李念慈《谷口山房诗集》、邓汉仪《诗观三集》、黄冕《费燕峰先生年谱》、李撰《揖山集》等材料做了详细论证，证明其准确的生平为万历三十五年，卒年为康熙三十一年，指出《笔啸轩书画录》的署款不足为凭。这篇文章于1962年在香港《大公报艺林》上发表，时隔二十年，汪先生又在故宫博物院获见程邃《乘桴钓图》，署款为"乙丑七夕年七十有九"，为程邃的生年做了一个补充证据，更加有力地证明他的分析是科学可靠的。书中关于清代印家疑年考不少，如何震、祁豸佳、汪肇龙、程瑶田、巴慰祖等，这些都为印史的研究，做了十分具体的考辨工作，大有裨益。

又如与髡残有"二溪"之称程正揆的生卒年，画史向无记载，他从《清溪遗稿》卷二《自题待漏图画像后》和卷五《将寿四首》以及康熙乙亥刊《孝感县志》考出其生年为万历三十二年甲辰九月初一日，卒年为康熙十五年丙辰，纠正了邓之诚《清诗纪事初编》卷八程氏小记"卒于康熙十六年"之误。

汪先生常常通过稀见文献获得求证，如通过国家图书馆善本库藏的乾隆抄本《增广休宁查氏肇裎堂祠事便览》中查士标的同母弟查士模所撰《皇清处世前文学梅壑先生兄二瞻查公行述》这个有关查士标最直接而确凿的材料，证明查士标万历四十三年九月初八日生，康熙三十六年廿六日卒，既肯定了吴荣光《历代名人年谱》、姜亮夫《历代人物年里碑传综表》等对这位"身世萧条值乱离"的查士标生年记载的正确，又对一些记载中"康熙三七戊寅卒"做了纠正。

梁启超谈到近代史学进步时曾说："畴昔不认为史迹者，今则认之；畴昔认为史迹者，今或不认。举从前弃置散佚之迹，钩稽而比观之；其夙所因袭者，则重加鉴别，以估定其价值。"（梁启超《中国历史研究法》）书画篆刻家的"疑年录"研究，能够让我们从书画篆刻家的作品、文集、笔记和同时代人的文献中"钩稽而比观"、"鉴别"，发现新材料，补充其生卒年记载的不足，或使生卒年记载准确到月日，或纠正以前记载的讹误，这样，书画篆刻家的生平史实更加明确，生于何年卒于何年的问题不再雾霭沉沉。从这个角度说，《艺苑疑年丛谈》一书为我们从事这项研究起了先导作用。

原载台北艺术大学《美术学报》2006年第1期

包世臣与清代碑学的反思
——评《包世臣书学批评》

包世臣一生著述颇丰，其中除《说储》《小倦游阁集》存世外，《中衢一勺》《艺舟双楫》《管情三义》《齐民四术》合称为《安吴四种》，"举凡宇宙之治乱、民生之利病、学术之兴丧、风尚之淳漓，补救弥缝，为术具设。"（范麟语）包世臣的聪颖、勤奋从少年时即表露无遗。举例来说，包世臣五岁由其父抱于膝上，授以句读，七岁时由父教习《孟子》，读至孟子"五亩之宅"，即问其父，今日制民产，何以不如此？十五岁时，得孙、吴、司马三家之书，朝夕研究兵法。十八岁时因父亲病重而务农，由此又对研究农事产生兴趣。十九岁时已有诗稿五六百首，文五千余言，其父感叹"吾事诗晚，又苦腹俭，不足称其意，儿能终吾业，异日当以此致大名。"这些史实，过去常常为我们研究所忽视。其实这种少年得志，对包世臣此后"高睨大谭"性格的形成，是有重要影响的。

金丹道兄《包世臣书学批评》在研究中注意到对包世臣一生重要活动及其性情的讨论。他一生科考，六赴乡试乃一遇，十三次赴会试均不得中。道光十五年（1835），吴少空力荐于肃邸长相国，乃得以一等试令江西，惜不久母卒，世臣守制家居，于十八年（1838）服阕，任新喻知县，年余，被抚学两院劾去。道光二十二年（1842）六月，包世臣定居南京鸡笼山筹市口故居，自称："唯是声价已高，则求者不易，势难流布；取偿太俭，则得者不珍，情尤轻屑。是用酌中议值，以告我好。"（《白门倦游阁告帖》）年近七十，壮志久隳，遂以卖文售字为活，布衣翛然。包世臣记问浩博，口如悬河，素喜交游，延揽知名之士。游楚、蜀、江、浙、燕、齐、鲁、豫等地，与沈小宛、王仲瞿、张翰风、李申耆、刘申甫、周伯恬、周保绪、魏曾容、宋于庭、董晋卿及当代名公相互砥砺，闻见益广。其中寓扬州最久，小倦游阁中友朋弟子常常雅聚，看芍药，论艺文；旅京师时，宾客盈坐，好议论古今成败，臧否人物，又常面折人过；晚年定居南京鼓楼侧之筹市口，户外来客常满。他以布衣遨游公卿间，东南大吏，每遇兵、荒、河、漕、盐诸巨政，无不屈节咨询，亦慷慨言之，其传播他的书学思想亦能想见。

包世臣是清代后期最有影响的书论家之一。嘉庆二十年（1815）夏，与阳湖黄乙生同客扬州，相处三月，朝夕辨证，因诘其笔法，得"始艮终乾"说。次年，又先后晤武进朱昂之、秀水王良士、吴江吴育，三人各告其执笔之法，包世臣分习而互试之。到了嘉庆二十二年（1817），与张翰风以书法相切磋，撰成《述书上》《述书中》。次年，又撰成《述书下》。这些著作后来都收在《艺舟双楫》中。张之洞的名著《书目答问》所列二十七种艺术著作中，就列有这部书。

这虽然是一部杂著，但内有论书两卷，其中涉及书法史上如执笔、结体、墨法等许多重要理论问题，既受邓石如的影响，又力主北碑，风靡天下，成为弘扬清代碑学的中坚。后来康有为著成《广艺舟双楫》，专论书法，以北碑为主，影响甚大，客观上也更加扩大了《艺舟双楫》的影响。包世臣所撰《国朝书品》，叙次清代书家五品九等101人。称："平和简净，遒丽天成，曰神品；酝酿无迹，横直相安，曰妙品；逐迹穷源，思力交至，曰能品；楚调自歌，不谬风雅，曰逸品；墨守迹象,雅有门庭,曰佳品。"极为推崇邓石如,置其隶书及篆书为神品一人,分书及真书为妙品上一人。他还提出许多重要的见解,如强调"筋必反纽""五指齐力"的执笔观,"始艮终乾""笔毫平铺"的运笔观,"大小九宫""精神挽结"的结字观,"黝然以黑""色平纸面"的墨法观,又创"中实""气满"的说法。上述包氏的理论,《包世臣书学批评》不仅指出了其激进的碑学思想和变异的帖学思想矛盾的两面性,还深入讨论了其思想渊源,着力指出从阮元以来,碑学思想在清人思想中的深入、变异和偏执。

在这部批评包世臣书学思想的著作中,作者作为一位优秀的书家,以其对书法艺术的敏锐,对包世臣的书法没有人云亦云,捧上至高无上的地位,相反,客观指出了包世臣虽然把书法说得很玄乎,他本人并不是一个善书者。包世臣从小因下笔就不能平直,以书拙闻于乡里。嘉庆七年(1802)秋,包世臣在镇江与怀宁邓石如相识,一见如故,过从十余日,纵谈书法,并成为邓氏弟子,对邓氏推崇备至。邓氏的行草书本来水平就不高,而篆隶书之精髓,包世臣也没有学到。虽能作楷、行、草书,早年学唐人及"二王",后肆力于北碑,但艺术成就并不高。他提倡篆分遗意,却于篆分也未尝致力,又自拟"右军后一人",为后人所指责。这些讨论,让我们打破了对许多清代碑派书家的迷信。

从包世臣的研究中,我们还能得到许多关于书法史研究的一些思考。书法史研究起步较迟,书法史研究不只是技法史的研究,更是一门综合的、贯通的学问,我们除立足于艺术本体的研究外,还应该从人文、社会等学科中吸收科学的方法,从而对研究的对象有更加立体的、全面的解释。这一点上,似乎更接近于交叉学科的研究。必须经过专门学术训练（包括书写技巧）才能研究的专题，已经不是一般意义的书法史研究，更多的是要有综合、贯通的思考。研究的某一现象不但要照顾到其前后时代的"纵"的线索，还要考察同时代一切有关现象之间的各种可能的"横"的关系。清代书法中，碑学兴盛是一个大的历史现象，它是如何产生的？又是如何发展的？究竟哪些因素对其发展产生影响？这些因素中，哪些是直接的，哪些是间接的？像包世臣这样的书论家究竟起了多大的作用？影响究竟大到何种程度？这些问题，作者在对包世臣书学思想地剖析中，都做了较具体而客观的分析，并由此涉及许多宏观的书法理论，对清代书法史甚至中国书法史的研究，都做了进一步的重估和思考。

在《包世臣书学批评》中，作者阐述了大到清代复古思潮、金石学的兴起，小到包世臣科举考试的次数、"始艮终乾"、"始巽终坤"概念的解释等内容，并尽可能立体地、全面地展示包世臣鲜活的历史形象，丰富了我们对其人其著的认识。读这本著作，除了细致的书法理论研究外，许多超越书法史学本身的知识更值得我们注意。这使我想起史学家章学诚的话："宇宙名物，有切己者虽锱铢不遗；不切己者虽泰山不顾。"作为一个书法史研究者，究竟需要哪些方面的辅助知识要因研究的人物和事象而定，要看研究的对象"切己"而定，也是我国传统学术中所说的博与约、通与专的问题。

原载《中国书画》2009年第2期

白石老人的艺术灵光
——《齐白石论艺》前言

齐白石是我国近现代杰出的画家、书法篆刻家。原名纯芝，后改名璜，字濒行，号白石，湖南湘潭人。少时家贫，入蒙未及一年即辍学，作雕花木匠。工余习诗画，后遂弃木工，以画肖像为生。能刻苦自励，得王湘绮等前辈提掖，诗文、书画、篆刻皆突破前人，自立一家。1919年，五十六岁的齐白石定居北京，开始了他新的艺术生涯，达到了他艺术人生的颠峰。齐白石的一生，是伟大艺术创造的一生，在书画篆刻领域孜孜不倦的耕耘，创造了新的艺术丰碑，他的艺术灵光影响了一代又一代中国人。

一

中国文人画自宋元兴盛以来，笔墨自身的审美品格在明清时期得到进一步的发挥，历经徐渭、八大、石涛、"扬州八怪"、赵之谦、吴昌硕等人的努力。齐白石对明清以来诸家文人画作进行了细致研究，寻找其内在的共同特质，取各自精华而得之。徐渭的恣肆、八大的简练、石涛的多变、金农的奇逸、赵之谦的冷艳、吴昌硕的雄浑，都在齐白石的绘画作品中得到体现。他不拘陈法，各家为其所用，在前人的笔墨基础上加以提炼、融化和概括，化为其笔下的生动表现。齐白石晚年风格的实现，还有其早年掌握的带有乡土质朴气息的民间绘画的营养，他能融汇一炉，加以升华，运用现实主义的手法，展现生活和生命的活力。

齐白石定居北京后，曾在《白石老人自述》中回忆自己的学画过程，他说：

> 我早年跟胡沁园老师学的是工笔画，从西安归来，因工笔画不能畅机，改画大写意。所画的东西，以日常能见到的为多，不常见的，我觉得虚无缥缈，画得虽好，总是不切实际。我题画葫芦诗说："几欲变更终缩手，舍真作怪此生难。"不画常见的而去画不常见的，那就是舍真作怪了。我画实物，并不一味地刻意求似，能在不求似中得似，方得显出神韵。我有句说："写生我懒求形似，不厌声明到老低。"所以我的画，不为俗人所喜，我亦不愿强合人意，有诗说："我亦人间双妙手，搔人痒处最为难。"我向来反对宗派拘束，曾云："逢人耻听说荆关，宗派夸能却汗颜。"也反对死临死摹，又曾说过："山外楼台云外峰，匠家千古此雷同。""一笑前朝诸巨手，平铺细抹死工夫。"因之，我就常说："胸中山水奇天下，删去临摹手一双。"

齐白石主张学画"古人之微妙在胸中"，同时主张"要胸中先有所见之物"，齐佛来在《我的祖父白石老人》中曾引白石语：

> 画中要常有古人之微妙在胸中，不要古人之皮毛在笔端。欲使来着只能摹其皮毛，不能知其微妙也。立足如此，纵无能空前，亦足绝后。学古人，要学到恨古人不见我，不要恨时人不知我耳。

齐白石在1922年论画时曾说，作画先阅古人真迹过多，然后脱前人习气，别造画格。又说：

> 凡大家作画，要胸中先有所见之物，然后下笔有神。故与可以烛光取竹影，大涤子尝居清湘，方可空绝千古。画家作画，留心前人伪本。开口便言宋元，所画非所见，形似未真，何能传神，为吾辈以为大惭。

他提出"形似未真，何能传神"，又说"凡画须不似之似"，在《鱼》的题款中称：

> 凡画须不似之似，全不似乃村童所为，极相似乃工匠所作。东坡居士诗云："论画以形似，见于儿童邻"，即可证。识字人胸次与俗殊酸咸也。

"形"和"神"是对立统一的一组概念,以形写神是中国绘画的很高境界,"形"是"神"的基础,"神"是"形"的目的。齐白石的作品,来源于他熟悉的题材,形简神逸,用笔恣纵,随意生发,不拘形似。齐白石常常是用粗大笔墨画干、藤,饶有篆籀气。他说:"粗大笔墨之画难得神似,纤细笔墨之画难得形似。"又说:"友人藏旧花卉百余种,余择其粗笔者临其大意。中有梅菊之类,出自己意为之,以便临池一看,所谓引机是也。"齐白石运用书法的笔意和水墨的氤氲效果,冲破写实的原则,以意状物,有极大表现力。在他看来,瘿瓢、青藤、大涤子在绘画上的天才,就是"不以形似":

余常见之工作,目前观之,太似,置之壁间,相离数武观之,即不似矣。故东坡论画不以形似也。即前朝之画家不下数百人之多。瘿瓢、青藤、大涤子外,皆形似也。惜余天姿不若三公,不能师之。

齐白石在绘画上的伟大创造,来源于他对前人绘画的认识和体悟。对于山水,他推重董其昌和石涛。董其昌以书法入画,注重笔墨,并把宋元诸家绘画中来自大自然的山石树木形象进一步提炼,强调布局中的势、笔墨中的虚实和"画欲暗不欲明"的含蓄美,以气格空灵、笔墨滋润为基本特征,蕴藉沉着中表现平淡天然的境界。石涛反对不师造化、拘泥于古法的创作方法,力图扭转元明以来的临摹仿古的套路,要从真实的山水中写生以体现生动活泼的意味,构图新颖,笔墨纵肆,善于用水,画面常常并不完整,成松散状,变幻莫测,体现了一种自然生发的造境手段。这些都和齐白石的艺术精神十分接近。他说:

> 四百年来画山水者,余独喜玄宰、阿长。其余虽有千岩万壑,余尝以匠家目之。时流不誉余画,余亦不许时人。固山水难画前人,何必为。时人以为余不能画山水,余喜之。

> 前代画山水者,董玄宰、释道济二公无匠家习气,余犹以为工细,衷心倾佩,至老未愿师也。居京同客蒙泉山人得大涤子画册八开,欲余观焉。余观大涤子画颇多,其笔墨之苍老稚秀不同,盖所作有老年、中年、少年之别。

董其昌、石涛对山川精神的体悟十分深刻,笔底云烟四起,山体绵延不绝,墨色从指间汨汨流出,与笔触相融,磅礴之中显灵性。齐白石受他们的影响,直抒性灵,讲求诗情与画意的结合生发,开拓了作品的意韵。对于金农,齐白石也十分推重,除了书法上学习他外,绘画上也多吸收,他说:"曲江外史画水仙有冷水残雪态。此言也,我潜庵第最能深知。"对于八大山人,齐白石以为和他息息相通,无论是险怪空灵的构图,还是简约含蓄的笔墨,都在内容与形式上已臻于高度统一,他说:"白石与雪个同肝胆,不学而似,此天地鬼神能洞鉴者。后世有聪明人必谓白石非妄语。"

齐白石一生绘画题材很多,不同时期有不同的变化或侧重。关于题材的变化,他自己回忆说:"二十岁后,喜画人物;将三十,喜画美人;三十后,喜画山水;四十后,喜画花鸟草虫。或一年之中,喜画梅,凡四幅不离梅花;或一年之中喜画牡丹,凡四幅不离牡丹。今年喜画老来红、玉簪花,凡四幅不能离此。"

齐白石强调"写生""写意",在其中表现笔墨"不似之似"的无限趣味:

> 作画贵写其生,能得形神俱似,即为好矣。
> 作画须有笔才方能使观者快心,凡苦言中锋使笔者,实无才气之流也。
> 画花卉,半工半写,昔人所有。大写意,昔人所无。
> 余作画每兼虫鸟,则花草自然有工致气。若画寻常花卉,下笔多不似之似,决不有此荷花也。

齐白石的鱼、虾等水族题材的创作,栩栩如生,生动自然,也直接来源于他对生活的细致观察和精当提炼,他曾记录自己画鱼画虾的情景:

> 癸亥三日晨刻,买得小活鱼一大盆。拣出此虫,以白瓷碗着水,使虫行走生动,始画之。
> 余画此幅,友人曰:君何得似至此?答曰:家园有池,多大虾。秋水澄清,尝见虾游,深得虾游之变动,不独专似其形。故余既画,以后人亦画有之,未画以前故未有也。

齐白石是"工""写"兼擅的大家,他对"工""写"和"形""神"、"笔墨"的关系认识得十分准确,他说:

> 善写意者专言其神,工写生者只重其形。要写生而后写意,写意而后复写生,自能神形俱见,非偶然可得也。
> 作画欲求工细生动故难,不谓聊聊几笔形神毕见亦不易也。余日来画此鱼数纸,仅能删除做作,大写之难可见也。
> 余观昔人画,重在有笔墨,虽形似而无笔墨,余耻之。
> 余画虽用意在笔墨,其知者不如尚形似者之知者之众。

齐白石还特别强调,凡作画须脱画家习气,自有独到处。他主张转益多师,学古今人之长,多加体悟而取得成功:"夫画道者,本寂寞之道。其人要心境清逸,不慕名利,方可从事于画。见古今之长,摹而肖之能不夸。师法有所短,舍之而不诽。然后再现天地之造化,如此碗底自有鬼神。"这种重视师法而不泥古、重视自然造化的艺术创造精神成为艺术家永远值得信守的箴言。

从齐白石的绘画及其创作观念中,我们可以看到:明清以来文人画家对笔墨本身审美品格的表现,到齐白石时得到充分的提炼和挖掘,突出地表现在他对笔墨的实践上,他采用传统文人画笔墨技法表现和反映现实生活的题材,并赋予其清新、质朴而有活力的品质。同时,齐白石在篆刻上精深修养,为他的绘画艺术发展增加了新的刺激因素,画面中对布白的考究、点画的平衡以及笔墨中浓郁的"金石味",一寓于画,在近现代画坛独树一帜。

二

中国古代"书画相通"之说,最早源于唐代的张彦远。张彦远对于用笔,极为重视,认为:"凡不见笔踪者,不得称之为画。泼墨非画也,亦以其不见笔踪耳。"由此观之,张彦远以"笔踪"为画中最基本之元素,"用笔"是"书画相通"的核心。他说:"夫象物必在于形似,形似须全其骨气,骨气形似,皆本立于立意,而归乎用笔,故工画者多善书。"齐白石正是"书画相通"理论的伟大实践者。

齐白石书法初学清末"馆阁体",后学习乡贤何绍基(1799~1873)的书法。他三十四岁时自述:"我起初写字,学的是馆阁体,到了韶塘胡家读书以后,看了沁园、少蕃两位老师,写的都是道光年间,我们湖南道州何绍基一体的字,我也跟着他们学了。"何绍基自幼随父亲何凌汉居北京。何绍基的书法早期受父亲影响,宗法颜真卿。自称所书的颜字曾得到阮元等前辈的激赏。后结识当时名家包世臣,接受其"方劲直下"的看法,喜好邓石如"准平绳直"的方法,自称见到邓石如的篆隶书及印章,"惊为先得我心,恨不及与先生相见。"接受碑学思想后的何绍基,转又涉及欧阳通《道因法师碑》,尤其精研北朝碑版而形成个人面貌。齐白石早年学习何绍基,用其凝重遒厚的碑派用笔方法来写行草,圆润遒劲,回腕涩行,苍茫浑厚,充分运用长锋羊毫蓄墨多的特点,又将篆隶之法融入楷书,在颜书之外获得篆籀之气。在《题黛玉葬花图》中,齐白石题:"前款字乃予三十年后予欲学何蝯翁之书时所书,何能得似万一。八十七岁重见一笑。"他总结自己的书法经验时说:"写何体容易有肉无骨",后他转学以"骨力"见长的李邕书法与他这个认识有关系。

齐白石四十多岁后专临《爨龙颜碑》,光绪三十一年(1905)四十三岁时,他在《白石老人自述》中回忆说:"以前我写字,是学何子贞的,在北京遇到了李筠庵,跟他学写魏碑,他叫我临爨龙颜碑,我一直写到现在。人家说我出了两次远门,作画写字刻印章,都变了样了,这确是我改变作风的一个大枢纽。"今存北京画院的齐白石1904年四十二岁时所书《借山馆》是这一时期学魏碑的典型作品。今存1954年齐白石九十一岁所作《发扬民族文化》楷书横幅是取法《爨龙颜碑》的代表作。

齐白石学李邕(675~747)书法时间最长。齐白石在《寄园日记》中称:"北海书法如怒猊抉石,渴骥奔泉,其天资超众绝伦。"《李思训碑》是李邕的代表作,雄健豪爽,洒脱而不失闲雅;字势生动自然,欹侧宕荡,为盛唐行书豪放一路的典型。齐白石行书最喜欢这件作品,一生临习。《麓山寺碑》也是李邕书法中的代表作,用笔坚实凝重,方圆兼施;结体内敛外放,雄伟豪逸。齐白石自己说:"写李体容易有骨无肉", 正好和学何绍基"有肉无骨"互补。今存齐白石行书书法作品多在此基础上发挥而成。

齐白石在五十岁前后学习了金农的写经小楷,是由樊山先生所劝而学的,要他和学金农的画相一致。金农的书法有隶书、行草书、楷隶、漆书(渴笔八分)、写经体楷书等多种书体,其中写经体楷书来源于其获得的宋高僧手写的涅槃经残本,后不断书写形成

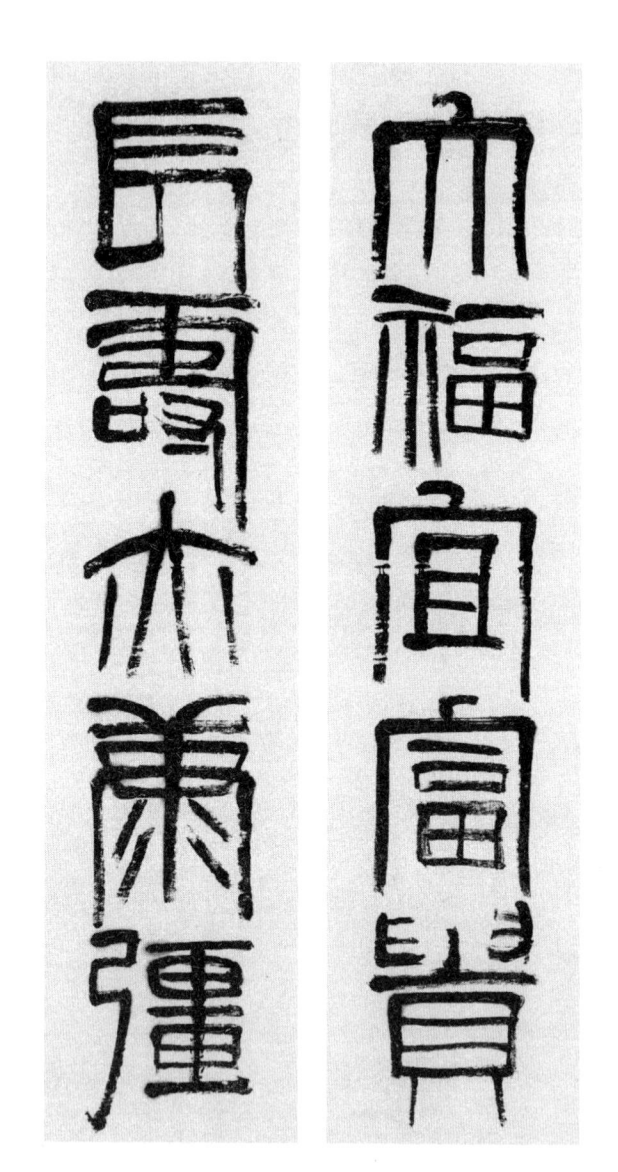

齐白石　大福长寿联

面貌。学者甚至认为"以古代佛门抄经或佛经木刻版本取法者,金农实为历史上第一人。"金农以抄经体为师法对象,形成特有的佛门书风特征。金农曾经在诗中有"变化极巧,仿佛般与倕"的句子,体现了金农尚奇的审美理想和敢于向古代能工巧匠学习的决心,这和齐白石十分吻合,齐白石向金农学习这种有创造性的写经体楷书,打破了经典的"二王"谱系而另辟蹊径。齐白石自己也说是"写金冬心的古拙"。他在《题凌宴池夫人小楷书》诗中表达了自己学写经体去俗存雅的理想:"堪笑前人学写经,只今博得俗书名。老夫亦种芭蕉叶,专听秋天夜雨声。"金农多用于自抄诗稿,齐白石也用来抄诗稿,还在早期工笔画上题款。齐白石20世纪20年代所摹金农《骅骝图》款云:"杏子坞老民齐璜灯昏钩摹冬心先生《骅骝图》并其款识百余字"。齐白石的篆书还吸收了金农临写《西岳华山庙碑》的方法,起笔如刀切,将汉隶中之"钩"画卧笔运行拉长,增加毛涩的用笔来表现"金石气"。

据胡佩衡载,齐白石楷书又学《郑文公碑》,行书吸收郑板桥、吴昌硕的笔法也很多。他在诗中说:"青藤雪个远凡胎,缶老衰年别有才。我欲九泉为走狗,三家门下转轮来。"现存齐白石1928年所书《诗稿题记》奇侧挺劲,与吴昌硕的笔意十分接近。

齐白石的书法中,以拙为妍、以重为巧的篆书影响最大,有鲜明的风格。他在《白石老人自述》中回忆自己初学篆书时说:"因诗友们有几位会写钟鼎篆隶,兼会刻印章的,我想学刻印章,必须先会写字,因之我在闲暇时间,也常常写些钟鼎篆隶了。"齐白石篆书主要来源有三:《天发神谶碑》、《三公山碑》和秦权。从《天发神谶碑》中，齐白石得其方势的"折刀头"的用笔方法。元代吾衍《学古篇》中说："挑拔平硬如折刀头，方是汉隶书体，括云方劲古拙，斩钉截铁备矣。""折刀头""斩钉截铁"指锋芒毕露的刀刻效果，从《天发神谶碑》的起笔、转折中，齐白石得到的正是这种特征，区别于其他篆书碑刻。齐白石取"方"的特征，愈见苍劲之美，区别于吴昌硕的"圆"。齐白石是"方"中寓"圆"，吴昌硕是"圆"中寓"方"。齐白石总结自己的书法经验时曾说自己"学《天发神谶碑》的苍劲"。

需要说明的是，尽管齐白石学金农的画和写经体小楷，但齐白石学《天发神谶碑》和金农没有必然的关系。有研究者认为，齐白石学《天发神谶碑》也是受金农"出入《禅国山碑》和《天发神谶碑》"的影响，从"金冬心书法的源流上溯《天发神谶碑》等碑刻"。金农书法学《禅国山碑》和《天发神谶碑》的说法，来源于伪托秦祖永《七家印跋》中一方"明月入怀"印款中，金农一生也没有篆书作品传世，学《天发神谶碑》绝无根据。而齐白石学《天发神谶碑》受金农影响是没有根据的。

齐白石篆书风格的形成，主要得力于《三公山碑》。汉代元初四年（117）的《三公山碑》，气势宽博，方劲雄伟，结体圆方结合，有长线下垂，也有斜直的笔画。其篆似篆体而实用隶书笔法，章法错落，结体上以隶仿篆，多见方折，后世亦称"缪篆"，在汉代碑刻中个性鲜明。1928年，齐白石对王森然先生说："我（的书法）看了《三公山碑》才逐渐改变的。"齐白石篆书结体疏密错纵，对比强烈，出以劲折之笔，简拔雄快，气度奇伟宽宏，纵横排奡，险峻奇崛,有渴骡怒猊之势。他在《白石老人自述》中说:"我刻印,同写字一样。写字,下笔不重描,刻印,一刀下去,决不回刀。"他的这种方法,痛快淋漓,把《三公山碑》中自然天成的下垂、斜直的笔画纵横老辣的运用,有震撼人心的磅礴气势。他曾对不能得汉碑精神者大为不耻:"尝见人摹写汉碑,其用笔摆舞做成古(鼓)状,以愚世人。尝居海上,时人称为书中之圣、书中之王,深知书中三昧者耻之。"今存齐白石1930年《受雨石肤响 流云山气灵》全用《三公山碑》的文字和篆法,其他对联如1939年《礼称王史氏 治纪大冯君》《官礼立冯相氏 本纪起太史公》、约1942年《治道由衡石 王灵起阙廷》也多取之。

　　齐白石篆书风格的形成,还得力于秦权。他总结自己风格变化的历程,称"见《天发神谶碑》,刀法一变","又见《三公山碑》,篆法也为之一变","最后喜秦权,纵横平直,一任自然,又一大变"。一般研究者比较重视《天发神谶碑》和《三公山碑》对他的影响,其实,秦权的艺术特征大大丰富了齐白石篆书的趣味。从传世可靠的秦权量文字风格来看,可分圆婉和方劲两路。如《始皇诏十六斤铜权》《始皇诏五斤铜权》等体势开阔,笔画圆劲婉通;而《始皇诏铜方升》《两诏铜椭量》则突出了"契刻"的刀味,笔画方劲健挺。秦诏铭文中除规范工整一路的小篆风格外,简率不规则者代表了秦代小篆书法中自由奔放一路的风格,与整饬的秦东巡刻石风格形成对比。由于多数秦诏铭文为凿刻而成,多呈方势,短促的节奏和瘦硬峭峻的笔画形成其特有的风格,与传统金文圆转流动的笔势不同。这种特色,对齐白石篆书风格产生很大影响,或圆婉,或方劲,融会贯通。在《答娄生刻石,兼示罗生》诗中,有"纵横歪倒贵天真"句,跋云:"余之印篆,多取用秦权之天然。"他的篆书和篆刻是相通的。

吴昌硕总结自己的艺术创作时曾说:"诗文书画有真意,贵能深造求其通","不知何者为正变,自我作古空群雄",这是其一生创作成功的概括。这也给齐白石以巨大启示,他在《自嘲》诗序表达了和吴昌硕同样的看法:"吴缶庐尝与吾之友人语曰:小技人拾者则易,创造者则难,欲自立成家,至少苦辛半世,拾者至多半年可得皮毛也。"齐白石不仅在绘画渊源上和吴昌硕一脉相传,在书风上也有相近的路子。曾在自述中说:

> 同乡易蔚儒(宗夔),是众议院的议员,请我画了一把团扇,给林琴南看见了,大为赞赏,说:"南吴北齐,可以媲美。"他把吴昌硕跟我相比,我们的笔路,倒是有些相同的。

这种"笔路""有些相同"是指在他们笔法取径上的接近。他们取法碑学一路,各以主要碑刻(吴以《石鼓文》等,齐以《三公山碑》等)获得个人主导风格,吴昌硕所学篆书在秦汉之上,齐白石在秦汉之间;吴昌硕楷书、行书多学魏晋唐宋经典名作,齐白石多学清人、唐人和早期风格独特的作品;吴昌硕善用干笔,以古秀劲健、浑穆圆融胜,齐白石善用湿笔,以奇逸多变、清刚方润胜。他们的书法创作大大提升了他们在印章上的融通力。

三

篆刻是清代碑学发展后与书法紧密联系的一门艺术，晚清时期许多书法家兼篆刻家，在两个方面都取得了杰出的成就。赵之谦、吴昌硕、黄士陵等人的篆刻继邓石如、吴让之之后有了新发展，齐白石篆刻又是"印从书出"与"印外求印"这一理论的有力实践者，并大大拓展了其内涵。

齐白石在《白石老人自述》中自述学印过程：

> 余之刻印，始于二十岁以前，最初自刻姓名印。友人黎松庵借以丁、黄印谱原拓本，得其门径。后数年，得《二金蝶堂印谱》，方知老实为正，疏密自然，乃一变。再后喜《天发神谶碑》，刀法一变。再后喜《祀三公山碑》，篆法一变。最后喜秦权，纵横平直，一任自然，又一大变。

齐白石三十三岁时，自名为"三百石印斋"，此时刻印已经有十三年以上。诗友黎松庵先生曾影响他学习篆刻艺术，他自述：

> 黎松庵是我最早的印友，我常到他家去，跟他切磋，一去就在他家住上几天。我刻得印章，刻了再磨，磨了又刻，弄得他家客室，四面八方，满都是泥浆。他还送给我丁龙泓、黄小松两家刻印的拓片，我很想学他们两人的刀法，只因拓片不多，还摸不到门径。

齐白石最初从浙派印人丁敬、黄小松入手，又受到赵之谦的影响，得"老实为正，疏密自然"的道理。齐白石对赵之谦评价甚高，称："刻印能变化而成大家，得天趣之混成，别开蹊径而不失古碑之刻法，从来惟有赵㧑叔一人。予年已至四十五岁时尚师《二金蝶堂印谱》。赵之朱文近娟秀，与白文之篆法异，故予稍稍变为刚劲超纵。"

在《题陈曼生印拓》中，齐白石说到"取法秦汉"的问题："刻印，其篆法别有天趣胜人者，唯秦汉人。秦汉人有过人处，全在不蠢，胆敢独造，故能超出千古。余刻印，不拘昔人绳墨，而时俗以为无所本。余尝哀时人之蠢，不思秦汉人，人子也，吾侪亦人子也，不思吾侪有独到处，如令昔人见之，亦必钦佩。"又在"不知有汉"朱文边款中说："余之刊印不能工，但脱离汉人窠臼而已。"反映了他重视古法而法为我用的博大胸怀。他在《白石老人自述》中说："我刻印的刀法，有了变化，把汉印的格局，融会到赵㧑叔一体之内。"又在《题孔才刻吴兆璜印》云："余刊印由秦权汉玺入手，苦心三十余年，欲自成流派，愿脱略秦汉，或能名家。"这道出了齐白石篆刻缘于秦汉又能脱去秦汉，显得古朴而耐人寻味的缘由。

刀法上，齐白石喜用单刀侧锋冲刻，多具汉将军章的急就趣味，粗犷而雄肆；章法大起大落，疏密对比强烈，特立独行。曾自述刀法：

> 我刻印，同写字一样。写字，下笔不重描，刻印，一刀下去，决不回刀。我的刻法，纵横各一刀只有两个方向，

不同一般人所刻的，去一刀，回一刀，纵横来回各一刀，要有四个方向，篆法高雅不高雅，刀法健全不健全，懂得刻印的人，自能看的明白。我刻时，随着字的笔势，顺刻下去，并不需要先在石上描好字形，才去下刀。我的刻印，比较有劲，等于写字的笔力，就在这一点。常见他人刻石，来回盘旋，费了很多时间，就算学得这一家那一家的，但只学到了形似，把神韵都弄没了，貌合神离，仅能欺骗外行而已。他们这种刀法，只能说是蚀削，何尝是刻印。

齐白石的篆刻把横、直、圆、斜等笔画自然结合，利用空白，利用作品印面组织的上下参差，篆法异于汉印中的"对称"，斜出旁插，疏密中见天趣。他在"杨昭俊"印边款中说："余刊印每刊朱文，必以古篆法作粗文，欲不雷同时流。"

齐白石篆刻风格的形成，在观念上得益于赵之谦，手法上得益于个人的创造。他的篆刻不光有通常说的"金石气"，还要特别指出其表现出的"木气"，这和他雕花的手艺密不可分，也是他区别于其他人的地方。他自述："朋友中间，王仲言、黎松安、黎薇荪等，却都喜欢刻印，拉我在一起，教我一些初步的方法，我参与了雕花的手艺，顺着笔画，一刀一刀地削去。"胡佩衡在谈到白石篆刻风格时也说："老人有雕花木工的长期锻炼，腕力过人。因为他对刀法的运用非常熟练，再加上他的创造性，终于开辟了过去印人没有走过的路，另成一种新风格。"

在邓石如、吴让之、赵之谦开创"印从书出"和"印外求印"的道路后，吴昌硕融入了"石味"、胡镢融入了"玉味"、黄牧甫融入了"金味",齐白石则综合各家,融入其特有的"木味"。齐白石在创作实践中,充分表达他篆书的笔意,融合多种意趣,形成典型的艺术风格。他们的道路也说明:清中后期以来的文人篆刻艺术所走过的艺术之路都是以"印从书出"和"印外求印"为基本手段,皆是入古出新而获得成功的。篆书创作的不断提高和新金石资料的不断开掘是提高篆刻艺术水平的基本动力,"印从书出"和"印外求印"是篆刻艺术创作的两面旗帜,同时"印内为体"和"印外为用",是篆刻艺术创作的基本原则,推动着篆刻艺术风格的不断更新。

四

齐白石作为近现代书画篆刻史上的一代宗师,其作品深化了清代以来的风尚,并赋予了新的内涵,成为新的"经典",为现当代人所推重。其在学习书画篆刻的方法上,也值得我们思考。齐白石不主张临帖,学习时,主张用笔要灵活、大胆,不要"死",不要"停匀",对我们学习很有借鉴意义。他说:"苦临碑帖至死不变者,为死于碑下。"不主张所谓的"笔笔中锋",在用笔上,"布局心既小,下笔胆又大","用笔不可太停匀,太停匀就见不出疾、徐、顿、挫的趣味。该仔细处应当特别仔细,该放胆的地方也应当特别放胆。"他还主张将多种篆书的手法运用到印章中,在《自跋印草》中云:"予之篆刻,少时即刻意古人篆法,然后即追求刻字之解义,不为'摹''作''削'三字所害,虚掷精神。"

齐白石书画篆刻上的巨大成就和他关于书画篆刻的见解是密不

可分的，有着十分重要的艺术价值和学术价值。傅抱石先生在谈到齐白石时说："老人是出色地完成了中国绘画上朴素、天真、健康、有力的美的典型的"，"这种美的典型的完成，是基于老人书法、绘画、篆刻高度的统一和有机的构成"。

这本《齐白石论艺》，辑录了关于齐白石论书画篆刻的内容，涉及日记、题跋、印章边款、批语、润例、诗文等，全书正文分自传、论画、论书法篆刻、序记四个部分，其中自传部分收录有《白石老人自述》《齐璜生平略自述》《白石自状略》三篇，论画部分包括日记资料和题画两个部分。论画、论书法篆刻、序记的主要内容概括起来，大体有三个方面：一是谈书画篆刻的生活性，把书法篆刻和绘画一样，成为他人生的重要组成部分；二是谈书画篆刻的艺术性，探讨技巧、方法、师承、风格、艺术创造等内容；三是谈书画篆刻的社会性，其书法篆刻的题跋、润例中关于书法篆刻的受众、商业价值等涉及犹多。附录的三篇文章，均涉及齐白石的书画篆刻。一为启功先生的《记齐白石先生轶事》，发表在中华书局《学林漫录》初集中。另外两篇为傅抱石先生所作，一为发表在1958年4月2日《文汇报》上的《白石老人的艺术渊源》，一为1963年人民美术出版社《齐白石作品集·印谱》的序言《白石老人的篆刻艺术》。重读两位前辈的文章，虽角度不同，但增加了我们对齐白石艺术的进一步认识。同时附录有著名学者胡适先生所撰《齐白石年谱》，方便读者了解齐白石详细的生平行迹。

原载《齐白石论艺》，上海书画出版社，2012

沈尹默与现代帖学的振兴
——《沈尹默论艺》前言

清代的碑学发展，从清初学习汉碑的热潮，到康乾时期"扬州八怪"师碑破帖的风气，发展到后期，变成了扬碑抑帖、重碑贬帖，这种风气一直延续到近现代。从积极的方面来看，清代碑派开辟了帖派之外的另一条新径，包括篆隶、北碑和无名书家为中心的传统；但从消极的方面来看，它完全是以抛弃自魏晋以来的"二王"经典书风为代价的。碑学理论中所蕴涵的反"二王"思想以及在实践上的"反叛"，导致了整个中国古典书法传统的隔裂。如何弥补这一断痕、清理清代碑学理论和技法中的种种疑问，这成为清以后书家亟待解决的问题。近代以来，一部分书家恪守清代延续下来的传统，把碑派进一步发展；另有一部分书家在探索碑帖结合的道路，以期弥补碑学之缺憾。到了 20 世纪初，以沈尹默为代表，在创作上高举帖学大旗，重振古典书风。

沈尹默一生始终与书法息息相关，在八十年的书法生涯中，临池不辍，殚精竭虑，法取"二王"领风骚，成就了现代书法史上的一代大家。其书法实践可以概括为三个阶段。

第一阶段：从"俗在骨"到初显灵苗。十二岁时，沈尹默以黄自元摹刻的唐欧阳询《醴泉铭》入手。拿黄氏以"馆阁"味刻成的、完全失去"欧味"的范本来学,对于初涉者来说,实在是弊处多多。然而,在当时的环境下,人们学书大多如此。后来,沈尹默虽然直接取法欧阳询原碑拓,但已经有"黄家"气息了。沈尹默二十五岁时与陈独秀相遇,陈独秀说:"我昨天在刘三那里,看见你一首诗,诗很好,但是字其俗在骨。"陈氏所指,正是沈尹默在这段时期学"黄字"之后的结果。陈氏的批评,使沈尹默开始重新审视自己的书法,据沈尹默回忆说:"他的话很有理由,我是受过了黄自元的毒,再沾染上一点仇老的习气,那时,自己既不善于悬腕,又喜欢用长锋羊毫,更显得拖拖沓沓地不受看。陈姓朋友所说的是药石之言。"此后,始读包世臣的论书著作《艺舟双楫》,依包氏说,悬臂把笔,以临习汉魏六朝诸碑帖,不以个人爱好为取舍,尤注意指实掌虚、掌竖腕平的执笔,每日取一刀尺八纸,用大羊毫笔,蘸淡墨临写汉碑,一纸书一字,干后再和浓墨,一纸书四字,再干后,翻转过来在背面注意书写,三年不断地积累,使沈尹默眼手双进,"能悬腕作字,字画也稍能平正"。

第二阶段:十年常梦采华芝。沈尹默三十一岁时来到北京大学中文系任教,此后又在北京医科专门学校兼课,在他的书斋中悬挂有颜真卿《家庙碑》旧拓全幅,课余临池不辍,潜心于北碑。他从《龙门二十品》入手,继之以《爨宝子》《爨龙颜》《郑文公》《刁遵》《崔敬邕》等,尤喜爱《张猛龙碑》,着意于点画之转折,表现字中之骨力。这一时期的作品点画道劲,以碑之雄浑与宽博表现宏大的气象,可称沈氏学碑期。如"云龙远飞驾、天马自行定""石虎海沤鸟、山涛阁道牛"等对联,都是这一时期用碑的方法书写的精品。沈尹默得知新出土的魏《元显儁墓志》《元彦墓志》诸碑，暇即临习。在北京的这段时间因为学碑的缘故，书作多以楷书为之。20世纪30年代，沈尹默购得米芾《草书七帖》、王献之《中秋帖》、王珣《伯远帖》及王羲之《丧乱帖》、《孔侍中帖》的照片，反复揣摩，同时随着北京故宫的对外开放，他得以博览历代名迹，眼界大开，心怡神通，开始注意到由北碑向帖学的转移。他广泛研习行书，开始对北碑中存在的缺憾有进一步认识。先前在包世臣、康有为的著作中，把北碑夸得"尽善尽美"，但事实上，传统帖学一脉的笔法在北碑的书写中已经荡然无存，"碑"和"帖"实在是两个系统。

沈尹默在实践中，从米芾经由怀素、褚遂良、虞世南、智永等上溯到晋人书法，开始对传统"二王"一脉帖学进行反思和研究。他遍临褚遂良全碑，始识得唐代规模，又间或临习其他唐人，如陆柬之、李邕、徐浩、贺知章、孙过庭等人及五代杨凝式的《韭花帖》，宋李建中的《土母帖》、薛绍彭的《杂书帖》，元代赵孟頫、鲜于枢诸家的墨迹。尤其对于唐太宗的《温泉铭》，花了一番力气。在广泛涉猎唐宋元明书法后，完成了由原先学碑到学帖的转变。这种转变，在沈尹默1933年于上海举办的个人书展上可见一斑。这次展览共展出真行篆隶作品一百多件，其中，"二王"一脉书风突出，集中了他在帖学上的学习、积累和探索的成果。这时的沈尹默，以他在新文化运动中的个人威望和他在书法上实践的"二王"一路帖派风格的鲜明特征，吸引了一些有志于跳出碑派书法而又希望在传统帖学上有所创造的有识之士，马公愚、潘伯鹰、邓散木、白蕉等海上名家相聚于他的周围，构成了一个以沈氏为中心的非正式的"帖学圈"。这个"圈子"已鲜明地区别于清代以来的碑派。

清代至近现代的碑派可以大致分为汉碑派、北碑派、甲骨简牍派和民间碑派，沈尹默在前一个阶段曾致力于汉碑和北碑的研习，但1933年的展览已明显地预示着他已在观点和实践上走向回归，而由于海上一批帖学书家的推波助澜，给现代书坛带来新一轮阳光，照耀着整个书坛。

第三阶段：晚年池墨大精神。卢沟桥事变之后，抗日战争全面爆发，沈尹默的生活处于漂泊不定的状况。1939年的下半年，日军占领上海，他先后在重庆、成都等地居住，以研习书法，作论书诗文为乐。六十一岁时，他还时时把玩米芾各帖，又临写八柱本《兰亭》三种，因未尽其宽博之趣，补临《张黑女墓志》，以救此病。又研究褚字《阴符经》与《伊阙佛龛碑》校勘，以期得用笔之法。"文化大革命"前的这段时期，他把许多精力用在著书立说上，同时，他的书法创作取精用闳，发扬了"二王"书法的经典传统，在晚年形成了秀逸劲健的艺术风格。八十岁时，沈尹默又举办了个人书展，进一步扩大了他在书法界的影响，也进一步凸现了他在帖学上的成就。

沈尹默一生潜心书艺，不断探索，在书法上取得了杰出的成就，为后世所景仰。尤其是他在现代书坛上以"孤雁一声鸣"的气概弘扬帖学，赢得了书界同道的称许。沈尹默书法取法广泛，真、行、篆、隶四体兼工。隶书多取法《张迁碑》《衡方碑》《石门铭》，如"鸿雁出塞北、牛象斗江南"一联，用笔健劲，率意活泼而不失古意，

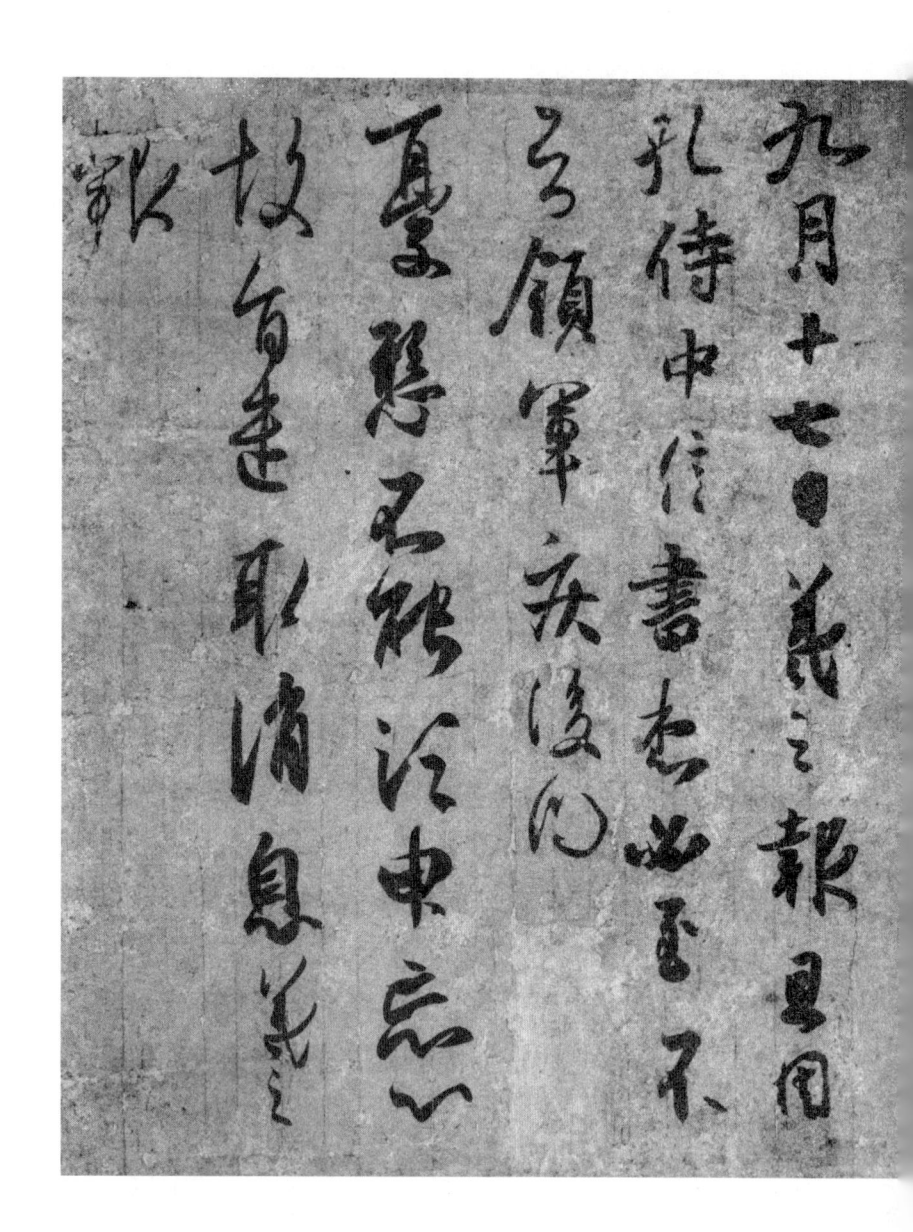

九月十七日羲之報且因
孔侍中信書去必至不
孝領軍疾後問
憂懸不能去申忘心
故旨遣取消息羲之
報

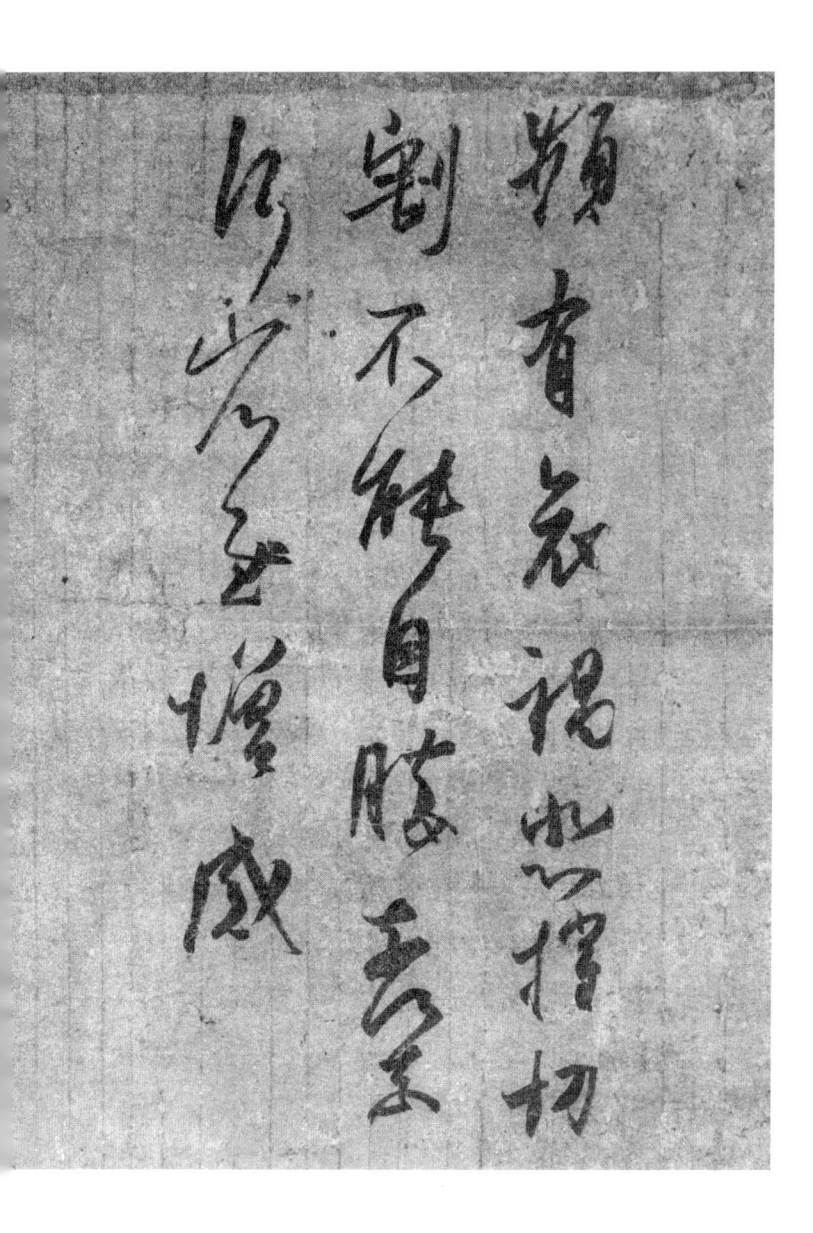

频有哀祸帖　孔侍中帖

骨力洞达。虽然他早年多临写隶书，但他真正以隶书创作的作品亦不甚多，因而，他给后世留下的隶书精品并不多。沈尹默的草书相对于隶书来说，成就较高，他的草书与怀素《草书千字文》和"二王"一脉，用笔劲挺利而不失法，追求雅逸的奔放，不落野莽一路，代表作品如《清平乐·六山词》《草书鲁迅诗》《草书陆游诗》《怀素千字文自跋》等。这类作品在沈氏留传下来的作品中所占比重亦不太大。但从此中可以看出他对草书的涉猎。

在诸体创作中，沈尹默以楷书和行书上的成就最高。他在楷书上苦心追求，达到了相当高的艺术水平。其楷书有大楷和小楷两种，大楷以欧、褚为基掺入方截峻利的碑意，写得清雅劲爽，同时他把"二王"行草书"映带"的连贯写法，融入大楷的创作中，工整而不呆板，遒劲而显生动，如其《学生字格》《节录海岳名言》即体现了他这方面的特点。他的小楷取法"二王"，又参以秀逸一路的墓志写法，成就在大楷之上。谢稚柳先生在《沈尹默法书集》中所收的《秋明先生杂诗跋》中，对其小楷评价甚高："秋明先生书法横绝一代，昔山谷每叹杨凝式书法之妙，而惜其未谙正书。此卷所作，笔力遒美，人书俱老，以论正书，盖数百年来未有出其右者。"沈尹默传世小楷多为其诗文稿，如《秋明室杂诗选》《二王法书管窥》等都以精美隽美的小楷写成。

行书在沈尹默的一生中影响最大，且成就也最高。他的行书对东晋"二王"到明代文徵明一脉的行书都有吸收，有的作品学"二王"，有的作品学苏、米，在点画部表现为帖学一路的精微变化。他早年学过魏碑，在学帖过程中融进了雄强劲健的品格，后来又不断丰富变化，形成了以"二王"为主的基调，融进多家风格和个人鲜明特征的书风。如辽宁省博物馆珍藏的沈尹默行书《沁园春·长沙》长卷，灵动多姿而有古意，字形或扁或长，点画粗细错落有致，一气呵成。该作品后半部分更加豪放，点画之间更显风神。《跋褚遂良大字阴符经》《东坡题跋》等作品，行云流水，一派天机；《执笔五字法》法度精严，"新松恨不高千尺，恶竹应须斩万竿"等对联则吸收了榜书的遒厚沉着，纵合有度。此外，他的行书作品还常以扇面写成，清新劲健，潇洒自然，在序跋中，沈尹默常用的也是行书。《临米南宫摹右军兰亭序跋》等作品，随意而作，于不经意中表现情致。虽然他常常以精严的作风出现，但这类序跋文则更多地表现了一种意与古会而发乎己意的精神。

文论家郭绍虞曾评论沈尹默的书法："他运硬毫无棱角，用软毫有筋骨，控制得法，刚柔咸宜，得心应手，看他笔粗处并不类墨楮，笔细处则细若游丝。粗处不蠢，细处不弱，结体有正有侧，行气有断有续，于正侧断续之间，自然姿态横生，令人玩味不穷，而更难在正不嫌板，侧不涉怪，断处觉密，续处成疏，再结合运笔之快慢，自然形成辩证的统一"。以此论观其行书，当为不虚之词。总体看来，沈尹默的行书小字优于大字，法度重于神采，他更多的关注着行笔中的精密之处，表现结体上的"中和"之美，发展了王羲之书风中平和而少奇崛一路的特征，和赵孟頫、文徵明、董其昌等古典书风一脉相传。正因为如此，他的作品表现得温文尔雅。

作为新文化运动先驱者之一的沈尹默，其所走的书学道路与吴昌硕、康有为、于右任、黄宾虹等人不同，他不是入碑出帖归于碑，而是出碑入帖归于帖,成为现代帖学的第一面旗帜。清代碑学中兴后,帖学冷落,沈尹默先生深刻审视书史,突破清人传统,尽管他还有缺憾和时代局限,但他顺应书史发展规律,归宗"二王",终身临习《兰亭》,以自身实践和书法理论为帖学呐喊。在沈尹默及马叙伦、潘伯鹰、白蕉等人的努力下,以上海为中心的书坛出现了一股恢复"二王"书系的艺术思潮。他们以唐人为径,上溯"二王"笔意、笔法,建构了现代帖学流派。在以沈尹默为中心的上海书坛帖学流派兴起后,使帖学得到了进一步复苏。20世纪70年代后,上海书画出版社成为传播帖学的重镇,出版了《历代书法论文选》及大量的历代优秀碑帖,使帖学书法首先在上海掀起大的波澜。可以这样说,"文化大革命"后中国传统帖学的兴起,与首倡者沈尹默密不可分。

如果把晚清至现代的海派书法分成两个阶段,前期以吴昌硕为中心,传播金石帖学,是碑派书法的一个高峰;那么,后期则以沈尹默为标志,崇尚帖学,传播"二王"经典书风,是碑派书法向碑帖双峙转变的关键。沈尹默之后的海派书法,则海纳百川,汇聚万象,呈现了"新海派"的景象。

我们也应该看到:由于沈尹默个人艺术天资不足,他的作品过于平匀、单调,缺少生动的对比变化和用笔的丰富,以至于他的艺术格调总体不够高,而后学者如胡问遂、任政等人更是沿着他的道路,机械的学习"二王"一路的书风,开俗气之门,这是不能不提的。

沈尹默的书法理论是和他的创作实践紧密结合的。20世纪40年代初,他写成《执笔五字法》,开始对帖学基础理论进行研究,中华人民共和国成立后,当时的形势使沈尹默做了大量的书法普及工作，如他专门为小学生写过《学生字格》，促进小学生学习书法。他写成的《谈书法》《书法漫谈》都为书法普及著作。1957年，他在新创刊的《学术月刊》上发表了《书法论》，系统讨论了书法中的笔法、笔势和笔意，阐述之透，在当时为其他书论著作所不及。此后，他又撰写了《王羲之和王献之》《谈谈魏晋以来的主要几个书家》《书法的今天和明天》，对"二王"书法做了深入浅出的研究，并对继承"二王"提出许多精辟的见解。60年代初，他在《文汇报》上发表了《答友人问书法》，在《青年报》上发表了《和青年朋友们谈书法》《和青年朋友们再谈书法》，这些普及性的文章在当时取得了明显的效果，使许多青年走上了学习传统经典之路。此后他还写成《谈中国书法》《书法艺术今昔谈》等文章，进一步普及书法知识。

1963年，他写成《历代名家学书经验谈辑要释义》由上海教育出版社照写本影印出版，书中对唐韩方明《授笔要说》进行注解和评说，同时涉及书法鉴赏、执笔、用笔等问题，这部书和他所写的《书法论》《二王法书管窥》等文章都是推崇帖学，介绍自己学习"二王"的经验，在推崇碑学的时代，起着振聋发聩的作用。

尽管今天看来，他文章中的一些观点和碑派的距离并不大（如笔笔中锋论等），但在当时，他能大张旗鼓地宣传"二王"，能从书史的立场审视和讨论中国古代帖学的优秀传统，让人们对清人已抛弃的"二王"传统进行重新认识、继承和光大。沈尹默凭借他在文化界德高望重的地位以及身体力行的书法创作，大力宣传帖学思想，他以非常通俗而浅显的文章、谈话来阐释古代帖学，对于恢复传统帖学地位起到了重要作用。在他的影响下,上海帖派书家如潘伯鹰著成《中国书法简论》,大力介绍帖学传统,许多上海其他帖派书家在实践上和他们的理论相呼应,使上海在现代书法史上成为帖学重新兴起的第一块沃土,并以此为中心,向全国各地传播。

沈尹默较有代表性的论文多结合其创作实践所作。《谈书法》是沈尹默1952年所作,所论内容包括书写工具、文字的变迁、功用、书写的艺术性、执笔五字法、用笔方法等六个方面的内容。文章指出,书法之所以为艺术,是有其先天的必然性的,这是由于毛笔的特殊性和书法中"中锋"的特性。他研究了执笔和用笔的法则,对执笔的五字法押、撅、钩、格、抵做了一一说明。

《书法漫谈》是沈尹默在1955年写的关于学习书法的一些基本问题的长文。包括学书的经验、书写工具、书法由来及其必要性和重要性,执笔的必要性,执笔五字法和四字拨镫法,运腕与行笔,"永字八法",笔势和笔意,习字的方法和益处,书家和善书者等问题。

《书法论》是沈尹默1957年发表在《学术月刊》上的重要论文。此文全面而系统地讨论了笔法、笔势、笔意三个方面的核心问题,并摘引历代关于书学的主要且体系分明的文章进行讨论阐述。

《学书丛话》于1958年发表于《文汇报》,沈尹默回顾了自己学习书法的过程,回答了学习书法的几个问题,如执笔、运腕、临帖、书体等,都是其书法学习的经验,有着较强的实用性。

《二王法书管窥》是沈尹默1963年所作,是一篇关于学习"二王"书法经验之谈。该文指出学法"二王",首先弄清什么是王字,王字的遭遇、不同时期的不同看法、墨迹的流传和真伪、失真等,还指出王字中，内擫和外拓是两种用笔方法，学习王字，在了解上述知识的基础上，"在实践中不断揣摩，心准目想，逐渐领会，才能和它一次接近一次，窥见真谛，收其成效"。

《历代名家学书经验谈辑要释义》是沈尹默分别于1962年和1965年所作，包括《唐韩方明〈授笔要说〉》、《后汉蔡邕〈九势〉》、《南齐王僧虔〈笔意赞〉》和《唐颜真卿〈述张旭笔法十二意〉》。此文对四部著作进行了注解，除解释名词术语外，对诸家不同说法进行比较分析。《唐韩方明〈授笔要说〉》对执笔阐述甚详，融进个人创作实践经验。其指出以个人想象去欣赏古人书法，从静形中体会动势，阐明了学习书法的基本功，又指出如何从基本功实践中达到超诣的境界，力求使韩氏理论变得切实而行之有效。《后汉蔡邕〈九势〉》对书法的根本问题做了解释，指出"书法不但具有多种多式的复杂形状，而且要具有变动不拘活泼精神"，对书写工具、书法"形势"、用笔做了细致讨论。《南齐王僧虔〈笔意赞〉》强调"笔意"，强调书法作品的精神面貌——神彩，对纸、墨、笔等工具和书法中的"骨""肉"及点画的形象化做了详细讨论。《唐颜真卿〈述张旭笔法十二意〉》把唐代张旭、颜真卿对钟繇所概括的笔法十二意进行了逐条讨论，如"纵""际""末""骨体""曲折""牵掣"等笔法做了解释，深入了对书论的理解。

此外，他的《王羲之和王献之》、《谈魏晋以来主要的几位书家》和《二王法书管窥》也相为互应，论述了魏晋书家的成就；《书法的时代精神》《谈中国书法》《书法的今天和明天》等文章的精髓在《学书丛话》等文中也有体现。这些散论的文章，虽多短小，然皆为心得之谈，是他数十年来读书、创作和研究书法的总结，通俗、生动而多有新见。如《谈魏晋以来主要的几位书家》谈到临习中不主张用碑版来说明结字，要寻找书迹的"笔势往还"，要"有脉络可寻"；《谈〈曹娥碑〉墨迹》不赞同为王羲之所书，但其"能如此宽稳多风致，实所罕见，宜乎其为人所称贵而学习，还不能以它非右军真迹而忽视之"等。这些见解对学习书法都很有参考价值。

　　沈尹默先生对书法的见解，还体现在序跋题记中。如对南朝大字《瘗鹤铭》题诗称"真逸南朝格，上皇千载心。涪翁着手眼，妙语此中寻"。题唐代怀仁集《圣教序》称"怀仁集此行文，除王帖所可用之字外，必更采取王系诸家书以足之，而一出于自运，故能大小相称，行气无间。"跋北魏《崔敬邕志》称"是志与郑文公、刁惠公诸碑，皆北魏书家中笔势极宽畅有深趣者"，跋北魏摩崖刻石《郑文公下碑》："通观全碑，但觉气象渊穆雍容，骨势开张洞达，若逐字查之，则宽和而谨栗，平实而峻肆，朴茂而疏宕，沉雄而清丽，极正书之能事。后来书家，唯登善《伊阙》、颜鲁公诸碑版差堪承接。"跋吴湖帆藏黄庭坚草书李白《忆旧游诗》称："山谷此卷，淡墨挥洒，初非经意，然极真率可喜。昔鲜于伯几评论草书，谓至山谷乃大坏，此言或指其解散体势，结行参伍，有与古人相异处；若就其点画使转细查之，实为尝有一笔出乎法度以外者。"这些见解都是他多年研究书法的集中体现，在只言片语中都能领会其对历代书法的深刻理解。

　　沈尹默的书学思想，既来源于他精湛的书写技巧和丰富的创作经验，又是他对古代书论细致而深刻的解读，其特点概言之：围绕帖学、突出实践、深入浅出、阐幽发微。具体观点集中表现在三个方面。

一是"执笔"论。研究古代笔法、书写的工具——毛笔和执笔的方法都是十分的重要内容。由于汉字和毛笔的特殊性，产生了中国书法特有的艺术形式和笔法体系，并在此基础上表现书家的精神世界和审美意味。汉字在字形上具有相对的独立性，文字书写形式的演化形成了书体演变史；同时，汉字形式本身具有欣赏的功能，多采各异的书写风格，形成了风格流派史。历来书家都很重视采用适当的执笔方法，使得运笔自如，得心应手。

先秦以前，古人执笔只用拇指、食指、中指，秦汉魏晋直到唐代，书家执笔各有方法，往往自相珍密，口传手授，不轻易公诸于世。世传卫夫人《笔阵图》有"学书先学执笔"之说，然语焉不详。唐代韩方明《授笔要说》称其先后授人以五种执笔法，即执管、族管、撮管、握管、搦管。其中第一执管法的要领是双包管五指共执，实指虚掌、钩、擫、抵、送。后唐代陆希声提出"押、擫、钩、格、抵"的执笔方法，五代南唐李煜再增"导""送"二字，元代陈绎曾综合各家之说，撰成《翰林要诀》，使其成为明清以后书家执笔的金科玉律。

沈尹默十分重视对"执笔五字法"的讨论，多次在文章中结合个人创作经验进行阐述。沈尹默认为，北宋初年的钱若水提出"古之善书，鲜有得笔法者"，唐代陆希声的押、擫、钩、格、抵是执笔的正当法则。他提出"执笔"五字法，五指配合，掌心空虚，手腕持平，肘自然悬起，腕也灵活，有利于按、提、使、转。古人的"回腕"之说不利于提按，唐代卢肇"拔镫法"中"推、拖、然、拽"四字诀为谬论，并对包世臣、康有为沿用"拔镫法"的概念而不能自圆其说提出批评。他用通俗的解释使人们打破清人写碑中执笔的种种做派，恢复古典帖学中执笔的"正途"，曾指出："五个指结合起来，笔管就会被它们包裹得很紧，除小指是紧贴着无名指下面的，其余四个指头都要实实在在靠住笔管"，做到了"指实掌虚"，提和按结合，笔锋居中，"字必须能够写到不是平躺在纸上，而是呈现出飞动着的气势，才有艺术价值。"

二是"笔法"论。沈尹默论书，强调法度，"笔法"则是法度中的核心问题。他认为："要论书法，就必须先讲用笔，实际上是这样，不知道用笔，也就无从研究书法。用笔须有法度，故第一论笔法。笔法精通了，然后笔的运用，才能自由，无施不可。"还强调笔势："形势已得，必须进一步体会其神意，形神俱妙，才算能尽笔意的能事，故最后论笔意。"又指出："笔势是在笔法运用纯熟的基础上逐渐演生出来的。笔意又是在笔势进一步相互联系，活动往来的基础上显现出来的，三者分而不分地具备在一体中，才能称之为书法。"因而，用笔、笔势、笔意是沈尹默论书的重要内容。他在《书法漫谈》中特别强调"笔法"之缘由：

> 自有文字以来，留在世间的，无论是甲骨文、钟鼎文、是刻石、是竹简木板，无一不是美观的字体，越到后来，绢和纸上的字迹，越觉得它多式多样地生动可爱。这样的历史史实，无可辩驳地证明了我国的字，一开始就具有艺

术性的特征，而能尽量的发展这一特征，是与所用的几经改进过的工具——毛笔有密切的重要关系的。因此，我国书法中，最关紧要和最需要详细说明的就是笔法。

书法是毛笔写来出的艺术，和其他门类一样，有一整套的技法，这种技法就是笔法。中国书法十分重视书写技法，既有一个相对稳定的体系，同时又具有高度的灵活性。点画形态的丰富，把书法的技法引向一个鲜活的世界，使书法中的点画具有了一种生命的活力和情趣。这种点画从人的自然体态和一般情性出发，对技法所要创造的美规定了基本准则，以"法"入门，同时不拘于法，寓有法于无法之中。

在沈氏看来，笔法不是某一个先圣先贤根据个人意愿制定出来的，而是本来就在字的本身一点一画之中本能地存在的，是大家都应遵守的，它是人体的手腕生理能够合理地动作和所用工具能够适应发挥使用等两个条件相结合的原则下才自然形成的，并在字体上生动地表现出来。他推重后汉蔡邕《九势》中"势来不可止，势去不可遏，唯笔软则奇怪生焉"的说法，笔法的神奇变化，结字的灵活奥妙以及毛笔使用的优越性都能体现出来。

沈尹默在《书法论》《谈书法》《谈中国书法》《书法漫谈》等著述中，反复论述其笔法理论。他指出："笔法不是某一个人凭空创造出来的，而是由写字的人们逐渐地在写的点画过程中，发现了它，因而很好地去认真利用它，彼此传授，成为一定必守的规律。"他认为，王羲之的成功，是由于潜心师古，得到了古人真正的书法，运用这些法则，来创造自己的新体，就是笃守其不可变的——笔法，尽量变其可变的——形体。他还指出了学习书法的最高境界是"从心所欲不逾矩"。

除关于执笔法的讨论外，他谈笔法中，特别强调中锋用笔。他说："点画要讲笔法，为得是笔笔中锋"，"历代书家的法书，结构长短疏密，笔画肥瘦方圆，往往因人而异，而不能不从同的，就是笔笔中锋"，"中锋是书法中的根本大法，必当遵守的惟一笔法。"并认为中锋是不可变易的、都应遵守的笔法。今天看来，他的"笔笔中锋论"还保留着明显的碑派用笔论的痕迹，不能正确看待王羲之书法中即中即侧、即侧即中、复归于中的用笔方法。但作为从碑派时代走出来的书家，不能看到完全的帖学方法而打上清人碑派思想的局限性，是不能用今天的眼光来苛求的。

三是"形神"论。沈尹默认为书法是最善于微妙表现人类高尚品质和时代发展精神的高级艺术，"无色而具有绘画的灿烂，无声而有音乐的和谐"。在讨论王僧虔的《笔意赞》时，他认为，王僧虔所说的形质，是指有了相当程度组织而成的形质，仅具有这样的形质，而无神采可观，不能算已经进入书法之门。他说："对于形质虽然差些（这是一向不曾注意点画笔法的缘故）而神采确有可观，这样的书家，不是天份过人，就是修养有素的不凡人物，给他以前人所称为善书者的称号，是足以当之无愧的。若果是只有整饬方光的形质，而缺乏奕奕动人的神采，这样的书品，只好把它归入台阁体一类，说得不好听一点，那就是一般所说的字匠体。"他认为王僧虔所称赏的"笔意"，不仅是流于外感的字势，而讲究神采，不仅要有美观的外形，而且要体现精神内涵，书法作品应通过执笔、运笔、结体的规范性等来表现书法蕴涵的"神采"，即书者的情绪、性格、气质、学识、阅历等，由此形成个人和时代的精神岁月。他强调学书所关，不仅在临学玩味二事，更重要的是读书阅世。他认为书家的成功有三个因素：法度、时代精神和个人特性。法度可视为"形"，而后两者则是"神"的反映。

沈尹默在书法理论上的贡献还不仅仅在此，他还对历代名作、墨迹等做精微的体味、审视和研究，对历代名家学书经验做细致而精确的释义，对历史上扬羲抑献、"二王"墨迹的伪作赝品等问题都有深刻的见解。他推重王羲之、王献之父子"肇变古质"，实成新体，既不泥古，又不囿今。对包世臣关于"永字八法"的说明，既指出其清晰的解释，又对其提出"转指""卷毫""裹锋"等提出批评。这些既是他创作经验的总结，又是他精研古代书论的体现。

在现代书法史上，沈尹默第一次对传统书学方法，特别是笔法进行系统研究，突破了清代碑学思想，具有着拓荒的意义。清代阮元以其在金石学上的慧眼，提倡北碑书法，他在《南北书派论》中认为南派"江左风流，疏放妍妙，长于启牍"，北派"中原古法，拘谨拙陋，长于碑榜"，他所论碑派，尽管确立了汉碑地位，但已不是纯粹的师法汉碑，而是推重北碑，包括六朝碑版墓志等楷书作品，对人们的楷书创作产生直接影响。他的《北碑南帖论》又指出："短笺长卷，意态挥洒，则帖擅其长；界格方严，法书深刻，则碑据其胜。"在强调"碑""帖"各有所长的基础上，突出了"碑"的重要地位。为晚清鼓吹尊碑提供了基础。

包世臣在阮元理论的基础上,再次扬碑抑帖,写成《艺舟双楫》,进一步详细记述北派渊源和风格,极力研究北碑,倡导碑学,成为阮元之后碑学最有力的推动者。他大力强调执笔问题,主张指实掌虚,五指齐力,笔毫平铺,笔笔中锋、断而后起,专求古人"逆入平出"之势等,为清代碑学走向兴盛而呐喊,发挥了阮元推重北碑的理论,从理论和实践上统一于北碑中,在创作技法、审美标准上都完全与帖学相背。

光绪年间,康有为写成《广艺舟双楫》,推崇包世臣提倡北碑之说,并将阮元的扬碑尊帖和包世臣的扬碑抑帖发展成重碑贬帖,对碑学的发生、发展、流派、审美、风格等提出了一套更为完整和偏激的理论,导致整个清代末期趋向碑派格局。他指出碑学取代帖学的事实:"碑学之兴,乘帖学之坏,亦因金石之大盛也""迄于咸同,碑学大播,三尺之童,十室之社,莫不口北碑,写魏体,盖俗尚成矣。今日欲尊帖学,则翻之已坏,不得不尊碑;欲尚唐碑,则磨之已坏,不得不尊南北朝碑"。

我们在看到康有为对碑学总结的重要贡献时,也要看到其书中存在许多极端思想和矛盾之处,而且负面影响也很大。如认为"帖学渐废,草书则既灭绝"及对北魏碑刻的至高评价等都为极端之论,许多理论颠覆了中国传统书法的经典谱系,在其影响下,许多古代无名氏的作品被纳入学习体系,一些相当稚拙和不成熟的刻石和遗迹也成为临摹的典范。到了近代,这种状况仍在延续着。沈尹默经过青年时代的北碑学习,对书学有了科学的认识,从而选择了向经典回归,突破碑学一统天下的局面。他对帖学的研究和学习,不是抱残守缺，而是围绕书法的核心问题——笔法进行准确把握，在创作和研究上取得突出的成就，使现代帖学呈现生机和活力。或许有人对沈尹默创作之温和、书法的普及研究以及书法理论中存在的一些碑派书论痕迹提出种种非议，但不容抹杀的事实是：沈尹默在广泛涉猎楷书、魏碑、隶书的基础上，倾注了大量心血回归帖学，精研笔法，著书立说，成一家之言，身体力行地推进了现代书坛古典书风的传承，并以其自家风范赢得了历史的认同。他为传统书学的复兴起了中流砥柱的作用，避免了古典书风的断层。今日书坛呈现多元的景象，以及帖学一脉在当代的回归，沈尹默实有开启之功。

原载《沈尹默论艺》，上海书画出版社，2010

《万物》：模件与创造

雷德侯教授是西方汉学界研究中国艺术最有影响力的汉学家之一。1969年，他以《清代的篆书》论文获海得堡大学东亚艺术史博士学位。十年后，他又写成《米芾与中国书法的古典传统》并在普林斯顿大学出版，这些著作中对文人书法的细致探讨，使其在海外中国书法研究中奠定了坚实的学术地位。不仅如此，他还主持和出版过"紫禁城的珍宝"（1985）、"中国明清绘画"（1985）、《兰与石——柏林东亚艺术博物馆藏中国书画》（1998）、《万物》（2000）等重要展览和著作，对亚洲艺术史特别是中国艺术史的研究有着重要的贡献。最近，雷德侯教授《万物》一书作为"开放的艺术史丛书"中的一种，由三联书店翻译出版。

《万物》讨论了中国艺术中的一个有趣的现象——模件化和规模化生产。有史以来，中国人创造了数量庞大的艺术品，如古代中国的青铜器、兵马俑、漆器、瓷器、建筑、玺印、书法、绘画等，之所以能产生这些艺术品，是因为中国人建立了以标准化的零件组装物品的生产体系，这些标准化的零件被雷先生称为"模件"。作者依照历史的、技术的发展过程和艺术门类的区别，深入到中国文化与审美观念的层次，分析了中国艺术是如何走上模件化道路、如何规模化生产的，又是如何进行创造、如何推进其发展的种种现象，从而揭示了中国艺术史中最为独特、最为深厚的层面。

　　汉字是一种复杂的形式系统，可视为模件体系的完善典范。汉字五万单字全部通过选择并组合少数模件构成，而这些模件则出自两百多个偏旁部首，通过汉字，中国人世世代代对无所不在的模式体系较为熟悉。因而，雷先生关于"模件"的讨论是从汉字开始的。由汉字构成到多种材质的批量艺术品的生产，模件化的典型特征得以凸显。如《万物》中讨论了礼器的装饰体系、技术体系、组合、劳动分工等复杂的青铜铸造术；漆器、青铜、丝绸、陶瓷等工艺流程；中国建筑中的营造法式；《大百科全书》的印刷、金简（？~1794）的印刷技术、青铜时代的印刷、陶土和丝织品的印刷、玺印等。在讨论书法时他指出，书法家创作的技巧、审美、风格标准无所不在，物质方面的材料如笔、墨、砚、纸、绢，以及书写技术（即笔法）亦基本不变，楷、行、草也在魏晋时期成为定制，一直沿用到今天。在这个框架之内，书法家能够创造个人的风格，这种风格受到珍视，就会被奉为典范，成为范本法帖中常常保留的部分。体现这些标准的杰作，通过拓本复制，在宋代被汇成刻帖，习书者可以选择其中的范本，用以临习。虽然风格并非物质意义上的模件，但是碑帖显示了其作为"模件"的意义。

　　然而，在讨论"模件"及其体系起到普遍作用的同时，是否代表所有艺术的创作过程呢？个性化的艺术创作如何理解？可以感知审美品质的书法艺术不正是与汉字模件化生产相反吗？书中对此做了充分讨论。对中国艺术家而言，模仿并不具有至高无上的价值，而在模仿中变异、发展，形成新的面貌是中国人所追求的。书法家们有意识地开拓书法作品在无意中显现的种种变化,试探新的形态,寻求新的样式,研究前代大师的新的理念,补益他们的创造并加以阐释,一代接着一代,无数的实践者建起了日趋复杂的大厦,那正是中国书法伟大的传统(见《万物》第八章《书法的审美抱负》)。作者以《自叙帖》《兰亭序》及清代邓石如的篆书为例,指出这些作品与模件化产品有着本质的区别,突出中国书法的自然天成和不可重复性。

模件化的体系并非只是技术手段,它植根于深沉的文化传统,关乎中国人的思维模式。在文人的艺术创作中,如何体现其思维方式呢?中国古代有大量推重"自然""天机"的书画审美观,讲求文化素养,不以艺事为先。由于轻视专门的技术训练,他们认为"逸笔草草"为很高的境界,选一些技法简单而有象征寓意的特定母题如绘画中的山水竹石等,经过画谱的总结提炼,成为一套易学好用的画法,文人的创作也因此走上了模件之路,走上了他们所鄙薄的反面,文人自身亦形成了"模件之路"。当然,雷先生也具体分析了书画家成败优劣,指出书画艺术中的模件性与批量生产仍有不同,如他指出郑板桥以竹、兰、石作为模件组成数以千计的构图,运用增殖、联合、繁疏画款来进行创作,但他富于个性的艺术手法,在不断变化的细节描绘中发挥无穷无尽的创造热情,这正是文人画家区别于一般匠人之所在。雷先生风趣地说,对于中国的文人艺术家而言,模件体系与个人特性,是一枚硬币的正反两面,这枚硬币的名字便是创造力。

《万物》中还将有关模件化的种种内容从思维方式延至中国社

会官府结构,指出这是中国书法与西方艺术品的根本差异。他特别指出书法如何贯通了中国的官僚文化。他认为,在世界艺术范畴内,中国书法风格不同寻常的连贯性是无与伦比的,这反映和培养了文人阶层的社会同一性,汉字是保证中国社会和文化体制稳定与延续的最有力的手段,文人们通过开拓与发展书法的审美维度来增强其亲和力。虽然高度成熟的书法审美体系并无汉字系统本身那么悠久,但书法的发展期正是中国文人官员执掌权柄的时代,他们不仅使精通书法成为文人跻身士林的必备素质,而且专断地主张写字作书即为艺术,这成了支撑特定阶级同一性的一种方式。这些看法对于理解中国文人书法有着重要的价值。而且,通过他的这些讨论,我们也就不难理解中国书法中"应酬""修辞""交换"等问题的学术意义,中国书法如何在官僚文化中被接受?被曲解?被适应?被运用?又是如何从文人化走向大众化的?这实际上已成为中国艺术文化研究中值得关注的深层问题。

原载《书法报》2006 年第 4 期

越南汉籍中的书法文献

随着域外汉学研究的深入,越南文化也越来越引起人们的重视。2001年,大陆学者王小盾、台湾学者刘春银和越南学者陈义联合主编了《越南汉喃文献目录提要》,详细著录了越南汉喃文献五千零二十七种,其中,越南汉籍中的书法文献有五十多种,数量虽然不算多,但也成为越南汉文化的一个不可忽视的组成部分。对于域外书史研究而言,越南汉籍中也有相关的书法文献值得关注。

越南是我国的邻邦,拥有相互关联的文化传统。越南古王朝瓯雒传说是中国东南部越族的一支,在赵佗称王南越(前207)至吴权奠都古螺(939)的一千多年里,北部越南曾作为我国的一个行政区域而存在。此后至明代嘉靖年间,越南不断接受中原王朝的封号,尽管从嘉靖六年(1527)起,越南进入"自主时代",但以推行汉文化为实质的科举制度持续实行到1919年。也就是说,20世纪之前,越南文化一直是在中国文化影响下发展的。同日本、朝鲜一样,越南曾使用汉字作为书写工具,且拥有最长久使用汉字的历史。从古代越南铭文和西汉南越王墓的出土文物看,公元元年以前,汉文篆字即在越南出现。历史记载亦表明,早在赵佗称王及汉武帝置南越九郡,设太守、刺史治理之时,诗书教化已伴随汉文字传入南国。越南的古代史是以汉字为主要载体的历史,汉文化在域外渗透最深的地方是越南。

关于越南古籍，有两类目录，第一类目录属古典书目，包括《黎朝通史·艺文志》（1759）、《明都史·皇黎四库书目》、《历朝宪章类志·文籍志》（1821）、《黎氏积书记》（1846）、《河内大藏经总目》（1893）、《大南国史馆藏书目》（1900）等。第二类书目出现则在20世纪30年代以后，可称作现代书目。其数量有二十多种，包括《河内远东博物学院所藏安南本书日志》（1934）、《东洋文库安南本目录》（1939）、《巴黎国家图书馆所藏安南本目录》（1953），以及越南文的《北书南印版目录》、《汉喃书目》（1977）、《越南汉喃遗产目录》（1993）等。其中，1977年成书的《汉喃书目》和1993年出版的越法文版《越南汉喃遗产目录》，是越南所藏汉喃文献最重要的两部著作。但汉文典籍在越南的遗存情况基本上不为中国当代学术界和艺术界所知。有鉴于此，台湾中研院中国文哲研究所编印了《越南汉喃文献目录提要》，此书根据上述两类目录的记载，按四部分类法重编了越南古籍目录。其中列入子部艺术类的书法文献有三类。

第一类为法帖类，如今存嗣德三年（1850）阅是堂印本一种的《三妙法帖》，98页，高28厘米，宽16厘米，缺前36页，内题《御定三妙法帖》，书中收录三妙（即嗣德）所藏王澍临欧阳询《九成宫醴泉铭》、赵孟𫖯《前赤壁赋》，董其昌临米芾《唐绝十首》。著名的《三希堂法帖》在越南亦有传播。今存《三希堂法帖》印本三种，六卷，含跋、识各两篇，版式均高30厘米，宽19厘米，篇幅分别为68页、360页、624页，其中360页印本缺卷三、卷四，68页印本仅存卷一、卷二，书中附有真草二体的《洞庭春色赋》。又如邓辉著书的《邓黄中五戒法帖》，今存印本一种，致中堂印行于嗣德二十二年（1869），其内容为劝戒子孙的五篇文章，即勿酗酒、勿耽于女色、勿赌博、勿放荡、勿上瘾等，含序文一篇。《四家乐集诗法帖》，今存印本两种，206页，高27厘米，宽16厘米，此为《诗经》集句字帖，集为宫廷燕飨歌曲，分士、农、工、商四章，编者不详。法帖类的书法文献反映了中国古代书家和法帖在越南的传播情况，同时也体现了越南人对中国书法的接受情况。

第二类为字体类，如《四体笔式》，今存印本三种，柳文堂印行于嗣德二十二年（1869），30页，高24厘米，宽16厘米，为真草篆隶四体字帖，注有读法，其他两本藏于巴黎；吴低旻编撰的《习汉字式》，六册，136页，高27厘米，宽15.2厘米，此书一至四册为楷书，第五册为行书，第六册为草书。根据《四体笔式》所编的字帖，汉字京都国学（学校名）校长法国人吴低旻编撰于己亥年（1899），同年印行。今巴黎藏印本二种，皆为吴低旻藏板。除此之外，还有抄本《习书字式》的字帖，内容为论述伦常道理的十二首诗；还有成书于明命九年（1838）盛文堂印本和嗣德戊申年（1848）美文堂印本的《真草篆隶四体书法字帖》；又有摘自《康熙字典》供越南人学写用的汉字字汇《华文字汇纂要习图》等。越南人对汉字的认识程度还不高，因而字体类的文献有利于越南人对中国书法中常用字体的认知和学习。

第三类为"福""寿"篆字，如《百寿篆字》（又名《百寿全图》），今存抄本两种，100页抄本，高26厘米，宽13厘米；408页抄本，高 31 厘米，宽 25 厘米，收集篆书一百种"寿"字，其中 100 页抄本为硬封面，书页皆为龙纹纸。《福寿篆文》，今存印本一种，213 页，高 28.5 厘米，宽 20 厘米，收录"福"和"寿"的一百式篆书拓本，附载二十九幅鼎图和鹤图。这类文献带有中国的民俗色彩，喜闻乐见，因而也得到越南人的喜爱。

除了这些书法文献外，《越南汉喃文献目录提要》还著录了大量的碑铭文献，和中国史部金石类相对应。包括城碑如《河内城碑记》，佛迹碑如《厨所佛祖遗迹碑》，祠堂碑如《尚书宰相公祠堂碑记》，摩崖碑《摩崖纪功文》，社神碑如《扶琴社后神碑记》，寺庙碑如《北宁寺庙碑文》等，其中数量最多的是社神碑和寺庙碑。越南潮湿，纸书不容易保存，所以越南的早期纪年史料就依赖这些碑铭文献来保存，这上面的汉文字，也成了越南早期汉字书法的重要标本。

原载《书法报》2006 年第 47 期

二十世纪印章研究的集大成史料图谱
——评《中国历代印风》

重庆出版社出版的"中国历代印风系列"对先秦至近现代的历代印章做了系统归类和研究，综合了自唐代出现印谱以来的集古印谱、摹古印谱和创作印谱的编撰方法，第一次以艺术风格为标准对历代印风进行了大汇辑，正如丛书总主编黄惇教授所指出的："'中国历代印风系列'虽然必须借鉴和运用考古学、历史学对印章的研究成果，但实质上是着眼于'印风'——即印章的艺术风格。因此，它的视角主要是从艺术学的立场出发的。""中国历代印风系列"全面考察了印章的时代特点和特殊类别，对于流派印人的归属与界定、印风的传承与发展等问题做了史料和图版的"双重"梳理与考证。在分类上，先秦至清初的印风和清代至近代的流派显示了世变与风格的关联，其他如印匋、吉语、瓷押等设有专卷，这种分类表明：丰富的印章文化现象已引起了学者们的注意。

元代是中国书法篆刻史上的一个重要时代。在书法史上，宋代所融合的晋唐书风在元代发展为一种全面回归的潮流；在篆刻史上，它则是实用玺印和文人流派印章的分野。元代之前的各代印章，以实用为主要目的，其艺术风格与时代关系极为密切。官印的文字结构、布局、铸刻、尺寸、形制均受到特定制度的制约，私印则在一定程度上受官印制度的影响，形式丰富。古玺印因时代久远，地域不同，对此期印章的确认需要有相关的史识。先秦卷中，徐畅先生以社会性质、时代变迁、典章制度、文字字形的时代特征及相关背景材料为依据，对春秋战国时期的玺印进行断定。他在《先秦玺印艺术风格述略》一文中指出战国时期"文字异形"现象普遍存在，各地域的玺印文字有多种特殊形态和写法，可作为鉴别玺印的标志，如纵长、圆扁、方棱、盘曲、纤丽粗壮等风格及简化、繁化、减笔、借笔、挪让、讹变及特殊符号的合文、重文、省略等符号，都因国家、地域、印章而异，产生了多变复杂的现象。这为人们了解先秦玺印的奇特文字、精妙结构、多样形制和风格有着启发性的意义。汉晋南北朝卷侧重研究了此期印章的历史、制度对艺术的影响，诚如庄新兴先生在《汉晋南北朝的玺印》中所述：西汉初期半通官印的布局，随着方形官印在布局中取消"田"字格，西汉产生了新的官印制度，对秦官印制度的继承已完全结束。其中的特例如后元二年的"文帝行玺"表明南越国虽然受西汉文化影响，却未完全参用西汉制度。这方面的研究，吸收了历史学和考古学方面的成果而与"风格"研究密切关联，显示了印学研究中相关学科的成果支撑，有利于更好地把握印章作为"艺术"成立的广泛的文化背景。

　　元代之后的印章，则是以文人印章为主线，在元、明、清初三卷中，这种思路极为明显。元明文人印章从赵孟頫、吾丘衍开始，到元末的王冕、朱珪，再从朱珪到文彭，有关这段印章发展史实，元代卷主编黄惇先生进行了大量的文献和图版的开掘，指出了元代文人印章的发展是中国文人印章艺术的"基础工程"，打破了自周亮工在《印人传》中以文彭为文人流派印章鼻祖的说法。元代文人印章在发展中有浓厚的流派"印风"色彩,它所形成的两大格局(汉白文和元朱文)已打上了深深的"流派"烙印。元末文人印章和明初文人印章受此影响是必然的。明代初中期的印章,除了两大格局外,文人用印如周鼎的《杏花春雨江南》、杜琼的《笔随人老》、徐有贞的《染翰余闲》等白文印的圆头锐末的篆法,发端于元末而流行于明代初中期。夏昶的《二十八宿中人》、陈录得《孤山月色》等朱文印在借边、布白、用刀上都表现出文人对于印章的多方面探索。明代初中期印章所形成的"文化圈"问题,在明代卷中,作者也进行了深入研究,指出了苏州、松江地区和南京地区是明初中期的两个"基点"。吴门以沈石田——文徵明——文彭为一线;南京以徐霖——邢一凤、姚征石——张学礼、吴仲足、何震——甘旸为一线,这两路的发展轨迹到了嘉靖年间集中到文彭身上。上述的几条线索,简明地勾勒了自赵孟頫到文彭间将近300年的文人印章的发展史。清理了元代和明初中期的历史,对于认识明中后期直至清代流派印章的发展有了更为明晰的脉络,较以往的印学研究有了新的突破。

明代卷的图版是由前人采集和编者所采集的明前中期的印章精心筛选而成,并按年代顺序逐次排列,对万历以后的印人有印谱传世的,则以其印谱中所收印章选入,非印家则沿用其常用印。这种编排方式有利于更加客观地考察此期文人印章的发展变化。清初卷与元明两卷相比,主要突出了徽宗之外的苏州、福建、如皋、南京、云间(即松江)五大地区的印章地域特色,这些地区的印人印作,大体反映了清初至乾隆年间的印坛状况。此卷的研究表明：晚清流派印风在文人印章史上扮演着十分重要的角色，实与清初印坛的发展有着不可分割的传承关系。

清代史学家章学诚自提出治史者当"辨章学术，考镜源流"以来，一直为史家奉为圭臬。《中国历代印风》诸卷的编撰，与其说是艺术类著述，不如说是以"艺术风格"为内在联系的史学著作。这是因为："学"与"术"，"源"与"流"这两对范畴的对立与统一与考辨在各卷中从不同层面都得到了显示，不仅在实用玺印诸卷中，文人流派诸卷亦有此特点。在徽宗卷中，张郁明先生对徽宗的印章做了细致整理与考辨，剖析了学者诸说，对明清徽籍印人的归属做了界定，清理出徽宗印派体系的构成，用大量史实对《四凤楼印谱》《董巴胡巴会刻印谱》做了详尽地考辨，其艺术特征、风格嬗变亦十分清楚。学术界对徽宗问题一直争议不休，此卷将徽宗印风翔实而清晰地表达出来，且对相关版图做了考辨和归类，对于研究清代书画史亦有十分重要的参考价值，无疑，这将是徽宗印派研究的最新成果。

除了上面所提到的各卷之外，其他各卷从不同角度做了精彩的个案研究，可圈可点之处很多。总之，从艺术立场上更加全面、立体、真实地反映历代的印章印风，是各卷编者所希望做到的。在过去的一个世纪里，印学家们以他们不同立场的学术眼光审视了漫漫岁月中印章从实用走向艺术的历程。事实上，每个历史阶段、每种流派都显现了它们特有的风格魅力。"印风"——无疑是一种视角，丛书的编撰者都为研究做出了相当努力。这使人想起王国维先生在其《宋元戏曲考》自序中的话:"凡诸材料,皆余所搜集,其所说明,亦大抵余之所创获也。世之为此学者自余始,其所贡于此学者,亦以此书为多。"也许,王国维所言在许多学者看来,是一种学术理想和境界,或许是终生所求的。但我相信,参与编撰此丛书的作者亦会有相类的感受,"中国历代印风系列"作为世纪之交印章研究的集大成史料图谱,贡于印学者,此套丛书的研究成果是值得珍视的。

2002

中国印论研究的分类总录
—— 读《中国印论类编》

黄惇先生的大著《中国印论类编》（上下册）最近由荣宝斋出版社出版了，这是当代印学研究中，继韩天衡先生《历代印学论文选》之后的一部全面、系统而富于学术性的印论汇编，是印学理论研究上新的突破。旧学商量加邃密，新知培养转深沉，这部新著值得学术界和书法篆刻界重视和庆贺。

印论和书论、画论、文论一样，为中国古典艺术理论的一个重要分支。虽然文人印论在唐宋时就出现了，但到元代之后才发展起来，远晚于书论、画论和文论。正因为如此，有了其他艺术门类理论的铺垫，为其发展奠定了深厚的文化基础，使得印章区别于一般的器物和杂件，赋予了更多的文化意义。中国古代印论因印章艺术的历史变迁和艺术审美的特殊性，有其自身的发展轨迹和特有的品评语汇，印论中的一些概念和术语，是从其他门类如文学、书法等理论中借鉴而来，也有从篆刻创作实践中提炼和概括出来的。如明代印论多强调文学性，印学品评和理论也得到归纳、规范和深化，初步形成印论自身的特色。

以周应愿《印说》来说，它是明代第一部系统、自觉研究印章艺术自身理论的著作，是明代嘉靖以后文人篆刻繁荣的必然产物。

《印说》继承了南朝时期刘勰《文心雕龙》的方法，共分原古、证今、正名、成文、辨物、利器、仍旧、创新、除害、得力、拟议、变化、大纲、众目、兴到、神悟、鉴赏、好事、游艺、致远二十章。王穉登在《印说》序言中对这部书给予高度评价，称："其旨奥，其辞文，其蕴博，其才宏以肆，其论郁而沉。称名小，取类大，富哉言乎！"作为印学史上的重要著作，《印说》包涵着丰富的文艺批评思想和印章美学思想。

魏晋南北朝以来，文艺批评习惯从人物品鉴入手，产生了风骨、体势等观念和以自然物象比拟人物风神的批评方式，再转而运用到书、画、文学等各方面，其中以梁代袁昂《古今书评》为代表，此书用自然事物或人物情性、风度、形态直接比喻，在批评方法上有了新的发展，并开创了整个文学艺术品评的先例，对后代产生了重要影响。周应愿《印说》把《古今书评》中袁昂评书以及锺嵘等评诗的品评方法运用到印章艺术中，如他在此书第十四《众目》所说："尝览袁昂评书，又览汤惠休、谢琨、沈约、锺嵘诸家评诗，语如数部鼓吹，仆实效颦，只供抚掌。"他从"用印之人群体"的品藻谈艺术鉴赏，指出其印章体现了的意象特征。这些群体的分类，代表了明代社会的各个阶层，这种以印论人、以人分印的方法，把不同职业、不同人群的人生经历和艺术审美结合，具有艺术生态的评论性质和人格象征的意义。尽管这种印章批评方法过于铺陈和想象，也有些过分注重形式上的品藻，但在印章批评来说，为印论中"印如其人"品评之嚆矢。

又如，周应愿《印说》把唐李嗣真《书后品》的分类方法运用到印章艺术批评中，明确提出印章中的"逸""神""妙""能"四品，这是古代印论在批评方法上的拓展。周应愿把"逸品"置于首位，"法由我出，不由法出"是印章的最高标准，突出了印人的个性特征。"神品"强调"体备诸法，错综变化"；"妙品"强调"非法不行，奇正迭运"；"能品"强调"去短集长，力追古法"，强调印章中的变化和继承的基本属性，这些探讨印章美学的基本思想，奠定了后代的印章批评理论的框架。《中国印论类编》按《印说》的内容归入各专门门类，成为印论中各专题的重要部分。

明代的印论除周应愿《印说》外，甘旸《印章集说》对印章理论的全面概括，徐上达《印法参同》集理论、评注、印章于一体，在篆刻创作、技法、工具等方面做全面的研究，朱简《印经》对印人流派的讨论等，都反映了印章理论在明代的空前发展。

清代印论一方面延续了明代文人论艺之风尚，由人论印。如周亮工之《印人传》注重以同期诗歌和印章相比较，以印感旧，体现了明末清初文人集体的历史记忆和文化记忆，印人之所以能够进入文人的视野，与晚明以来的社会、文化环境中文人对印章的认知有关，匠人与文人在交往和合作中，赋予了印章特有的文人品味。另一方面，清代印论又受乾嘉学派影响，讨论印章多涉及金石文字考订和文献考据，如程瑶田《看篆楼古铜印谱序》、翁方纲《铜鼓书堂藏印谱序》、朱象贤《印典》等。同时，由于篆刻家参与撰写的印论增多，他们多从创作实践出发，印论也更为切实。尤其是清中期以来篆刻家大量的印章边款、论印诗、序跋等对篆刻创作中的篆法、章法、刀法等探讨不断深入，同时对印作的风格取向、创作态度、艺术品评等方面，也都有了深入地探究和议论。如"西泠八家"、邓石如、吴让之、赵之谦、黄牧甫、吴昌硕等名家，从创作实践出发，提出了许多有价值的印论，影响着篆刻艺术的创作。较之明代，清代关于印章创作本体的讨论，有力地促进了印论自身独立体系的形成和发展。

印论成果的汇编、整理是清代以来印论发展的重要标志。如康熙六十一年（1722）朱象贤的《印典》汇录印章制度典故，乾隆二十一年（1756）鞠履厚的《印文考略》收集元明清人著作中的论印文字，乾隆四十三年（1778）、乾隆四十五年（1780）桂馥的《续三十五举》《再续三十五举》辑录明人及同期印论，道光二十三年（1843）顾湘编"篆学丛书"收录唐至清著作三十种。民国初年，吴隐编"遁庵印学丛书"，近代黄宾虹、邓实编的"美术丛书"，赵诒琛的《艺海一勺》，当代韩天衡先生的《历代印学论文选》，汇集了历代重要的论印篇章，对于系统从事古代印论研究起到了重要的作用。

《中国印论类编》用分类的方法收集印论，以论印章源流沿革、论流派印人、论印谱、论印章审美、论篆刻创作技法及印材工具五类汇辑了历代印论。这种著录方式，突出了学术自身的历史性和系统性，和韩天衡先生的《历代印学论文选》以较完整的印学论著、印谱序记、印章款识、论印诗词编选方式不同。《中国印论类编》重点不在于收录印论著作的全貌，而在于从学科的立场，从研究者和创作者的需要出发，使整理更切实用。所录印论，尽可能保持文献的完整性，凡涉及作者写作年代、地点、名款都给予完整保留，使其具有理论和史料的双重价值。在《印章源流沿革》一编中，我们可以了解到文人认识印章有一个发展的过程，并伴随着各时代社会和文化思潮的影响。在《印人及其流派》一编中，涉及印人的师承、取法、变革、创造以及印人的出身、性格、喜好、状态等，印人在印章上的审美观的变化、影响，构成了丰富的篆刻美学的内容，而关于流派的界定、特征、属性和流派形成的时代条件、师承关系、地域影响、风格特征，对后代产生了积极的影响。在《论印谱》中，分集古印谱和摹古印谱、文人创作印谱讨论。全书在基本按照作者时代编次的情况下，结合所论印人的时代顺序和印谱成谱的时间加以整合，在《论印人流派》和《论印谱》二编中较为突出。

20世纪30年代，余绍宋先生出版的《书画书录解题》首创按学理分类的书画类著作的分类体系，全书设置史传、作法、论述、品藻、题赞、著录、杂识、丛辑、伪托、散佚十类，在正文前作序例一篇，对分类的原则，及各类的范围、定义、性质详加说明，使所录书籍有所归属，并说明书画类图书的实际情况。他采用了叙录体著录，正文前的总目叙略介绍各书的内容主旨、学术流别和得失。《中国印论类编》借鉴了《书画书录解题》的做法，在每个大的篇目面下，都有专门的提要。提要而兼解题，阐释了编者的主要思想和条目设置的目的。所作提要，书必亲见，言必己出，博稽而精思，力图体现历代印论主题内在的关系，兼顾对学术研究和艺术创作两方面的读者都能有所启迪和引导。

印章审美体验是一个复杂的过程，它产生于印人的内心世界，又要在创作中"形之于外"，在方寸之间的印面上表现作者的审美体验，构建一个印章艺术的意象世界，这其中就包括丰富的内容。在《论印章审美》一编中，编者分列宗法、印与诗文书画一体论、摹拟与反摹拟、自然天趣说、笔意论、印如其人说、巧拙与雅俗、寄托、情性、兴到、写意与传神、风格与趣味、印从书出论、印外求印论、入古出新、品评、学养等十八个专题，这是对印章审美观念的全面概括，也是对中国古代印论中关于印章审美认识的基本框架。这类印论，是论家在品赏印章艺术的过程中，直接体悟印章的意蕴所感所论，从印章审美中流出，和感性密切联系，同时这种"体悟"中也蕴涵了理性的积淀，其具体而丰富的印章审美认识使得中国篆刻艺术丰富多彩，也导致了同一论题范畴的多义和含混，只能从不同语境和角度来体会印论的内涵。因此，书中这十八个专题也不是独立的，而是在印章审美的大框架下，互相融通，互相生发，互相补充的。在《论篆刻创作技法》一编中，分列创作技法、篆法、字法、章法、刀法、边款、印材、治印工具等，把印章创作本体的文献汇成专题，以凸显篆刻作为一门艺术的独特性。

《中国印论类编》所辑印论，从五代刘昫、宋代米芾到现代傅抱石、来楚生、陈巨来等印家和文人，所辑资料力求搜集不同版本，彼此互相钩稽，较量异同，慎审优劣，辨别折衷，决择去取。而录正文时，以一本为主，并于篇末注明所依版本。凡遇可疑文字，必博求诸本，甚至征诸相关文献及印章实物等类资料比勘，择善而从。个别字句据他本或其他资料改正和增补，或有异文足资参考者，则出校记注明。对于历史上虽有流传但剽窃他人著作者予以辨伪和清理。如《遁庵印学丛书》中署名文彭的《印史》，实为甘旸《印章集说》之内容；清初伪托为何震的《续二十五举》，多来源于元代吾衍的《三十五举》和明代周应愿的《印说》；清乾隆时期陈克恕《篆刻针度》多取之明徐上达的《印法参同》等，这类情况，在书中都注意汰除。编者还特别注意把版本学、目录学以及校勘、辑佚等治学方法和古籍整理手段应用到印学文献的整理和发掘中来。历代印论资料庞杂而分散，编者辨别版本、细致比勘，并运用一般人不易见的珍本、孤本、刻本、抄本、稿本和传世墨迹等，核对其中的讹字、脱文、衍文、文字颠倒、错乱等情况，正本清源，加以更正并出以校记，也有利于深化对印风来源、印人取法、流派特征、印作解读等方面的认识。

《中国印论类编》的另一特色是注意印论作者的研究和资料收集。凡编入书中的印论文献的作者，在篇后有专门的印论作者传略加以介绍，包括生卒年、字号、籍贯、传略、主要著作和书中所录论印的篇目。这部分写作特别注重对名不经传印人史料的沟沉，并注明与印人相关的印谱资料，凸显了印人、印论与印史的密切联系。全书共收录印论作者多达587人，远远突破了我们常见的材料。尽管部分印谱序跋作者失考，但到目前为止，此部分传略是关于印人印论最为翔实和丰富的。此外，书中所附录的上百幅关于印章、边款、古籍序跋、墨迹的图片也大大增加了印论的直观性，既表明文献之来源，又有助于阅读文献。

1994年，上海书画出版社出版了黄惇先生第一部专门研究中国古代印论的著作——《中国古代印论史》，该书对古代印论进行了深入和系统的研究，受到学术界广泛好评，被学界誉为"中国古代印论研究的第一块碑记"。现在这部百余万字的《中国印论类编》，是《中国古代印论史》的文献汇录和补充，大大丰富了中国古代印论史研究的资料。正如祝竹先生在序言中所说的那样："如果说《中国古代印论史》草创于先，仅开荜路，则《中国印论类编》精编于后，已经是泱泱乎古代印论之集大成。其胪举之博，沉浸之深，寻源审变，详稽慎核，类于中国篆刻学的一本分类总录。此书名曰类编，内容全面、深入、切实，编纂系统、科学、细密，条理明晰，便于检寻，它与《中国古代印论史》相辅相承，一纵一横，全方位展示了历代印论之大观。"十多年前，我在南京艺术学院读研究生时，黄惇先生就在不断修改、校对和补充这部书，现在这部心仪已久的著作终于出版了。我相信，《中国印论类编》将会扩大艺术史研究者的视野，赋予历史上印论文献以整体的认识，进而促进对篆刻学、金石学、文艺学等学科的研究，尤其是反复研读这些前贤理论，有利于提高我们对篆刻、书法等创作的理性认识和创作规律的把握。清人张之洞曾告诫青年学子："泛滥无归，终身无得。得门而入，事半功倍。"可以说，这部类编就是打开印学理论宝库的钥匙。

原载《社会科学论坛》2012年第5期

读《寸耕堂陶印辑》

一

根据考古发现,现在人们所知道的最早艺术品出现于五万年前到一万年前的旧石器时代晚期。在良渚文化遗址出土的玉琮上,我们可以看到硬质工具刻划的兽纹,这些纹样具有对称、流畅、整饬等审美特征,标志着原始人的平面刻划已有了绘画性因素。新石器时代是我国绘画艺术的起源和萌芽时期,这一时期在实践中产生的优美造型和装饰主要体现在仰韶文化与马家窑文化彩陶图案的装饰纹样上。如半坡出土的内彩四鹿纹盆、三鱼纹彩陶盆、内彩人面鱼纹盆等施彩的陶器,具有初期的审美感,以线条作为造型手段来深绘和磨刻,注意物象的连贯性、整体性,运用夸张的表现手法来突出主体,尽管是稚拙的,但能表现出自由、轻松、淳朴和天真的趣味,这些原始陶器的刻画方法成为后来中国艺术中最基本的审美特征。

印章和原始陶器的刻画方法一样,起源也可追溯到原始制陶的劳动工具——"印模"上。大量考古资料证明,古代铸造青铜器的陶范纹饰多数是用一种模子压制而成,而铸造青铜器腹部等弧面的陶范均作凹面,压印凹面陶范图案的工具须在凸面。印模与后来的印章在形制上非常相似,即由一个可用手指抓住的印把和一个用来钤印花纹的印面组成，但后世印章的实用范围主要用于凭信。随着社会交往繁复，印章的凭信用途也日渐广泛。古玺印、秦汉印章、封泥、唐宋官印等源远流长，内涵丰富，成为中国文化史和艺术史上特有的现象。元代以来，印章与书画的关系更加紧密，出现了像王冕这样在石材上自篆自刻、自觉追求篆刻艺术的艺术家，并在赵孟頫、吾丘衍等人的影响下，白文直追汉人，朱文上和宋人印章相衔接，赋予雅化的品格，完成了实用印章向文人篆刻艺术的全面转变。明清文人流派篆刻艺术正是石材被印人广泛运用后得以兴盛和发展的。

　　文人以陶制印，明代山人陈继儒《妮古录》一书曾有吴门丹泉周子"以垩土刻印文"的记载。制陶一艺，工艺复杂。昔日读清人朱琰《陶说》、蓝浦《景德镇陶录》及唐英等人著作，知陶器之成，历取土、炼泥、镀匣、修模、洗料、做坯、印坯、璇坯、画坯、荡釉、满窑、开窑、彩器、烧炉诸工序，何其繁复！印人手工制作陶印并非易事。然近十多年来，江西、山东、辽宁诸地印人兴起自办小窑，烧制陶印，一时陶印成为印材之新品。王镛先生素好质朴之陶器，书画篆刻皆求天然古拙之大美。因得陶印印材上百方，反复创作实践，因编成《寸耕堂陶印辑》一书，有幸先睹，诚为快事。

二

　　《寸耕堂陶印辑》共收录了王镛先生2014年所刊陶印八十方，其中白文四十六方、朱文三十四方，2015年于山东东山书院烧制而成。从内容上看，大抵分两个方面内容：一部分为王镛先生自用印，包括书斋名、别号、籍贯、自用印、收藏印等，如"寸耕堂""印心簃""留余堂""重盫""四甓堂""十二丁香斋""十四将军印斋""古并州晋祠人""凸斋珍藏金石文字印""仰兆居收藏章"等，体现其个人的文人生活情趣和艺术收藏上的喜好。另一部分印为王镛先生艺术感悟、旨趣和对经典的会心体悟，如"悟象化境""以写我心""老去寻痴足卧游""古风时雨""直造古人不到处"等，从一个侧面反映其在艺术创作上的"神游"。

清代以来的邓石如、吴让之，赵之谦、吴昌硕、黄牧甫、齐白石等印人的篆刻创作，在作品中充分表达书法的笔意，再融入"金味""玉味""石味""木味"等多种意味，进而形成典型的艺术风格，他们所走过的艺术之路，无不是以"印从书出"和"印外求印"的入古出新观而获得成功的。当代篆书创作水平的不断提高和新金石资料的不断开掘是提高篆刻艺术水平的动力，推动着篆刻艺术风格的不断更新。王镛先生印风以"大写意"著称，践行着清代以来的传统，成为齐白石之后最重书画印章融通而形成个人典型印风的一代大家。

"刻"和"写"在视觉上有不同的质感效果，而在石材和陶印上又有别样的意趣。毛笔在纸上书写的表现性比刀刻显然更加丰富与自由，但在刀笔互融之间，包含着某种不可预测的神秘意味，陶印在未烧前比石材更为松软，容易上刀，能够产生比石头还要粗犷奔放的风格，也可以制作很细腻的效果。如王镛先生所说，"持昆吾之刀，施于垩土陶坯之上，手起刀落，易如画沙，畅快何之！"

正是这种"畅快"的一挥而就，给印家在印面上表现笔意提供了空间。王镛先生在长期的艺术实践中，体味石印和陶印在刀感上的差异，精微地表现点画的种种质感，做到既遵循书法的用笔准则，又灵活地运用笔势，既使书写性有较稳定的规则，又使点画和结体不失其灵动。王镛先生用笔在陶印印面上书写印稿，笔与陶印印面摩擦而产生或粗或细的笔痕。在用刀时将书写中的力量的轻重、点画起承、转折的细微处表现出来。陶印烤制后，我们还可以从印面上解读到他书写的"畅快"和点画的节奏感。虽然这些微妙的变化和视觉上所感受到的丰富程度在陶印的坯胎烧制后已损失很多，但我们打开印谱时，陶印上的古朴天真、圆融劲健的意趣扑面而来，这种陶印印风和王镛石印印风是一以贯之的。

这部印辑和王镛先生以往的印谱相比，因"陶"而增色，其特色概言之，大约有三。

其一，由陶印印材烧制所形成的古厚凝练，有别于"刀"与"石"所产生的笔墨效果，更见内蕴含蓄的"陶味"。印辑中的"凸斋之印""寸耕堂之印""重庵藏书印""抱云山房""会心不必在远""三分人事七分天""一生无事烟波足""世事原知似浮云"等印取法隋唐官印中小铜条根据印面点画设计"焊接"制作的工艺，以圆转、盘曲为特征，"凸斋珍藏金石文字印""凸斋""凸斋临古""仰兆居""澄怀"等印取法古玺，边栏加宽而多弧线变化，印中文字遒劲峻拔，运用商周金文的肥厚用笔及华饰其形，整体上体现的是线与块面结合的形式美，其印文中的篆法改变了最初的象形性和装饰性，点画更趋于"印化"和"陶化"的自由凝练，印面效果也因文字变化而显得更加丰富。而"重庵""喜庵""知是不辱知止不殆""金石大寿"等印则多取封泥法，对封泥的古厚圆浑的线条和边沿形态做了精当的吸收，取其块面和局部的模糊感。在陶印中融入封泥的"神理"，方劲处见圆转。吴昌硕所谓"刀拙而锋锐，貌古而神虚，学封泥者宜守此二语"，在这批作品中得到映证。

其二，印辑中的印章创作，王镛先生借鉴了《秦诏版》、汉碑及古砖文字的书写方法，更加注重印内"字势"，形成其特有的文字组合方式。在"重庵藏书印""汤山丽水一散人""汉千枚刻骨堂""寸耕社中人""汤上垄上老宅男""十二丁香斋""砚云山馆""十四将军印斋""直造古人不到处""且饮墨瀋一升""长贵宜子孙""会心不必在远""三玄子花馆"等陶印中，王镛先生吸收商代和西周早期《何尊》、晚期《散氏盘》等铭文样式，注重"行"的纵向排列，字字相连，横行不成列，强化行距，缩小同一行中的字距，印文的"字势"的章法样式更加强化，呈纵式开张的欹侧，变通字形的左右字势，打破了汉印中整饬对称平正的秩序，恣肆与精微同在方寸之中，将直线、斜线和弧线三种形态的点画灵活自由运用于其中，继承了早期文字在笔画和结构上的象形和随意，把字形特征提炼得更为纯粹和理性，既是恣放瑰异，又显质朴凝练。刘熙载《文概》有云："法高于意则用法，意高于法则用意，用意正其神明于法也。"王镛先生深谙此理，对"意"和"法"作对立统一的认识，并从整体上把握，灵活地运用，注重审美意象的塑造。

其三，印辑中每一方印除附有印面、印体，翻制"封泥"，与印面相得益彰，增加了印章审美的维度。根据《后汉书·百官志》

记载，封泥和笔墨纸都为当时官署、文房必备的用品，封泥的发现是近代金石学的重要成果，在金石学诸品中最为晚出。光绪二十九年（1903），罗振玉在《郑厂所藏封泥》一文中指出其三个方面的价值："可考见古代管制，以补史乘之佚，一也；可考证古文字，有裨六书，二也；刻画精美，可考见古艺术，三也。"在王镛先生看来，封泥和古玺印文阴阳相表里，数百年来古印谱，多不附封泥，可谓"只见其表，不知其里"，与古人初衷大谬。在这本印辑中，他不辞劳苦，每印皆翻制封泥，朱墨相间，古趣灿然。古封泥向欣赏者展示了秦汉印章的又一种表现式，即由凹入印面在泥块上抑出的阳文，填补了古玺印风的不足。近现代以来，印人吴昌硕、齐白石等都借鉴了封泥朱文的方法，凸显其疏朗、细劲、含蓄的特征。王镛先生在印辑中运用这种"双重"的印体，从阴阳两个方面立体展示印章丰富的审美内涵。

三

王光烈《印学今义·旁通》中曾将陶文、金文、甲骨文、古砖瓦文、封泥数种文字视为印章中的"旁通"之列，可得纯古之意，并认为"若融会贯通，自为一派，前无古人，后无来者，则在个人之才力精能而已。"王镛先生以其"才力精能"开启了时代新风。叶燮在《原诗·内篇》中十分强调诗歌创作"时有变而诗用之"，"诗道之不能不变于古今，而日趋于异也。"刘熙载也有"与时为消息，不同正所以同""碑力劲，汉碑气厚，一代之书，无有不肖乎一代人与文者"的说法。书法篆刻因时而异，各有消息，王镛先生善"用古"而能"变古"，以"用古"为手段，以"变古"为目的，既志存求古，又别开生面，得真赏之"合"。他选择坯土之陶印作为寄情方式，于自然处见工，出色而本色，亲切有味，归于大朴。近代以来，篆刻多归于"巧"，王镛先生求秦汉以上之"古"，在他看来，古而朴，近则华；古而拙，近则巧；古出于文心而近多求世誉。故作印求古求真，远非形模求古或平匀之法。刘熙载说"白贲占于贲之上爻，乃知品居极上之文，只是本色"，刘氏所说之"白贲"指素色的文饰，象征着朴素，王镛先生篆刻和他的书画一样，无不推崇本色美，在质朴古拙中表现骨气洞达，劲健中见沉厚，堂庑之大，非斤斤点画者所可望者。

野者，艺之美也。陶印质朴自然的"野"是一种美，是天放，是开张，是豁达的情性和印面的融合。王镛先生之陶印，如司空图《诗品》中有"疏野"一品所说"真取弗羁，拾物自富"，章法上相摩相荡，或奇正，或工拙，或宽紧，或抑扬，或虚实，克服陶印表现手段的有限性，充分利用它在书画上的艺术想象力，最大限度地从"印内"语言到"印外"之意的拓展，寄深于浅，寄古于变，寄劲于婉，寄直于曲，在方寸之间，虚实两生，大开大合，正所谓"尺水兴波"之法，杜甫《戏题王宰画山水图歌》中所谓的"尤工远势古莫比，咫尺应需论万里"。会心之人，必能知其苦心孤诣，意出尘外，如王镛先生自序所云"非借以或邀许可，实所以酬我知己也"。

清人唐英《陶人心语》自序云："陶人而语陶，固陶人之本色；

即陶人而不语，亦未始不本陶人之心，化陶人之语而出之也。"今读王镛先生陶印所辑八十方，遥想上古时期古陶刻画中的自由、质朴和天真，亦生相类的感慨。先生寄情印事，得陶之本色；与时消息，得印之真魂。

原载《中国书法》2016年第2期

《祝竹篆刻选》编后记

记得 1992 年秋天，我刚到扬州大学历史系读书，和顾工兄去拜访祝竹先生。祝竹先生在石塔桥边上的画室里，与画家王涛、滕家明等先生一起作画论艺。先生画了一张枇杷图送我，押角钤用的是"五十过客"一印。此后，我们常往来于曲水河边的竹斋学印。在这间不大的书房里，我们见到了以前从未看过的各类印谱图册和印章实物。先生曾以所集各类秦汉印章钤印原拓订成小册嘱我临习，这些印章浑古朴茂，令我爱不释手。先生每一奏刀，骁然神味，直接古人，清峻绝俗，心仪不已。我每有习作，先生一一斟量，评骘得失。二十年过去了，尽管我先后在南京、上海、北京三地读书和工作，但一直没有离开过先生的指导，于先生绛帐，收获良多。2006 年，我和顾工兄一起编成《祝竹印谱》由上海书店出版。今年先生七十岁，北京荣宝斋出版社拟出版《祝竹篆刻选》，先生嘱我主持编务。今印稿编成，藉抒浅见，略述先生印章师承、印风和印学观念。

祝竹先生自 20 世纪 60 年代起，先后从南京丁吉甫、罗叔子先生和扬州蔡易庵、孙龙父、桑愉先生学印。丁吉甫刻印为吴昌硕一路，以重拙为基调，质朴天然，不事雕饰。其重拙的印风与用刀对祝先生有较大影响。他在《回忆丁吉甫老师》一文中说："我在他家的时候，经常看他刻印，他那个时期的许多代表作，我都是看着他刻的。他刻印用大刀，握刀就如握毛笔，由外向内行刀。他的刀不锋利，又不常磨，刻印时用力很沉实。他的重拙的印风与他用刀方法有很大关系。"罗叔子先生刻印宗秦汉，以汉金文意趣为主建立自己独特的风貌，体格近于黄牧甫，而刀法峻厉，自成体系。罗先生用汉金文入印，其清刚峻拔的风骨和气象，正合祝竹先生之意。而在家乡扬州，当时印人蔡易庵先生印章以秦汉为筋骨，淹雅醇郁，以平实为务，没有固定的程式，但醇厚的气息给人以熏染，而又让人无所师其迹。祝竹先生崇尚平正醇厚的汉印精神即来源于易庵先生的教益。孙龙父先生刻印不多，但极有高见。祝竹先生告诉我，"听孙先生评论印作，往往片言只语，让人如同醍醐灌顶，终身难忘。"桑愉先生长祝先生十岁，他们同为易庵先生弟子，谊在师友之间。桑先生深谙秦汉印章法则，又尝试以汉金文入印，大刀深刻，猛利精悍，点画利落，气息纯古，这对祝竹先生后来的印风形成有较大的影响。

20世纪60年代扬州的篆刻界，以蔡易庵先生印作的高古格调为号召，以孙龙父先生的博识睿智为引导，以桑愉先生的精勤奋发为榜样，以一群青年的热情好学为拥护，或雅集论艺，或展览交流，或命题创作，或专题研讨，堪称现代篆刻史上蓬勃的艺术景观。祝竹先生对篆刻的爱好，也正是在这种氛围的熏染下得以坚持和升华。在印章观念上，丁吉甫、蔡易庵、孙龙父等先生重视秦汉印章的传统对祝先生产生了较大影响，而就印章风格而言，他沿罗叔子先生、桑愉先生以汉金文入印为特征的路子得以开拓。

在祝竹先生的印章渊源中，对他影响最大的是汉印。学生时代，他就曾临摹秦汉印章近千方。而用自身的艺术实践对汉印艺术规范的细致解读，集中体现在《汉印技法解析》一书中。这是一本可以当作指导今人学印的教科书来阅读的通俗著作。祝竹先生认为，汉印规范的内容是很丰富的，而最重要的内容是平正。由章法布局的平正、书法文字的平正以及由此而衍生的精神气质的平正，是汉印为中国古代篆刻规定的最基本的法则。后世一代一代印人不断提倡师法汉印，其实就在于要传承这种以平正为基调的恢宏之气。数百年来的篆刻史表明，汉印规范的平正的基调，能够包容各种智慧和创造，能够展现时代的进步和个性的独立，它不排斥创新和发展。相反，它是创新和发展最好的平台。他说："感受平正，读懂平正，是学习汉印的第一步，也是学习汉印最重要的一步。"学习平正，看上去是一种形式规范，但其实际意义存在于精神和气质方面。可以说，坚守平正，是他重要的创作理念，也被贯穿地运用到他所著的《中国篆刻史》一书中，成为品评印人和解析作品的重要尺度。

汉印以外，晚清的吴让之、赵之谦、黄牧甫三家祝先生取法最多。他服膺吴让之印章由平正而生的"静气"，而对吴让之清、浅、挑的圆转刀法理解甚深，并将吴氏的这种刀法和大刀结合，沉着生动，不至落于浮薄轻佻。赵之谦印章将篆书笔墨意趣和印章结合，以"印外求印"为宗旨，取资广泛，构思新颖。祝先生于赵之谦印章中获得经营布白之机巧，尤其是对印面"留红"处的处理，得益于对赵氏作品的解读。祝先生对黄牧甫尤为偏爱。这一方面和罗叔子、孙龙父、桑愉等先生取法黄牧甫有关系，更主要的是黄牧甫印风和他较为切合。他取其挺劲而不取其光洁，辅之汉印之穆气，方圆并用，章法平中见奇，巧中见拙。冯其庸先生诗跋称其"出入秦汉而又参牧父笔，得其大成而又变化之"，所论"牧父笔"应指篆法上和章法上。论整饬、光洁之美，祝不如黄；而静穆厚朴，则祝不让之。这得益于他对大气磅礴的吴昌硕印作的吸收。他认为，吴氏之作，出于天性，应着意感悟其印中的汪洋之气，不必刻意模仿其形。从他的印作中，可见吴昌硕的雄古之魄，或正是黄牧甫作品所不及者。

祝竹先生的印作，平正典雅，清刚静穆，大方耐看。他较多地参照大篆文字的基本体势结字，而以缪篆文字的基本格局排布，在古玺和汉印之间，形成了一种似秦非秦、似汉非汉的印面形态。他根据不同的印面状况，有时用巧，有时用拙，排布有虚实，笔画有擒纵，印面有活眼，不刻意求工，又不求不工，刚健中含婀娜之姿，严整中显从容之态。他一般不致于营构波澜壮阔的大气势，甚至有如石开先生所说的"不俗的拘谨"，印内经常看到的是恬静而有生机的江南春景，似乎没有用心力，而有所余于心手之外。他和韩天衡、黄惇、刘一闻、祝遂之等著名印人一起，成为当代南派文人印的代表。

回顾祝竹先生半个世纪的创作历程，大致可分为四个阶段。四十岁之前，他以临摹秦汉印作为基本训练，初期创作以汉金文的活泼恣肆为基调，用刀猛利而夸张，一时以印风泼辣而受到师友的表扬，包括罗叔子先生，都曾称赞他"胆子很大"。四十岁至五十五岁之间，他的印风渐渐消去锋芒，归于平稳和安详，形成以清刚静穆为特征的基本风格；五十五岁到六十五岁间，他的篆刻创作进入了前所未有的旺盛期，不仅作品量大，形式上也不拘一格，取法甲骨文、金文及汉碑额文字都有，而内在的醇古、清新和谨饬一以贯之。六十五岁之后，在友人的建议下，注意印材的精良，尝试在各类珍稀印材上创作，还以多字印为特色，创作了数十方多字印，在多字的挪让、穿插、开合上进行探索，充分显示了他在艺术创作上的敏感、成熟和勇猛精进的探索精神。

祝竹先生在长期的印章艺术实践中，形成了许多有价值的印学思想，集中在他的著作《中国篆刻史》、《汉印技法解析》以及诸多印跋中。祝竹先生还先后编校整理了清代学者钱大昕的《潜研堂金石文字目录》和《潜研堂金石文跋尾》等著作，发表了吴让之、赵之谦、屠倬等清代篆刻研究的论文多篇，为金石篆刻文献的整理和研究做出了贡献。

祝先生认为学习印章，"入门须正，立志须高"，现代人从事艺术活动，喜欢奢谈个性。在他看来，个性是指在作品中的自然灵气，惝恍而来，不思而至，显露作者真实不虚的赤子之心。过多的技法和装饰，"剪裁堆叠"之后显得"无从著我"。个性之外，各种传统艺术门类也都有"程式"的问题。程式是从生话中提炼出来的，程式与鲜活的个性总是既相互矛盾，又相互依存。他认为，个性要靠程式给予规范和提练，程式要靠个性充实内容，给予生命。个性总是要突破程式的束缚，但又不能没有程式来约束它的随意性。不断突破旧有程式，发展和提炼新的程式，是每个艺术家的理想和追求。但同时他又认为，学会了某种"程式"，并不等于就是继承了传统；打破某种"程式"，也不等于就是丢弃了传统。严格地遵循程式和不断地打破程式，其实都是艺术的"传统"。但不论艺术程式如何发展变化，它总还应该是"程式"，而不是"非程式"。这是传统艺术必须遵循的重要的基本法则。

祝先生谈印章，特别注重作品内在的气质。这关乎一个人的天性，并且是一种长期全面修持的积累，内不足则外必窘，这是无法矫饰的。他推重吴缶庐之作，大气磅礴，白文学汉将军印，而得其神；朱文致力于封泥，而得神韵。而不善学者，流于粗犷怪诞，有乖戾之气。祝先生反对以艰深掩其浅陋，以怪异掩其庸俗。陶弘景与梁武帝论书认为"纯骨无媚，纯肉无力"，媚与力都是不可缺失的。多读书，多穷理，器识高尚，其作品所寄托的性情才不会卑俗。

祝竹先生的印学观念，来源于他长期精湛的艺术实践和高古融通的艺术追求，和他的创作相得益彰。用他的理论观照和解读他的印章艺术作品，是十分合拍和恰当的。我以为，以祝竹先生在创作和研究上的贡献，放在近现代篆刻史上，也是不让先贤的。

2000年，我在祝竹先生的推荐下，到南京艺术学院黄惇先生门下读书法篆刻研究生。黄惇先生曾对我说："祝老师是真正懂印的人，他在创作和研究上都是全国难得的好手。"近十年来，我有幸在黄惇先生和祝竹先生的共同指导下学习，两位先生之间也常往来，讨论印章艺术和印学之道。祝竹先生手订印谱编好，黄惇先生题签作序，黄惇先生大著《中国印论类编》出版，祝竹先生帮助审读并撰序，我见证了两位先生在学术上和艺术上的交流，也在他们的讨论中得益甚多。我相信，在现代篆刻史上，祝竹先生以其创作和印学上的贡献，当为这一时期印人和印学家集于一身的重要代表。

杜甫诗云："逍遥有能事，感激在知音"。每次我回扬州，祝竹先生总是要给我送些印章。他的一些代表作品如"灯前且作校书郎""君子不器""真赏"等也都赠给我留作纪念。我知道，这是先生对我的鼓励，更是对我的鞭策。现在，这本篆刻选编好了，拜读先生的一方方印作，仿佛回到了二十年前在先生身边学印时光。追忆在竹斋的闲适生活，深深感激印章给予我们的师生友情和无限馈赠。

原载《祝竹篆刻选》，荣宝斋出版社，2011

第三辑

学艺自述

书法：循典稽古发己意

我的书法创作，主张形式和内容相结合，强调自然，不要刻意。除了常见的条幅、斗方外，我还常用题跋、批注、手卷等形式，喜欢用稿书写，这些形式比较轻松，如心灵在散步，可大可小，随意性大，也不全是为创作而创作，兴之所至。"风格"是养出来的，不是做出来的，涵养性灵，作品就不会俗气，也不会跟风。

我在创作当中喜欢根据自己的审美爱好去思考和实践，不喜欢跟风。其他人做什么我也跟着去做什么，一生都随人后，有什么意思呢？我在想，自己要追求什么风格？追求什么艺术价值？一个人的艺术风格实际上是由他的艺术思维决定的，也就是说，自己的风格形成有个什么理念。研究书法史对我的创作很有影响，下面我来具体谈谈。

秦汉时期是书法史上的一个高峰，它的风格既有统一的、共性的东西，同时也有很多变化的、丰富的东西。秦代的峄山刻石、泰山刻石等是秦始皇统一六国以后的文字，它们是规整的，笔画圆劲，结体工整，形式方正，精整妍美。我们也可以看到另外一路，比如秦权量诏版，它里面有很多丰富的、自由的、天趣的东西，尽管有一些潦草粗陋的地方，但很多铭刻参差变化，从容肯定，有很强的书写感，在书写过程中很适合自己，经常会用这种方法来表达。

大家都知道汉隶是书法史上的经典，我们小时候开始就临摹《礼器碑》《张迁碑》《封龙山》《西狭颂》等名碑。其实汉隶还有一路和庙堂相比不是完全"正统"的，但是它表现了丰富的艺术趣味，如《五凤二年刻石》《莱子侯刻石》。汉代还有很多砖瓦文，上面刻的文字很有意思。汉代的金文和正统的不太一样，比如说一般写的汉碑，汉碑里面大都是蚕头燕尾。汉金文和西汉时期的一些铭刻，波挑不是特别明显，这样一些作品我很关注。如鼎、钟、壶、钫、灯、炉、镜等汉器，体势平正中见生动，方折而见圆势，没有成熟时期隶书的那种"程式化"的方法，而是直来直去，质朴而少装饰，我比较喜欢这类生动自然而有古意的作品。

魏晋是书法史上笔法的成熟时期，学习书法没有不从"二王"获得笔法的。王羲之的书法，是中国书法艺术自觉化的产物，又是魏晋以来文人书法流派的结晶，是王羲之的伟大创造。汉末以来，书法自觉化的明显趋势是求美倾向，钟繇在朴风尚浓的阶段，使书法更为典丽，到了王羲之，成为书坛求美大趋势的集大成者，后世尊为"书圣"。唐代张怀瓘《书断》中称王羲之"开凿通津，神模天巧，故能增损古法，裁成今体"，梁武帝萧衍《古今书人优劣评》称其"字势雄逸，如龙跳天门，虎卧凤阙，故历代宝之，永以为训"。"龙跳"谓之动态，"虎卧"谓之静态，王字中的"动""静"合一之美深刻地影响着后代书法的发展。王羲之的书法表现了东晋文人的精神面貌，完成了魏晋时期书法史上最重大的变革，将书法艺术推向历史的高峰，成为后世文人书法取之不尽的源泉。

王羲之书风对后代的影响在哪里？楷书一脉，初唐欧、虞、褚、薛均从羲之的真书中走出，至颜真卿临摹王羲之，并糅入北朝雄强之质，又加以装饰和放大，转妍为质，形成颜体一派。行书一脉，王羲之蕴涵着"平正"和"欹侧"的两个方向，以后成为帖学两大派系的策源地。智永、虞世南、褚遂良、陆柬之、蔡襄、赵孟頫、文徵明、董其昌等继承其平和秀逸一路；王献之、李世民、欧阳询、李邕、颜真卿、杨凝式、米芾、王铎等发展其欹侧跌宕一路。其中，尤以颜行书风强烈而开新脉。王羲之草书一脉，除智永、孙过庭传承其法外，从王献之到中唐张旭、怀素，又将其纵逸一路向前推进，在中唐卷起狂草波澜，形成唐草的新传统。到了明代后期，再掀新的高潮。这些可以看出，王羲之蕴含的艺术容量是十分巨大的。

王献之与其父羲之并称"二王"，代表了更新的潮流，名响当时。从王献之于其父后崛起，到梁武帝时代，南朝的文人流派书法时兴王献之的书风达一个世纪。梁武帝登位后，钟、王书法重新兴起，然小王笔法已融入文人书法流派之中。理解了"二王"，对于认识古典笔法、认识书法之法是多么重要！

在魏晋时代文人流派书法的大变革中，书法理论得到了很大发展，它是书法进入自觉时代后的必然产物。流传至今的有西晋卫恒的《四体书势》、索靖的《草书状》、传为卫铄的《笔阵图》和传为王羲之的《题卫夫人笔阵图后》等。这些书法理论，奠定了中国古代书论的基础，这也不能忽视。我编了一本《汉魏六朝书论要诠》的教学讲义，把这一时期的书论分字体、批评、书论、书史、技法、著录、鉴定七个类别，便于理解早期书学的发生和开始。

唐代也是书法史上极其重要的一个时期，唐代的楷书、草书、

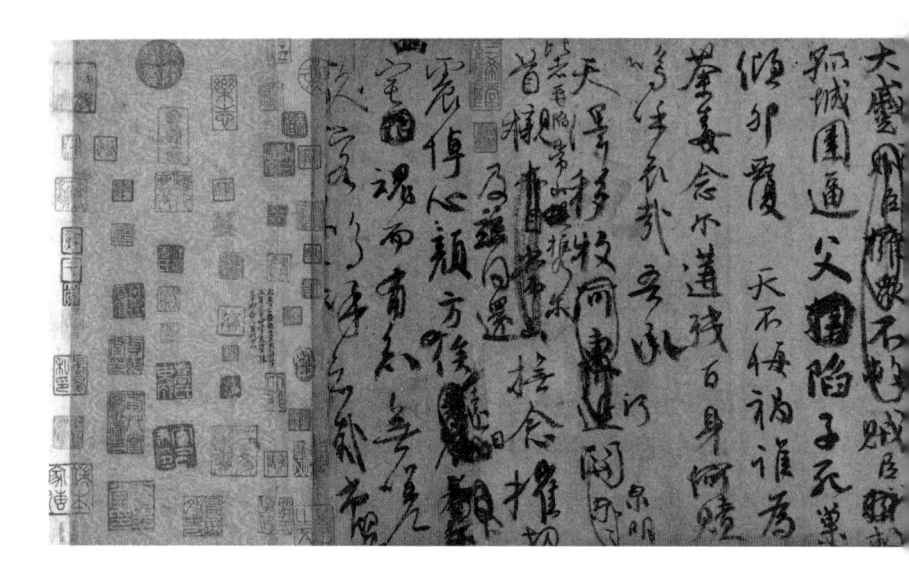

行书，都取得了很大的成就，这段时期的作品我最喜欢颜真卿、李邕和怀素。

颜真卿的崛起，是中国书法史上继王羲之之后的又一座里程碑。苏东坡《东坡题跋》卷四曾指出颜书与钟王为另一系统，他认为钟、王之迹萧散简远，妙在笔墨之外，至唐代颜、柳，始集古今笔法而尽发之，"诗至于杜子美，文至于韩退之，书至于颜鲁公，画至于吴道子，而古今之变，天下之能事毕矣"。米芾在《跋颜平原帖》中曾批评颜体的"挑剔"："颜真卿学褚遂良既成，自以挑剔名家，作用太多，无平淡天成之趣"，"大抵颜挑柳剔，为后世丑怪恶札之

(唐)颜真卿 祭侄文稿

祖,从此古法荡无遗矣"。这种批评是从晋人的立场上来看的。较之东晋、北朝楷书,颜真卿与受其影响的柳公权楷书在审美意义上都有明显的变化,使唐楷在中唐时期形成了一种崭新的风貌,明显区别于初唐。他在晋楷的媚美、北朝楷书的质朴之外开掘出雍容博大的楷书"庙堂"系统,字形变大,强化起笔落笔之顿挫,在笔画起止的两端,点、钩、翻折关节处都多加顿挫、挑剔的装饰,以此丰富、弥补楷书放大后的空乏。我从小学习颜真卿的中楷,对其特有的笔法是慢慢体会到它的妙处的。

我研习最多,也最喜欢颜真卿的稿书,特别是《祭侄文稿》。

颜真卿侄颜季明在"安史之乱"中惨遭杀害,他以十分悲痛的心情写下一篇祭文。通篇用笔遒劲而浑穆,凝重而苍涩,具有古朴的篆籀气,轻重缓急随文而就。结字大小相间,变化多端,增删涂改,真、行、草书相互夹杂,整幅作品在看似狼藉的点画中表现精妙丰富的笔法。用墨忽浓忽淡,忽枯忽润,创造了一种气势雄浑、率真烂漫的书法典型。

晚明倪后瞻在《倪氏杂著笔法》中称:"《祭侄文稿》纵笔豪放,一泻千里,时出遒劲,杂以流丽。或若篆、籀,或若镌刻,其妙处殆出天造。下笔之古,如虫蚀叶。""如虫蚀叶"正是他作品中的篆籀气。米芾《书史》评此帖在颜书中"最为杰思,想其忠义愤发,顿挫郁屈,意不在字,天真罄露,在于此书",并将此帖推为鲁公行书第一。

米芾从晋人书法传统的立场对颜体行书的赞扬和对颜体楷书的批评,实际上为后人指出了颜体行书与晋人行书的一脉相传,而颜体楷书与晋人楷书的笔法不一,属于两大系统。颜真卿行书对晚唐诸家、五代杨凝式以及宋四家都产生了重要影响,清人刘墉、伊秉绶、何绍基、翁同龢都以学颜著名。我的书法受颜真卿的稿书影响很大,特别是他把书卷气和篆籀气融合得那么好,实在是太难得了!

怀素书法有一种连绵之气,值得借鉴。他远师"二王",近法张旭、颜真卿,最后自成面目。他在张旭狂草的基础上进一步发展,得到了当时文士如李白、戴叔伦等人的广泛认可,声名大振,怀素和张旭两人被黄庭坚誉为"一代草书之冠冕"。张旭草书多天性,怀素则多在积学。怀素草书多古意，千变万化而与晋草一脉。传世真迹有《苦笋帖》，用笔圆劲，墨气精彩，一派天机，明人项元汴跋此帖称其"藏正于奇，蕴真于草，合巧于朴，露筋于骨"。怀素于大历十二年（777）年所书的《自叙帖》是唐代著名狂草书迹，为后世学习草书的范本，笔势纵横，意态飞动，极富变化。清安歧《墨缘汇观》卷一评其"纵横变化，发乎毫端，奥妙绝伦，有不可形容之势"。我经常看，但临摹并不多。

盛唐时期行书我还喜欢李邕。他是扬州人，《文选》学师祖李善的儿子。曾被贬北海郡任太守，世称"李北海"。李邕变王羲之的行法，顿挫起伏，既得其妙，复乃摆脱旧习，笔力一新。李阳冰称他"书中仙手"，董其昌说："右军如龙，北海如象。"他的《麓山寺碑》用笔坚实凝重，方圆兼施；结体内敛外放，字势欹侧多姿，雄伟豪逸，为他前期书法代表。《李思训碑》雄健豪爽，洒脱而不失闲雅；字势生动自然，欹侧宕荡，为盛唐行书豪放一路的典型。齐白石、林散之先生也喜欢李北海，是因为他的字有骨力，值得学习。

初唐时期草书我还喜欢孙过庭的《书谱》。《书谱》既是一件草书之精品，又是一部书论名著，对后世有重要的影响。《书谱》为小草书，得"二王"之法，笔势坚劲，后半卷愈益恣肆，妍润而生辣。米芾《书史》赞其"甚有右军法，作字落脚，差近前而直，此乃过庭法。凡世称右军书，有此等字，皆孙笔也。凡唐草得二王法，无出其右"。《书谱》是唐代继"二王"草书书风之后的第一个高峰，后世习草者，多取之为范本。明代宋克曾用章草写《书

挫於豪芒況乃積其點畫乃失 字
停寬人樓俯習寸陰引班超以為辭援項籍
而自滿任筆為體聚墨成形心昏擬效之
方手迷揮運之理永 妍妙不 深芜
买子 子 野嗜 本楊雄謂 小道壯
支品 況 田二豪龍 精擒 去也
夫潛神對弈猶標坐隱之名樂志垂綸尚體
行藏之趣詎若功宣礼樂妙擬神仙猶延埴

（明）宋克　临书谱

谱》。我学《书谱》，全写小字，求它的精微用笔。我曾看到有人用放大本的《书谱》学，味道全不对了。

孙过庭《书谱》不光字好，还是古代书论史上的一部重要著作。首述汉魏以来的善书者，以确立王羲之在书史上的地位；对书体源流、书体特点、书品标准、书法技巧、书势、书意创作经验、各流派的优劣做了论证，对四体特征做了高度概括："篆尚婉而通，隶欲精而密，草贵流而畅，章务简而便"，对"执、使、转、用"的技法做了总结，提出"察书者贵精，拟之者贵似"的基本方法，还提出了"平正—险绝—平正"的学书之路，我经常揣摩，说得非常有道理，值得细细体会。

宋代尚"意"，米芾也好，苏东坡也好，他们作品里面都有很多鲜活的东西，特别是米芾，我临得最多，尤其是他的手札，八面来锋，精彩之极！米芾在《海岳名言》中自称："取诸长处，总而成之。既老始自成家，人见之，不知以何为祖也"，即人们所称的"集古字"。他曾将所藏晋唐真迹，无日不展于几上，手不释笔临之，夜必收于小箧，置枕边才眠，他还说："一日不书，便觉思涩"，又称"意足我自足，放笔一戏空"，其率真狂放如此。米芾用笔爽劲利落，随意而适，尤其是在中侧锋的转化中极见精妙，八面出锋，富于个性的"钩"画从王羲之、褚遂良中出而有性情。和黄庭坚一样，米芾也喜欢书法的欹侧而不是平直，而黄字多谨严含蓄，米字却更多随意生发，结字灵活多变，姿态飞动，欹侧但不失稳健，俯仰间而又有照应；章法则用字与字之间的挪让和或大或小的字距来打破单调的直线行款，行气生动流畅，在《箧中帖》《张季明帖》

《临沂使君帖》等作品中还运用了王献之"一笔书"的方法,突出其"运笔如火箸画灰,连属无端末"的特点。用墨浓淡相宜,那时常出现如刷一般的飞白,使米字显得更加苍劲有力,遒健俊拔,趣味盎然。苏轼称赞米芾的行书"风樯阵马,沉着痛快",说得很准!我学习米字,崇尚他的天真自然,这是我终身受益的。

晚明、晚清、近代也是书法史上的高峰,出现了董其昌、王铎、赵之谦、吴昌硕、齐白石等大家,都是我喜欢的。其中董其昌、王铎在帖学上成就很高,吴昌硕、齐白石成就在碑学,都是求古知变者,对我影响很大。

我创作受他们影响,又从秦权汉器中找生动而古朴的趣味。主要往"款识体"和"稿书"两个方向发展。现在很多人写"二王","二王"固然好,但把"二王"写僵化,就没有灵性了。我认为书法是个很难"完美"的艺术,几乎每一张优秀的作品你都能找到"瑕疵",但这没关系,好作品就应该看他好在那里,为什么精彩,哪里精彩。所谓风格,其实就是作者写字的习惯而已。

好的艺术家应会思考中国书法史上的经验,还应有较好的文学或学术上的修养。近代以来,吴昌硕、黄宾虹、齐白石、傅抱石等都是书、画、篆刻、诗文或学术兼通的大家,光靠练习是不够的。当然,"书内功"是基础,"书外功"是持续进步的源泉。艺术家应具备独立的艺术思想,不是跟风,要修炼和思考,多学古而不泥古,不刻意求怪而自有奇,要做到和而不同,所谓风格都是水到渠成的事。文人要有自己的性情和品位,追求高尚和雅正。

中国书法到了明代后期以后,特别是经过清代的发展,碑学已经成了中国书法一个很重要的阵营。过去的书法一般都是讲帖，法帖、刻帖、墨迹。清代碑学发展很快，其中有多种多样的原因，其中一个很重要的原因是人们书法观念的改变，重视碑版书法的价值，随着金石学的发展和大量碑版出土，很多学者在研究金石的同时关注书法艺术所带来的美感，注意挖掘碑中之美。在书论上，从最初阮元的《南碑北帖论》《南北书派论》，到包世臣的《艺舟双楫》，康有为的《广艺舟双楫》，以及后来系统研究碑刻的叶昌炽的《语石》，都是从理论上对碑学进行研究。碑学在清代成了特别重要的一脉，一直影响到我们今天。

近二三十年来，帖学得到了进一步的发展，人们思想观念的变化，以及现在出版传媒的发达，使大家有机会能够见到古代很多优秀的墨迹本藏品，对帖学的认识又进一步地提高。这样就使得碑和帖在当代都有着比较大的发展，出现了很多优秀的书法家。帖派跟过去相比，条件相对更好一些，以前写帖，看刻帖、看翻刻本、看珂罗版，现在真迹都有机会看到了。

书法创作上最终应该是碑帖殊途同归，归于美感。不管是你写碑也好，写帖也好，写到最后都要写得好看，写得协调，能融合在一起。碑帖融合应该是今后书法发展的一个方向，但是这条道路很漫长。碑和帖从用笔的方法来说是两个系统，碑有碑的方法，帖有帖的方法，碑和帖之间怎么样能够融合在一起，这个很值得研究。清代以来已经有不少人在探讨这条道路，比如赵之谦，碑帖都有，想把北碑的一些方法如起笔、结体和帖融合，做了有益的尝试。如沈曾植是个大学问家，对经学、史学、舆地、佛学、文学都有研究，我很佩服他。他也想走融合这条道路，形成生拗的别趣。每个人走的道路都各有特点，他们究竟融合到什么程度，融合得是否成功，值得研究。沈曾植早年潜心帖学，后得笔法于包世臣，壮年后喜欢张裕钊，其后由帖入碑，要融合南北书法于一体，曾熙评他"下笔有犯险之心"，很有意思。他那种融合的方法，受包世臣"铺毫""转指"之类说法的影响，点画多用侧锋，用笔顿挫，隔而不畅，给人一种"生涩"感，字很沉着，感觉到一种生拙奇特的笔趣在里面。但这种融合取得了多大的成功？一种书法风格的形成怎么样来看待它？这种风格价值在哪里？容量有多大？都值得思考。

无论是写碑，还是写帖，都有写得特别好的，但探索碑帖融合，不是一件简单的事情。一方面，纯粹写碑的人，有很多实际上对帖的笔法并不熟悉，甚至于很多名帖，你让他临也临不像，甚至是临不出来的，原因是对细腻的用笔方法并不熟悉，往往大而化之，理解得并不深入。另一方面，纯粹写帖的不少人，就像刻帖发展到一定程度一样，也会写出来一股"枣木味"，如靡靡之音，缺少力量感和生动性。刻帖是用木头或石头把它刻出来的，刻出来以后，"书写"的生命性就僵化了，这也是帖学后来受到批评的重要原因。我看到很多人临摹王羲之的字，临摹到最后，王羲之那种散逸、那种自然的感觉没有了，变成一种机械的东西，就缺少那种味道了。

碑帖融合，一方面强调它的探索是必由之路，另一方面怎么来融合，怎么样融合得协调、美观，而且要能够有一定的容量，能够持续地发展，这个是很大的课题，值得研究的课题。比如说有的人写碑，写《张猛龙》，能不能和王羲之融合呢？就像我们刻印章一样的，有时候四个字、六个字放在一起，字是刻上去了，但是好看不好看呢？这是个问题。碑中有帖，还是帖中有碑，能不能融合得进去，能融多少，融合的共性是什么，这里面有很大的学问，值得细细考量。

当代书法创作有两个方面的倾向：一方面，是一批年龄稍微大一点的中年书家，能够独立思考，能够潜心修炼，并且秉承自己的艺术理念在往前走。我接触到不少这样的前辈，他们主要是自己来修炼，形成个人的某种面貌。另外一方面，集体活动太多，书法展览会过度，过度以后就形成了一个群体，一个展览书家群，为展览而写，为活动而写。"古之学者为己，今之学者为人"，很多人就成了"为人"而写的了。优秀的艺术家在"为己"而写，也有一批人是为活动而写，为展览而写，这种人常常会在书写中迎合别人，失去自己。

今天我们的创作，应该反思中国古典传统对创作的指导意义。首先谈技艺问题。苏东坡论书讲"精能之至，反造疏淡"，董其昌讲"熟后求生"，刘熙载讲"由工求不工"等，这些理论强调了技艺的重要，同时也消解了书写的技艺。书家在掌握技法中达到了"无意""天然"的自由境界。技法是人们普遍公认的实践形态，所谓"精能""熟"，指书家已在相当程度上把前人对美的把握，积淀成了自己的"血肉"；而"疏淡"和"生"，则是指书家在前人所创造的美的起点上进一步表现对美的新认识和创造，既不是对前人的重复，更不是一种退步。

"巧拙"也是一个常常讨论的问题。"巧"的概念相对于"拙"，在这一对范畴中被看作"雕饰""取巧"的意思,但"巧"也指"灵巧""精熟";"拙"则指天然、率真的含义,在一定的程度上又是"疏淡""生""不工"等审美观念的延伸。黄山谷说他的书法"拙多于巧"。傅山"四宁四毋"说则将巧和拙的含义引向极端,其论原本是针对风靡当时的崇尚流美的赵、董书风而言,主要不在帖学范围内讨论的。由于傅山提倡写汉碑,"四宁四毋"的内涵已经涉及碑学,并且在碑学理论中发挥重要影响,其引导人们去感受民间的碑刻之美,从而激励一种富有生命力的创造精神,是值得推崇的。但一些由民间书手和刻工率意而成、审美价值并不很高的碑刻,也由于"四宁四毋"的审美观而被涂上了至美的色彩,并过分夸张溢美了,今天许多追求"艺术感"的人,往往在审美趣味并不高级的民间碑版中寻找创作灵感,有时是本末倒置的。

古代书论中,常将"逸品"视为书法的最高境界。"逸品"最早出自《梁书·武帝纪》中,称"棋登逸品",在书论中,唐代李嗣真《书后品》提出"钟、张、羲、献,超然逸品"。古代书论中的"逸品"和"神品"既有联系,而往往格调更在"神品"之上。它在"神品"基础上,更强调天真烂漫,所谓"无藉因循",超逸优越,无意取态。"逸品"将创作过程中的"无意"而获得的艺术效果具体化为一种艺术的品格和审美的典型,如历史上的"二王"、旭、素、杨风子、米芾、董其昌等人的作品都是这样。今天许多人都强调视觉冲击力,剑拔弩张、用笔趋同、奇而不安时,我们书写中能否多点逸致、多点雅趣呢?

我曾说过,书法要具备四个品质:技术品质、艺术品质、人文品质和哲学品质。现在的书法创作多为技术书写。很多人技术上是没问题的，对用笔的方法，对整个作品的布局都已经比较好了，但他这种书写往往停留在技术上，缺少文化品格，现在有人提出"日常书写"这个说法，日常书写实际上也是对过分强调展览的一种回应。古人的书法都是自然而然来写的，在书斋活动中或文人雅集中产生好的作品，是非常私人化的行为。现在书写变成一种社会行为，非要把个体的行为变成一个社会行为，往往社会就会形成一个群体，专门琢磨迎合展览等事情。从艺术本身的规律来说，往往会失去一种个体的创造性，喜欢盲目跟风。在书法普遍职业化的时代，更要学会独立思考，除技术品质外，怎么样提升书法的艺术品质和人文品质，我认为这个值得思考。

国家汉办请我去给孔子学院准备做老师的一批学员上课，我跟他们讲，不要把中国书法的传播等同于剪纸、舞狮子，这实际上把书法的文化品位降低了。作为一个中国文化传播的工作者，应该重视传播书法的文化品质、艺术品质，并通过技术品质体现出来。

以中国书法家协会成立为一个标志，当代书法在中国发展已经走过 30 年的历程，在这个过程当中书法出现了一个怎样的局面呢？我以为大约有四：一是碑派仍然在延续，从清代以来开始直到今天，成为书法界最重要的力量之一。二是帖学的复苏，随着各种大的博物馆藏品的不断公开，历代经典古帖真迹的展现，为我们今天学习书法提供了非常好的范本，古人没有的条件我们今天有了。比如到故宫去看兰亭，可以看到很多王羲之书法的摹本，好多真迹都可以亲眼目睹，所以，当代帖学的发展已经成为一个时代的创作路径。

三是把碑学和帖学融合在一起的新模式。当然，这种模式从清代开始就有人探讨了，比如赵之谦、何绍基等都是在探索这条道路的先辈。四是吸收了一些当代艺术和西方绘画的元素，超越日本现代书法，形成中国当代艺术及书法创作模式的形态，也就是说用多元的观念和方式去创作，代表了一种中国书法的新发展趋势，记录中国书法新历史的形态。当代书法既不同于传统的碑派也不同于帖派的发展，它不光探讨笔法上的问题，还探讨创作的观念。

2014

"印内"为体　"印外"为用

我上小学的时候，在江苏兴化老家就喜欢找点材料，什么瓦片、胡萝卜啊就开始刻，还没有入门，只是喜欢，那是入不了门的，因为没有老师指点，也不知道怎么弄，也不知道看什么书。后来我在高邮师范读书的时候，自己摸索，课后常常买些石料自学。学校有一位老师喜欢篆刻，也指导我们学。但是他格调并不高，也没有什么明确的方法，读书时我就刻过一些印章，我同学还有我那时的印花，刻得并不好。我回高邮，老师还在讲当时我上课的时候偷偷刻印，那是真的喜欢。

1992年保送上大学，有幸随祝竹先生学印章。祝先生在南京读大学，曾随丁吉甫、罗叔子两位先生学习治印，后来长期生活在扬州，又师蔡易庵先生、友桑宝松先生，都是扬州有名的篆刻家。他的生活是典型的文人闲适生活，印作平正典雅，适合初学。

祝竹先生很谦和，常常鼓励我们，兴趣越来越大，学生时代我就临了数百方汉印。跟祝先生学了以后我才开始走上正途，对印章才有了真正的理解。一开始他就让我们学秦汉印，他家里有很多原大的印拓，一本一本的，他在印谱中的好印上画圈，要我回去临摹。几天后过来把临摹的东西给他看，他再批，哪好，哪不好，好在哪里，不好在哪里，就这样反反复复。汉印古朴，这对我写字很有影响，我喜欢碑刻这类东西，当时对帖学还没有认识。我对于篆刻的理解都是平时老师跟我们闲谈闲聊中一步步深入的，在评古代的印章，谈当代的印章和自己刻的印章的过程当中得来的，理解后再来学习，这种学习方法当代人已比较少用了。

印章入门要正，要蒙养，既要典雅，又要平正。对我们刚刚学印的人来说，学习秦汉可以打下了很好的基础。学习秦汉印，找到自己的风格。历史上名家多是宗法秦汉的，不同的人从中得到的感受也是不一样的。吴昌硕从中找到了朴厚，黄士陵找到了光洁，齐白石找到了对比。我比较注重气息。气息是一种美好的东西，它不是某个具体的技法，也许技法并不成熟，但是一看调子很高，这是气息。我的印风不是那种特别抢眼的，追求隽永、典雅、悠长，慢慢地看和品味，印章里面既要表现个人的感受，又要有古意。古意很难，多少年下来，我觉得要想刻出一种新的面貌出来并不难，但新而合古，要天然地与古连接在一起，这不是一件容易的事。古人讲借古开今，确实不易做到。

我刻过很多的印，满意的并不多，随刻随磨，特别有心得的、刻的好的确实是比较少。追求的过程很快乐，努力想表现一种风格。北京画院开齐白石研讨会，当时请我去谈齐白石的篆刻，还出了齐白石的印谱。齐白石很了不起，印从书出，真正形成个人的面貌。我的印章里比较喜欢用汉金文，我想和我的书风也是比较统一的，用汉金文，在汉印的面貌基础上能够区别于通常的汉印，有金文的趣味在里面。所以我配篆的时候，一般都比较注意字与字间的笔画，配到印里面，既要统一又要有所变化。

朱天曙　水墨清华

篆刻在明代以后，成为文人活动的重要内容。我18岁起从扬州祝竹先生学印，才慢慢知道印章的妙处。扬州刻印有传统，从清初程邃，到邓石如，到吴让之，到近代蔡易庵、桑宝松等一脉相传。我在扬州生活，看到的、听到的关于印章的东西很多，对印有一种特殊的感情。研究生时随黄惇先生学习，他兼印人和印论家于一身，其很多高论对我很有启发。他的印章朱文尤有特色，用汉金文入印，用笔峻劲，典雅悠长，又用明清瓷押法入印，真是妙不可言。

我刻印章，学秦汉印，学吴昌硕、黄牧甫、齐白石等，希望学到他们和我内心相契的东西。古玺不太刻，虽然很古，但想要表现得好不容易。秦印喜欢半通印，汉印也不是全喜欢，有选择的学习，受黄、祝两位老师影响，汉金文我学习最多，我案头的秦汉金文资料最多，常常拿来揣摩学习和运用。

吴昌硕印，很多人说不能多学，习气重。吴昌硕用钝刀表现厚重之趣，寓妩媚于奇崛之中，融入书法趣味，宽博沉雄，开一代风气。他精彩的印都是天成的，我喜欢他的小印，选择了其中一些适合我的学。如"酸寒尉印""安吉""缶道人"等急就而成，天真、自然、不事雕饰，但往往学他的人都学他做得厉害的印，事实上，他的好印都是不太做的。黄牧甫的印如"赓午私印""书远没题年""国钧长寿"等一类的作品，有"走刀"的感觉，不刻板。我曾下功夫研究过齐白石，但我不全学他的形，体会他的开合变化和配篆机巧。

我的印是传统的血脉，在形式上也有个人的语言。如我喜欢"留红"，这是学赵之谦体会的，喜欢出边，这是学齐白石体会的，喜欢"挑笔"，这是学吴让之体会的，喜欢残破，这是学吴昌硕体会的。总之，我觉得前人好的东西，适合自己的，就可以"化"为我有。"不化"不行，太机械了。把前人的东西"拿来"放在自己的锅里煮成饭，才是自己的，所谓"讨千家米，煮一锅饭"。吴昌硕讲"贵在真意求其通"，说得很对。"印内"的功夫、涵养、古意是"常"，"印外"的天然、情致、新意是"奇"，我希望能做到"印内"为体，以"印外"为用。

2014

金石笔法入画图

我在高邮师范上学的时候，学的专业是美术专业。这么多年来一直在学校读书、教书，可能每一个时期的侧重也不一样，但对绘画的兴趣一直没有断过。我山水、花鸟都作，人物很少。山水取法黄、倪和清初八大、髡残、石涛较多，近代最爱黄宾虹和傅抱石，花卉学沈石田、齐白石，常常写生身边的景物。我喜欢的，大部分是书画兼擅的写意画，不太喜欢作工笔。

书画是密切联系在一起的。中国画是完全用线组织而成的，线是中国画的基本条件。墨也是一样，通常说的"笔墨好"，把"墨"和"笔"联系在一起。中国画的工具、形式也都和书法一样，可以说，书和画是中国艺术的双胞胎。古代很多书画家都是兼修的。明代的徐渭、近代的吴昌硕既是书法家又是画家，都是联系在一起的。

古代有一句话："画，文之极也。"有时候用文字没办法表达的时候，用画来表现，意义无穷。近代以后，有很多人画画已经不考虑跟书法结合在一起，纯粹变成一种造型艺术了。我不赞成把中国画归到造型艺术，中国画应该属于人文艺术，要有人文情怀。

文人画首先要求画家是个文人，作品要文气，要有古典、文雅的气息。现在中国画受外来绘画的影响，受社会分工越来越细等多种因素影响，出现了美术展览式的画，很多是中国材料的画而不是真正意义上的中国画。书法的用笔方法在绘画里得到体现，这才是我所要的。比如我们写篆书，篆书用线，它和我们绘画里面的线从审美趣味上来看，具有共性。书法和绘画两者之间，相辅相成，相互影响，书法的用笔可能影响绘画的造型，绘画里的技巧反过来也会影响书法。现在的中国画不能忽视书法上的修养。

  绘画里的"书法性"非常重要。众所周知，山水画里有一种方法叫"皴法"，画画的人都用皴法，但写书法的时候，里面没有一个笔法叫"皴法"。但是随着碑学发展以后，这种皴法在书法里就体现出来了。比如有时候我可能想要表现一块苍茫的、模糊的东西，也就是通常说的"金石气"，有些地方不需要交代太清楚，有一种不可名状的东西要表达的时候，我们经常会用皴法，这就是绘画技法对书法的影响，拓展了书法用笔的表现力。过去我们写帖，用笔的方法诸如起笔、收笔、中锋、侧锋、提按，但没有谈到一个"皴"的问题，这个皴的方法用来表现书法中的"金石气"就很有审美价值。中央美院王镛先生写字就常用这种方法，他画山水画对书法是有影响的，拓展了书法的表现力。所以，懂得绘画的人写的书法和纯粹的书法家比，在表现力上应该是更丰富的。我喜欢画画，我就觉得画画的这种感觉也可以用在写字上，写字的东西也可运用到画上，两者之间不断补充。

  我比较偏好元人和清初的绘画，如黄公望、倪云林、渐江、石涛。近现代画家黄宾虹、傅抱石、齐白石的画，我也都喜欢。比如齐白石的画，不仅有书法的要素，而且还有对形的塑造，包括以墨色为主的这种色调。齐白石重写生，把东西画活了，这对我也有影响。有时候孩子在家里的时候，说"爸爸你给我画张画"，我就画身边比较熟悉的玩具、花草这类东西。我在家里和夫人一起画画，看到一棵树很漂亮或者看到一片风景，我们两个可以一起画，这种方式把写生和传统的技法结合在了一起。

从晚清到近代，诗、书、画、印三者有机的统一，这是个创造。吴昌硕、齐白石把这种统一发展到一个新的高峰。吴昌硕自己说"画与篆法可合并""谓是篆籀非丹青"。吴昌硕篆书用笔，追求圆钝雄浑之趣，面目独特，异于他人。花卉亦工亦写，质朴而雅致，富于金石味，配以行草诗文长款，使画面生动而富于人文气息。可以这样说，他的画中有金石，金石中有书法，书法中有画面，相依相存，相得益彰。齐白石也是如此，重书画印章三者的内在融合，是近代成功的例子。

能将书、画、印三者有机统一是我努力的一个方向。我也学写诗，不一定成为诗人，是希望能够增加这方面的修养，尽可能地融合在一起，形成比较统一的整体。"贯通"，这是最不容易的。比如一张画上的题款，盖的印章，还有绘画的语言能够融合在一起，从这个里面能读到一些意味出来。

我的老师卞孝萱先生是南京大学教授，著名的文史专家，曾经给我讲，做学问要做到"专""通""坚""虚"四个字。"专"就是学业有专攻，在此基础上强调通，"通"就是要贯通、融通，要举一反三。他这句话也是我在艺术道路上的启明灯。同时卞先生还教育我一句话叫做"天圆地方"，什么叫"天圆"？就是要融通、要灵活，"地方"就是我们这个板凳要坐得稳，要下硬功夫。两者结合起来，就真正做到"天圆地方"。这对我的创作很有启发。要谈我的绘画理想，就是文人画的理想，以我的书法金石入画。

在近代大家中，黄宾虹书画诗文，皆臻绝诣，深为艺林所重，我很佩服。作为继承新安画派的山水大师，其画风伟峻沉厚，独具魅力，这来源于他对书法的精研上。包世臣《艺舟双楫》中关于书法内力内美的理论深深打动过他，这种内力内美是无形巨力、难见其真美，而古文字则暗合了这种"美"，故他精研古文字，熟谙钟鼎古玺之证。他曾言：不研金文，不谙章法之妙。他的篆书取三代古文天然朴拙之奇趣，深刻理会线条韵致，苍古秀润，抒发性灵，强调情趣。他对书法的用线、章法、笔墨、空间美感等多方面的处理完全符合其对山水的审美趋向。除了篆书之外，他对汉魏名碑都曾遍览和研习。一生中他的行书创作也很多，笔无定迹，信手拈来，萧散而富于逸气，不经意处显神采，并富于山林气象，精彩之极。

黄宾虹的篆书也好，行书也好，在白与黑、浓与淡、清逸与浓厚、疏松与密集关系上，都朴拙天成，浑厚华滋。他曾在一画中跋："恽道生论画，言疏中密、密中疏，南田为其从孙，亟称之，又进而言密中密、疏中疏。余观二公真迹，尤喜其至密者，能做至密，然而疏处得内美。"他的绘画笔法，波折锋芒，苍厚老辣，刚健多姿，这都来自他对篆籀和古玺印文字的锤炼。他说："笔墨之妙，画法精理，幽微变化，全含于书法之中。"又言："钗股、漏痕、枯藤、坠石，画中笔法，由字写来。"他晚年熟练运用平、圆、留、重、变五种笔法，浓墨、淡墨、破墨、积墨、泼墨、焦墨、宿墨七种墨法，阐明笔画之奥，并创章法之真，其书与画有同工之妙。

黄宾虹书法贵在造化，在极端尊崇传统的基础上发扬、创造和凝练，是他长期浸淫大自然中所获得的，天然之灵气，万物之生意，跃然纸上，不求气韵而气韵自生，不求法备而法自备，我从中得"涵养"二字。

我还特别喜欢石涛的《画语录》，他主张"书画本一体"，里面有一章是"兼字章"，画画的人要懂得书法，不懂得用笔，画就画不好。他说："字与画者，其具两端，其功一体"，他强调"化"，"有经必有权，有法必有化。一知其经，即变其权，一知其法，即功于化"，"法"与"化"两者是相辅相成的。他的"一画论"核心就是书法之"笔"，这已经成了艺术史上的一个经典。

原载《中国书画》2014 年第 12 期

"文献"与"德性"之间

我的家乡兴化在文艺上历来有传统，大家熟悉的"扬州八怪"里面就有两家是兴化人，一个是郑燮（板桥），一个是李鱓（复堂）。晚清时期，老家的莲溪和尚与著名书画篆刻家吴让之是好朋友，画格也高。咸丰年间的兴化县志中，记载的书画名家就有五十多位。在文学上，元末明初的施耐庵和他的《水浒传》赫赫有名，晚清文艺理论家刘熙载著作甚多，《艺概》是他的代表作，据说墓地就在我老家的邻乡徐杨镇。老家还有著名学者，如任大椿研究名目制度，搜辑小学佚书，所著《字林考逸》《小学沟沉》都很有影响；史学家李清著有《三垣笔记》《南渡录》《南北史合著》，他家族中的很多人也很有成就，后代李骥与大画家石涛晚年为至交，曾为石涛写《大涤子传》；李审言作为"扬州学派"后期的代表，在骈文、方志、金石、目录、选学等方面都有贡献。此外，范仲淹、孔尚任等先贤也都曾在兴化做官，在文坛留下美声。老家有这种文化渊源，我一直为家乡的文化引以为豪，曾用陶印刻过一方"兴化人"，至今一直在用。

我从小受家庭熏陶，在长辈的指导下，临池不辍。对书法研究的兴趣则是从大学时期开始的。1992年，我被保送到扬州大学历史系读书。扬州历史上的书法家很多，唐代的李邕，被李阳冰称为

"书中仙手",董其昌有"右军如龙,北海如象"的评价。清代的扬州更是名家辈出,石涛、程邃、金农等无不寓居于此。扬州学派当时也影响极大,高邮"二王"——王念孙、王引之都是扬州学派的中坚。清代学术上,"吴派"和"皖派"之外就数扬州学派了。历史系四年的专业学习使我对书法史有了一定的了解,学习了文献学基础、中国古代断代史、中国文化史、文史工具书使用等课程,收获很大,慢慢学会了用历史学、文献学的方法研究书法艺术。当时我的任课老师陈文和先生正在编《钱大昕全集》,我开始注意老师收集资料的方法,学习他考订文献的方法。我的本科学位论文是写明代初期台阁体书法的,后来还在全国第五届书学会上得了奖。这是很大的鼓励,我对书法史研究的兴趣也更浓了。大学四年期间,还有幸随祝竹先生学习篆刻,这一时期,他在校读钱大昕《潜研堂金石文字目录》和《潜研堂金石文跋尾》两部书,也慢慢知道校书的一些方法,这些使我终身受益。祝先生为了鼓励我,还把他的一方白文代表作"灯前且作校书郎"送给我,我一直精心保存着。

2000年,我考入南京艺术学院读研究生,在导师黄惇先生门下学习,开始接受完整的艺术训练和学术训练。黄先生有家学,学问底子好,书法篆刻兼擅,看问题很准,他的研究常常结合他个人的艺术实践,解决了我学习过程中的很多困惑。他又非常会培养学生,思路很清晰,讨论问题常常说到点子上。先生书法篆刻的创作和研究兼长,在全国也是极少的。加上他的治学方法也是传统的朴学方法,我受他的影响比较大。当时他正在写《中国书法史》的元明卷,我常常帮助查核文献,接受了系统而严格的训练,更加注重艺理和学理。

南京大学卞孝萱先生是我的恩师，也是扬州人，现在已经去世了。先生曾任教于扬州大学历史系，对我从事研究影响很大，教会了我很多治学的方法。卞先生是范文澜先生的弟子，是大学问家，他很注重文献学的方法，让我也要重视这个传统。后来我从事艺术研究，很多是卞先生帮我审稿，帮我写序，比如我编校整理的十八册《周亮工全集》就是卞先生给我写的序。我的教学讲义后来由文化艺术出版社整理成《中国书法史》出版，卞先生很高兴，为我写序，他用柳诒徵先生的《中国文化史》来讨论《中国书法史》，对这部小书给予很高的评价，嘉勉后学尤多。卞先生曾经对我讲，做学问要做到"专""通""坚""虚"四个字。"专"就是学业有专攻，在此基础上强调通；"通"就是要贯通、融通，要举一反三；"坚"就是坚定的坚，爱好一个东西你能够坚持下去，一个观点能够坚持；"虚"就是话不要说死，还会不断地进行补充，进行修订完善。他这句话也是我在艺术研究道路上的启明灯。同时他还教育我一句话"天圆地方"。什么叫"天圆"？就是要融通、要灵活，"地方"就是我们这个板凳要坐得稳，要下硬功夫。板凳如果是圆的话，我们是坐不住的，所以一定要能够坐得住。有比较灵活的大脑，同时也要有时间来积累自己的学问和艺术。这样两者结合起来，就真正做到"天圆地方"。来到北京后，我还有幸得到陈智超先生、傅璇琮先生、蒋寅先生、王小盾先生、华学诚先生、尚刚先生等前辈和老师在学问上的指教，特别是陈智超先生关于历史文献学的方法，给予我指导最多。这些老师都是历史、文学、语言、工艺领域的专家,我学习他们的方法和思路,运用到书法篆刻史的研究上,避免游谈无根,他们给予的教导使我终生难忘。

近二十年来,我的研究多集中在明清时期,主要有三个方面:一是书画篆刻家专题的研究,多与自己的创作兴趣有关联。如宋克章草研究、周亮工印论研究、晚清四家研究等,各有侧重。这些专题研究,有些以前没人做过的,我做系统研究;有些以前有人做过,我则探赜索隐,力求有所突破。二是艺术文献的整理与研究,把文献整理和研究相结合。如出版了周亮工《印人传》研究,又整理出版了《周亮工全集》(十八册),编撰有《周亮工年谱》;研究周应愿的印学思想,又整理编校《印说》;研究吴让之篆刻,又编撰《吴让之年表》;研究齐白石的书法篆刻与清代碑学的关系,又编撰了《齐白石论艺》等。这些都是把文献整理和艺术研究相结合的成果。此外,《鲒埼亭集批注》是陈垣先生对清代全祖望《鲒埼亭集》的批注,涉及许多古代碑刻,也是第一次整理。《清代书法文献叙录与研究》对清代以来的书法史传、书论、书史、著录等进行专题研究,并有细致的提要。另外,因为教学的需要,还写过教材,如文化艺术出版社和中华书局出版的《中国书法史》,实际上是我在清华大学讲课的讲义。卞孝萱先生主编的"中国传统文化丛书"中有一本叫《书画金石》,卞先生请我写的,由南京大学出版社出版。香港三联书店给我出版过繁体字版的《书为心画》,这些都是通论性质的。三是关于"诗书画印"一体论的研究。我先后写过《中国书法的笔法生成和精神内涵》《书画相通论》《书印相通论》《中国古代书法创作的"通变"观念》等文章,试图从诗书画印各门类上具体分析，指出它们之间的渊源关系。

研究学问是一种"无用之用"，它对于书法篆刻的意义在哪里？我以为，书法篆刻研究的最终指向是创作。梁启超先生讲，中国的学问有两条路，一是文献的学问，用客观的科学方法去研究；一是德性的学问，用内省和躬行的方法去研究，书法篆刻研究不外乎这两个方面的结合。我过去学过历史，自己本身创作，既重视关于艺术创作实践的研究，又关注艺术史论学理的研究，两者结合起来，使研究为创作提供思考。

在书法界，从事研究的一般有三种：一种是理论家的研究，一种是创作家的研究，还有一种创作家兼学者的研究。纯理论家一般不创作，他们的理论常常对某一领域做具体的梳理、分析或构建；创作家的理论往往是用来指导创作的，是在实践中产生的，对创作某个方面很有心得、经验和体会。这两种研究往往各有所长，相互补充。书法篆刻研究的核心是它的实践性，相关的史学和理论研究都应围绕实践展开。学者讨论有的很深入，有的则在外围转圈，无实践经验往往不能切入书法的本质，会有隔靴搔痒的感觉。优秀的创作家，他的理论可能不多，多来源于实践，一般会说到点子上，但容易像散落的珍珠，很难把零散的理论形成一个整体，缺少学理上的梳理，最后往往还需要学者来加工。我希望自己的研究，以创作家兼学人的视野，把创作中的艺术实践和文献中记载的理论精华有机地统一起来，用研究的理论验证创作，也用自己创作的经验反观历史上的文献。好的艺术家应会思考中国书法史上的创作经验，还应有较好的文学或学术上的修养。近代以来，吴昌硕、黄宾虹、齐白石、傅抱石等都是书、画、篆刻、诗文、学问兼通的大家,"书内"是创作研究的基础,"书外"是持续进步的源泉。学者和艺术家应具备独立的思想,不要跟着展览、评委和所谓的"学术规范""国际化"走,要深度修炼和独立思考,多学古而不泥古,做到和而不同,体现自己的性情和品味,追求高雅典正的艺术和学术理想。

在多年的研究和创作中,我试图把书法史研究和创作有机地结合,体会书法自身的"字势"之美和中国古代写意精神的融通。

中国古代书论用自然美来比喻和联想书法美的意蕴,体现"字势"之美,所谓"近取诸身,远取诸物"。许慎《说文解字·叙》所谓"文者,物象之本;字者,言孳乳而浸多也"即强调文字效法自然。书法艺术的产生,也来于自然。传汉代蔡邕《九势》云:"夫书肇于自然。自然既立,阴阳生焉;阴阳既生,形势出焉。"即指出了书法来源于自然之象的审美原则。唐代张怀瓘指出"何为取象其势,仿佛其形",孙过庭所谓"同自然之妙有,非力运之能成",都指出天地万物的生命状态与书法的点画形态的相通性。从自然物象中汲取灵感,突出人在创作中的主观作用,思与神会,同乎自然。这种以"自然"作为书法创作的源泉与中国古代的哲学思想密切相关,所谓"物负阴而抱阳",书法也重视外柔而内刚。张怀瓘"书复于本,上则注于自然,次则归乎篆籀,又次者师于钟王"的说法则进一步指出了从自然到阴阳刚柔,再到书法形态的转变。中国文化所特有的"气"在书法点画的阴阳刚柔形态中得到了体现。南朝谢赫"六法论"品评中把"气韵生动"放在评价书画的首位,"气韵"正体现了某种自然生命的存在。中国古代书论里面如"气象""气韵""气脉""气势""气味""神气""逸气""养气"等，强调了艺术来源自然的一种生命性，书法中的"山林气""金石气""书卷气""篆籀气"等都是书法艺术来源于自然而延伸的一种生命存在，值得细细体味。

苏东坡在《书鄢陵王主簿所画折枝二首》诗中曾有三句话值得注意。第一句是"论画以形似，见与儿童邻"，强调了"神"和"形"的关系；第二句是"赋诗必此诗，定非知诗人"，强调了诗外修养；第三句是"诗画本一律，天工与清新"，强调了艺术间的共通性。诗书画印在内在写意精神上都是相通的，其体现了中国艺术的诗性，符合中国古典的人文艺术精神。近代以来，由于受西洋美术和中国教育体制的影响，中国艺术走向"美术化"，缺少笔墨上的"中国精神"，融通者越来越少。"通"者，有"直通"与"旁通"。"直通"者，书印点画、用笔、用刀、风格、书体之间形态相生相发；"旁通"者，诗文、书画、金石诸门类所含精神相融，求得书卷气与金石气。何以能"通"？归于文心。若张旭"折钗股"、颜真卿"屋漏痕"、怀素"壁坼"、米南宫"墨戏"、董香光"淡墨"皆各自心得，能体察书之一面，根在书家之心性。我在研究书法史后，选择历代钟鼎彝器的"款识体"和"稿书"进行创作，也是"直通"与"旁通"、"文心"与"学养"两者结合的实践。

清代以来，由于学者对金石学的研究，碑版日益受到人们重视。碑学兴起后，逐渐改变了人们的书法观念，以至形成帖学衰微、碑学兴盛的局面。明末清初书家在实践中通过吸收金石碑版意味打破纯正的帖学面貌，成为碑派书风的开始。碑派书风以其特有的用笔方法，对绘画产生了影响。这一时期以书入画最具代表性的是八大、程邃和石涛，晚清"书画一体"实践的代表吴昌硕，主张"画与篆法可合并"。近现代书画家中，齐白石、黄宾虹等师法汉碑和上古篆书，追求金石趣味，创造了新的风气，这种转变我常常关注和研究。

研究中国书法，必须懂得它内在的语言。中国书画讲究笔墨韵采，气脉相连，正是张彦远所说的"一笔而成，气脉通连，隔行不断。"因笔墨具有一定的程式性，研究古人，能给我们创作带来很多启示。如何握笔、如何落笔，如何运笔，徐疾、转折的用笔、用墨的方法，在创作中都是一致的。用笔的中锋和侧锋根据表现对象的艺术效果而定，在中国画中可以得到灵活的运用。中国画中的技法，实际就是用笔、用墨的独特方法。用笔的方法是中国书法的基本内容，要达到理想的艺术效果，必须长期锻炼，不断实践，纯熟地掌握用笔和用墨的基本方法，才能达到心物交融、形神互映的境界。

清代以来受碑学影响，碑派用笔被广泛运用，出现了许多书画篆刻兼擅的大家，这是我在研究中特别注意的。以碑派用笔方法入画，丰富了笔墨的趣味。如"扬州八怪"的实践，一方面在隶书、篆书上积极探索，形成多样的风格，他们以篆隶法入行草书，使得行草书的笔法发生变化，并积极地在作品中表现"篆籀气"。他们在书画相通实践上的探索，丰富了中国文人画的内涵，真正把文人精神寄托在书画合一的作品中。研究他们的作品和实践，对自己的创作很有启发。

中国古代文人将汉字字形的创造之美融汇于书法与篆刻中。篆刻家的研究，也要注意他们作品和书画的融通。印章文字内容与风格，或寄托情怀，或传递神采。印章与诗文书画的"一体论"，强调了中国文化博雅会通的精神。清代吴昌硕《刻印》诗中所说"今人但侈摹古昔，古昔以上谁所宗？诗文书画有真意，贵能深造求其通"正是说印章和诗文书画内在的精神交融。

苏东坡评李公麟《山庄图》，说他"有道有艺"，每一个学者和艺术家都是通过"学"而求其"道"的。很多人都把学术和创作绝对地对立开，其实两者如一个铜钱的两面，密不可分。我努力体会古人讨论艺术的精神内核所在，并将这种精神用于自己的创作实践中。在香山书院成立时，我曾提出"正见力学，深美闳约，文心诗境，圆融神明"十六字，这既是我的学术追求，也是我的艺术理想。

原载《中国书法》2016 年第 9 期

早樱时节访东京

一　日展缘起

　　2015年9月，日本东京学艺大学的长野秀章、加藤泰弘两位教授一行来中国访问，专程到中国书法篆刻研究所考察。长野教授是该校资深的书法教授，今年刚刚退休，现任该校的荣誉教授。加藤教授现为该专业的责任教授，也五十出头了，还兼任日本文部省书法教育的审查专家。一同来访的还有学艺大学的几位研究生朋友。在北京，我们一起品茶论艺，谈到了很多中日书法的创作和交流问题。后来他们又来到了香山书院，参观了美术馆的展览。两位教授对我的"款识体"和拓片题跋极有兴趣，热忱邀请我到日本东京学艺大学和加藤教授做一次联展。

　　在东京株式会社尚承国际的精心筹备下，"学艺卮言——朱天曙、加藤泰弘教授中日书法交流展"得以成行。2016年2月14日是农历大年初七，路上行人不多，我们一家上午11点50准时从北京首都国际机场起飞，抵达日本羽田机场已是下午4点半了，北京和日本有一个小时时差。出发时北京春寒料峭，劲风吹面。东京的气温要比北京高不少，而且上午刚刚下完雨，已有春天的暖意。尚承国际的彭社长伉俪亲自来接机，从飞机场直奔东京学艺大学，这次展览是在学艺大学艺术馆举行。学艺大学是东京最有影响的国立师范大学，办学历史悠久，环境优美，尤其是进入校门前的一条樱花大道让人陶醉，院内古木林立，非常幽静，周恩来总理也曾经在此学习过。学艺大学和私立的大东文化大学是东京仅有的两所设有书法专业的大学，学艺大学以书法教育影响最大，培养了中日很多书法专业的优秀学生，也是全日本书法教育方向唯一有博士点的大学。日本的大学美术馆要求十分严格，要本校教授半年前提出申请，经学校审查后才能举办展览。这次在加藤教授的努力下，顺利申请到艺术馆的场地。我们到达学艺大学艺术馆的时候，加藤教授和他的研究生们已经在布展了，我们简单打了招呼，抓紧投入工作中。我的作品是之前就委托东京的山口文林堂装框布展的，山口文林堂的社长十分用心，生怕我们不满意，亲自装框布展。我还取出从北京带来的《南楼自评印稿》和《南楼批注心经印谱》，增加了篆刻部分，陈列在展馆中。他们还精心准备了漂亮的花篮、展标、签名册和刚出版的展览作品集，迎接嘉宾们的到来。

　　加藤教授设晚宴招待我们，吃到了日本最地道的生鱼片。晚上我们回到著名的新大谷酒店，这个酒店在东京最繁华银座赤坂见附，交通特别方便，在我们住的39楼上，可以俯瞰整个东京，东京塔就在不远处，夜晚还可以欣赏繁华的夜景。这一周，我们都住在这里。

二　开幕仪式

15 日上午 10 点，我们的展览在学艺大学艺术馆顺利开幕。之前，学艺大学的荣誉教授长野秀章先生已经早早来到这里。我到来时，长野秀章教授特别高兴。他专门给我准备了一件贺作：篆书《大吉》，封面上用行书写着："朱先生访日纪念。竹轩题。"还给孩子带来了日本最有特色的果子礼物。长野秀章教授因为和我们在北京聚过，再次相逢有老朋友见面的感觉，格外亲切。过了一会儿，艺术学院院长太田朋宏教授、加藤泰弘教授、全日本华人书法家协会主席晋鸥以及东京、京都、大阪等各地的朋友和学艺大学书道教室的本科生、研究生、教师等赶来参加开幕式。加藤教授主持了开幕仪式，长野秀章教授、太田朋宏教授、晋鸥先生和我分别讲了话。展览的作品集由株式会社尚承国际出版，也在开幕式上同步首发。

长野秀章教授在开幕仪式上回忆了我们在北京见面的情景，高度评价了我们的创作，热烈祝贺此次活动在学艺大学举行。太田朋宏教授则以院长的身份对交流展表示祝贺，指出中日文化的渊源所在，认为这次展览是中日书法家艺术、学术和教育的深度交流和融通。晋鸥先生则从中国文化中"诗书画印"一体的传统角度，以我和加藤教授的现代水墨书法进行对比，指出两国文化和艺术上相似性和不同的发展趋向。我是主张艺术要融通的，今天的日本书法界分工很细，书法创作、书法教育、书法理论、篆刻艺术等界限十分明晰，很难做到融通这一点。

我是第一次在日本大学举办展览，很多地方和中国的展览不太一样。比如，展厅用框和衬纸我们一般都是统一的色调，日本人则常用不同的颜色纸张来变化，如红色、黄色、棕色等都有，也不俗气。日本人装框特别精细认真，几乎没有一点误差，这是我们值得学习的地方。在日本还有个奇怪的事，就是租画框展览比买框还要贵，这在中国是不可思议的。中国的展览会通常会邀请很多官员来参加，日本大学展览则不太希望官员到展厅来，他们希望是一个纯粹的艺术上和学术上的交流。日本书家展览更多是自我的评析和思考，中国书家展览似乎更多是向观众介绍自己的作品，希望得到观众的认可。

这一天，正好是我的生日，在日本用这样的展览来庆祝，平生还是第一次。

三　首相会见

2月16日上午10点半，日本前首相鸠山由纪夫先生在东京银座亲切会见了我们。

以前在电视上见过鸠山首相，这次见到真人了。他皮肤微黑，身高体瘦，黑色西服里带的是金黄色的领带，显得非常喜气。他面带微笑而略见腼腆，讲话时非常文气，两腿成内八字状，手指轻轻放在腿上，十分内敛。在日本多年的书法家晋鸥先生给我们当翻译，他向鸠山首相介绍我这次访问日本的情况，以及这次在学艺大学举办"学艺卮言 —— 朱天曙、加藤泰弘教授中日书法交流展"的成果，鸠山首相频频点头，伸出手来，主动和我握手，用汉语亲切地说："您好，春节快乐！"我给鸠山首相赠送了这次展览的作品集，他先看了封面，问晋鸥先生我写的内容，晋鸥先生告诉他，我写的是中国古代的"金文"，他又点点头。接着他认真欣赏了本次交流展的书法作品，一张作品一张作品地欣赏，不时地问晋鸥先生书写的内容和字体。把本次展览的作品看完后，他深深地鞠了一个躬，连声说"了不起！了不起！"并对本次展览在日本举办表示热烈祝贺。

鸠山首相和中国非常友好，他热爱中国文化和艺术。他说，中日关系现在还有些脆弱，希望更多的中国文化使者来日本交流，把古典的艺术之美带给日本民众。会见结束后，鸠山首相和我以及我们全家合影留念，还邀请我们下次来他的鸠山会馆做客。合影时，他特意把我赠送的这次展览的作品集拿在手上，留下了珍贵的照片。这次会见，还见到了驻日大使馆领事等友人。

四　书道博物馆

2月17日上午，在好友草津佑介先生的介绍下，我们来到东京都台东区的东京书道博物馆和中村不折纪念馆。中村不折先生是日本著名的书法家、收藏家，于1936年以自己的住宅作为馆址。他原先专攻油画，自四五十岁以后专习书法。在日本的油画和传统书法两大艺术门类中，成绩斐然，又设帐课徒，颇受尊敬。甲午战争期间曾作为记者来到中国，遍搜中国古文物和金石碑刻，所以他的中国古代文物尤其是书法文物庋藏宏富。1943年病逝，生前以其毕生所藏建此书道博物馆。

在主展厅里有一幅高约两三丈的巨幅书法，是中村不折先生临写的颜真卿书法，旁边有精美的墓碑拓片和《淳化阁帖》的不同版本。《淳化阁帖》系北宋前历代法书汇帖，共十卷，是流传至今年代最久远的一部丛帖。博物馆展出《淳化阁帖》的不同版本，其中有夹雪本、绛帖本、大观本、世采堂本、孙氏本、顾氏本、袁氏本、潘氏本、肃府本、陕西本、钦定重刻本和日本王文肃本等，尽管各本的王字肥瘦不一，纸张色泽有差异，但都精美绝伦。其中最早的是夹雪本，据称是从淳化三年的原枣木版上所拓下的，距今一千多年。我们在二楼的展厅里，除了看到吴昌硕、何绍基等人的印章、书法外，还看到了一张黑白的中村不折夫妇照片，十分典雅。中村不折先生出身富裕家庭，淡定从容，夫人也温婉贤淑。

边上的石刻馆面积不大，但收藏的中国石刻非常精彩，除了一些保存较好的石佛雕像之外，还有一些著名的碑刻、碑额等。如有一方残损的东汉时期碑刻《正始石经》，两大块拼合在一起，用古文、小篆和隶书三种书体写成。有一件用篆书阳文所刻的碑额，每字有十厘米大小，工艺精湛，字体生动，过目难忘。

院子西面另一个两层小楼里藏有丰富的青铜器、墓志铭、古砖、陶器、玉器、印章、瓦当、封泥等重要器物。青铜器都是殷末和西周的，大都有铭文在其上。还有东周时代的印陶文和出土于山东的封泥、瓦当和甲骨文，保存了很多早期资料。我最难忘的是汉代的阳文古砖如"单于和亲、千秋万岁、安乐未央""汉并天下"等书法史上及其有名的作品，我曾临摹过不知多少次，都在这里一一看到原作，十分难忘。

我了解中村不折先生是从他 1927 年所著的《禹域出土墨宝源流考》一书开始的，该书从书法角度介绍他的部分藏品，后由中华书局出版，我曾认真拜读过，可谓神交已久。中村不折曾展出其所藏敦煌吐鲁番文书以及其他中国、日本古代文物，所藏敦煌吐鲁番出土文献主要来自晚清新疆、甘肃两地官员梁素文、何孝聪、孔宪廷等人的旧藏和部分在中国活动的日本人如老田太文、胜山岳阳、江藤涛雄等人。这部书中介绍的就是他多年收藏和研究的结晶。

中村不折纪念馆的小庭院特别清幽精致，不是很大，极其干净，收拾的很有日本风味。早春的北京还是枯枝荒寒，这里却已经葱郁一片，青石和绿苔显示了别样的润泽。院子中间中村不折先生的青铜塑像，在太阳的映射下，发出古幽的光芒。离开博物馆前，在博物馆工作的草津友人还专门赠送给我书道博物馆所藏《兰亭序》的精拓本。

五　做客郁文斋

2 月 17 日下午 1 点，久富盛名的高木圣雨教授来到东京学艺大学艺术馆，参观我们的展览。我们到艺术馆时，高木教授和他的博士生已经到展厅了，正在细细参观我的作品。我一边陪高木教授看展，一边讲解我的创作思路。他饶有兴趣地询问题跋中的内容，并对我作品中用"句读"这种形式很感兴趣。他幽默地说:"当代中国的书法家,王镛先生也曾用过这个方法,你们笔路相同。"说完我们相视大笑。我陪他一一看完展品后,正准备休息一下,加藤教授到了,来向高木教授打招呼。他对高木教授十分敬佩,正在开教授会议,中间抽了个空来和高木见面。日本的书法家门派林立,很少有教授到另外的学校看其他教授展览的,即使本校同一专业教授也不观摩,他们虽然同在东京书法界,见面的机会也不多。这次高木教授来看我们的展览,非常难得。当我说大家一起合影时,高木教授对加藤教授说:"我们还是第一次合影呢!"

按照之前的预约,参观完展览,高木教授带领我们做客他的郁文斋,共赏珍贵藏品,交流切磋书道。

高木圣雨教授是日本现代大书法家青山杉雨先生的入室弟子,其父高木圣鹤先生亦是日本著名书法家,在国际书法界影响也大,和中国书坛很多名家都有来往。他是日本书道的新一代领袖,现为日本最大书法团体——谦慎书道会的理事长,大东文化大学的书法教授,全日本著名的"二十人展"重要作者之一,曾获得过日本文部大臣奖。

我们在他的带路下,走了大约一小时的路程,来到他在箱根的别墅。一进家门,就看到清代吴昌硕篆书牌匾"卧牛庵",榆木绿字,十分古雅。随后我们进门,琳琅满目的图书和字帖吸引了我。我们直接到了他的书房——郁文斋。正好碰上了在日本三十多年的老友高木教授和中国书协的工作人员,他们是来向他借藏品展览的。

高木教授藏有丰富的中国书画艺术精品，明清时期作品最多，尤以王铎、吴让之、赵之谦、吴昌硕等清代几大家收藏为特色。刚坐下来，高木教授高兴地问我："想看什么作品？"我说："看点王铎、吴昌硕吧，篆刻也可以看看。"随后，他从储藏间取出吴让之、赵之谦、吴昌硕、赵之琛、齐白石等人40多方印章和王铎、傅山、吴让之、赵之谦、吴昌硕的书画长卷、立轴30多件，让我一一欣赏。赵之谦、吴昌硕的几方印都是他们的常用印章，特别难得。赵之谦的大字对联雄强宽博、小字质朴文雅，可以看到他把北魏碑刻和"二王"试图进行融合的探索。王铎的大幅立轴和小草临阁帖手卷，一大一小，清晰看到他继承"二王"和拓而展大的轨迹。

　　印象最深的还是吴昌硕的作品。高木教授所藏吴昌硕的作品约有百件，他家中立轴也多挂的是缶老的。印象最深的是这次见到的一本册页，是吴昌硕和他老师杨见山的数十通手札，从吴氏三十岁到晚年的都有，可以看到他"稿书"的变化，真是大饱眼福。我即兴做了一首小诗："郁文藏弆誉京城，王傅赵吴万古情。往来'卧牛'知水墨，流年光影雅无声。""王傅赵吴"就是指他所藏作品最多的明清四人。

　　我们忙着看这些精彩的作品，不知不觉天黑了。我们到他了接待室休息了一会，就中日书法创作、艺术鉴藏、明清书法研究等方面进行了讨论。一致认为中日书法创作在新的历史阶段应加强学术上的交流，增加书法创作的历史内涵，推动中日书法创作和研究向纵深发展。高木教授还给我赠送了谦慎书道会新编的研究董其昌和张瑞图作品的两部书。

晚上，高木教授邀请我们一家和其他几位中国朋友在著名的东京饭店吃了箱根烤牛。席间，他回忆了自己辛苦收藏这些艺术品的往事，并向我们讲述根据印章将吴昌硕书法判断错误的经历，很感慨地说："中国书画，要学习的知识很广泛，不能轻易下结论啊！"饭后，酒店有个抽奖活动，高木教授陪着我女儿一起摇奖，得到了七八种小奖品，他和我女儿一样高兴，开心得像个孩子。

六 木鸡室读款识

2月18日上午，正在东京大学访学的《中国文化研究》杂志副主编、北京语言大学段江丽教授来酒店看望我们一家，随后我们一同拜访日本著名碑帖金石拓片收藏家木鸡室主人伊藤滋先生。

伊藤滋先生家有两幢小楼，进门就看到一张金冬心的墨梅卷轴，随后就来到一个十平方米左右的书房，这就是伊藤滋的书斋——木鸡室。房间到处都是书和古物，悬挂的是中国和日本的古代书画，连半个巴掌大的小框子里装的都是商周时期的彝器款识。书房中间挂有一个江户时代书法家所书的"木鸡"二字，十分古雅。我看到沙发边上有一件四尺整张凌文渊的梅花立轴，高兴地说："凌文渊支直先生是江苏泰州人，我也是泰州兴化人，我们是老乡。"伊藤先生说凌文渊梅花画得好，这是他多年前收藏的。这也是我所见到的凌文渊的墨梅精品。

他看到我女儿朱湾来了，忙取出日本小果子出来招待她，我们喝日本抹茶，她吃果子。伊藤先生风趣地说，他这个房间从没有小孩来过，他的孙子也不来，朱湾是第一个。

伊藤先生以收藏中国古代拓片为特色，在日本据说是最多的。2015年，他曾经在日本山梨美术馆展出过他的金石拓本。书法史上著名的《父乙尊》《扬方鼎》《大盂鼎》《毛公鼎》《散氏盘》《虢季子白盘》等名品以及甲骨文、秦权量、汉钟铭、瓦当、名碑等拓片他都有收藏。伊藤先生给我取出了西周时期的《散氏盘》的旧拓本，上有吴昌硕七十二岁时的题跋。《散氏盘》原器在台北故宫博物院，我在台北曾去看过，但这个铭文旧拓本还是第一次见。吴昌硕一生临《石鼓文》和《散氏盘》，人们多注意他书写和研究《石鼓文》，其实《散氏盘》也是吴昌硕一生所钟情的。他在题跋中，考订了《散氏盘》中的文字，并就钱大昕、莫友芝等人对"盘""鬲"的释文进行比较。题跋小字精雅质厚，是难得的精品。吴昌硕题跋之后还有伊藤先生请香港马国权先生的题跋，进一步研究了《散氏盘》文字的释读。马国权先生曾协助容庚先生编过《金文编》，我和他在南京见过，并就他的《近代印人传》一书有书信往来。马先生驾鹤十多年，在东京看到他的手迹，不禁泫然。

我印象很深的还有一件作品是伊藤先生所藏陈介祺手拓的《汉钟铭两种》。一种为"扶侯钟宜复"的汉钟铭，阳文，结体大方，古意盎然，富于装饰性，我写"款识体"多取法这一路。但这件作品中的末字一直不清楚其释文，陈介祺手拓此"扶侯钟"，释为"复"字，当有道理。另一种为"阳嘉钟"，阴文，上有"阳嘉二年九月十八日雷师作直二千五百"文字，其中的"嘉"字字形简省，很特别，陈介祺题跋称"嘉字下半极不可解"，看来释文是个大学问啊。

七　东京漫步

我们在东京，还参观了东京大学、东京中国文化中心、浅草等地。最难得的，是见到了多位西泠印社社友。除了高木圣雨教授、晋鸥先生两位外，还见到了大阪艺术大学的久米雅雄教授。久米教授是研究日本早期金印的专家，我在杭州西泠印社学术研讨会上曾见过他，但没有来往。这次他正好到大东文化大学做讲座，我们约好在东京站见面。

东京站是全日本最大的交通枢纽，集新干线、地铁、火车站于一体，人流量巨大，宛若迷宫。站内店铺林立而井然有序。我们在约好的一家咖啡厅见了面，久米教授穿着一件黑色呢子外套，带着一顶灰色鸭舌帽，手提黑色方正的公文皮包，有谦谦君子之风，很有日本明星高仓健的风度。与他同来的还有日本篆刻界名刊《乐篆》杂志主编三井雅博先生，我们畅谈了中日印章研究的新成果，久米教授不时拿出他的手写笔记本来记录。他的笔记本密密麻麻地记录了他每天的工作安排，细致到分钟，日本人的敬业精神和细致程度让人敬佩。我有时候也在怀疑，用这个方法学习和研究艺术，未免过于拘谨。三井先生则活泼风趣，居然是北京语言大学的校友，他知道要见我，特意带来他1991年在北语学习的学生证。还给我带来了他们新出版的杂志和吴昌硕写的《心经》一书。他们很崇拜吴昌硕，把他作品中的字一个一个拆开放大得很整齐来学习，虽然我并不赞同这个学习方法，但也说明吴昌硕在日本影响真的太大了。

东京最大的美术用品商店——协和贸易以及文房用品店以及山口文林堂，我们这次也专门逛了。协和贸易有两层大楼，全是书画家用的东西。以前我在北京零星看过一些日本笔墨纸砚，这次在协和贸易对他们的书画用品有了新的了解，看到了各种精致的纸张、画框、印章、扇子、器皿等。日本人还专门卖单字的印，类似元朱文，很便宜，这在日本是个实用品，现在日本人在邮局收发邮件、银行存取款还都用印章。据说很多华人篆刻家开始到日本就刻这类印章谋生，一晚可刻上百方，眼睛都要刻瞎了。日本还有一种磨墨机，夹上墨条，自动磨墨，以前日本朋友也送过给我，但我很少用，还是喜欢自己磨墨。我买到一个小绿蚕豆形的水滴，造型别致，清新中透出古雅。

山口文林堂的社长热情邀请我们去参观他的店，他是加藤教授的学生，我们这次展览的画框就是请他做的，他们在店里准备了抹茶和点心招待我们。

文林堂是学艺大学最近的美术用品店，店里的东西虽不如协和贸易多，但非常实用，纸张和图书品种也多。我在这里淘到一册原器钤打的《秦汉初古印聚》，四册，有印章钤红，有封泥复制，点画精到，制作考究，国内很少见到这么好的印谱，价格也不算贵。这算是这次东京之行买到的最好的礼物了。

日本美食以生鱼片和面最为有名。我们在东京除了尝到著名的生鱼片、日本拉面和乌冬面外，最值得一提的是吃河豚。我们家乡吃河豚一般是家养的，红烧。日本的是野生的，吃法真是精细！把河豚的不同部位分别拆开，先凉拌，再白煮，再煎炸，再红烧，再火锅，一道一道地上来，再配上不同的佐料，慢慢品味。最后，还要配个冰淇淋。凉拌河豚皮加几滴柠檬，口感特别清爽，好吃得很，我以为这是河豚最好的吃法。小孩对这东西兴趣不大，只说冰淇淋好。当然，店里的河豚价格也不菲，一条鱼人民币五六百元，比国内要贵不少。

这个季节在东京，不得不提一下樱花。路边树木已经葱绿，但一般的樱花还没有开。我们在上野公园看到了早樱，粉粉的、嫩嫩的。游人们纷纷在早樱下张开双臂，合影留念。鲁迅先生也在这里看过樱花，虽然没有全部开放，也差不多就是这类景象吧。

短暂的东京之行，值得记忆的很多，也留下了深深的情缘，感谢朋友们的盛情。我在回国的飞机上，写下了这样一首小诗，纪念我的东京之行："东瀛回首树重重，学艺朋侪朗照中。上野岩前花争出，富士松道酒正浓。郁文古印生乡思，西泠法书感物工。欲问此行佳兴在？早樱无语笑东风。"

原载《书法报》2016年第11期

图书在版编目(CIP)数据

且饮集：朱天曙谈艺 / 朱天曙著. -- 北京：社会科学文献出版社，2017.4
ISBN 978-7-5201-0090-8

Ⅰ.①且… Ⅱ.①朱… Ⅲ.①随笔－作品集－中国－当代 Ⅳ.①I267.1

中国版本图书馆CIP数据核字(2016)第296964号

且饮集
——朱天曙谈艺

著　　者 /	朱天曙
出 版 人 /	谢寿光
项目统筹 /	邓泳红　郑庆寰
责任编辑 /	郑庆寰
出　　版 /	社会科学文献出版社·皮书出版分社 (010) 59367127
	地址：北京市北三环中路甲29号院华龙大厦　邮编：100029
	网址：www.ssap.com.cn
发　　行 /	市场营销中心 (010) 59367081　59367018
印　　装 /	北京盛通印刷股份有限公司
规　　格 /	开　本：880mm×1230mm 1/32
	印　张：10　字　数：209千字
版　　次 /	2017年4月第1版　2017年4月第1次印刷
书　　号 /	ISBN 978-7-5201-0090-8
定　　价 /	59.00元

本书如有印装质量问题，请与读者服务中心（010-59367028）联系

▲ 版权所有 翻印必究